SIDNEY PFANNSTIEL

Unter Geckos

Roman

»Unter Geckos«
2. überarbeitete Auflage
©2020 Sidney Pfannstiel
Das Buch erschien 2018 in einer ersten Ausgabe unter dem Titel
»Hansen – Unter Geckos«.

Bibliografische Information der Deutschen Nationalbibliothek: Die
Deutsche Nationalbibliothek verzeichnet diese Publikation in der Deut-
schen Nationalbibliografie; detaillierte bibliografische Daten sind im
Internet über dnb.d-nb.de abrufbar.

Titelgrafik Fotografie ©maksym_dykha/AdobeStock
Lektorat/Korrektorat: Marcus Schick, schick-kommunikation.de
Beratung für Titelgestaltung und Satz: Kristin Hoffmann

Verlag für diese Druckausgabe:
TWENTYSIX – der Self-Publishing-Verlag
Eine Kooperation zwischen der Verlagsgruppe Random House und BoD

Herstellung und Verlag dieser Druckausgabe:
BoD – Books on Demand, Norderstedt

ISBN 978-3-74078-195-8

1

Dieser Hansen, *tollkühn wie er war*, biss in einen Apfel und wollte gerade die Straßenseite wechseln, als eine dunkle Limousine haarscharf vor ihm bremste. Die Beifahrertür sprang auf. Ein schrankhoher Kerl mit einer miesen Visage baute sich vor ihm auf. Überrascht bot Hansen ihm den Apfel an, als ihn unvermittelt ein heftiger Faustschlag am linken Auge traf.

»Mann!«, fluchte er und griff sich an die Stelle, an der seine Haut offensichtlich gerissen war, während der Schrank unbeeindruckt die Tür zum Fond des Autos öffnete. Ohne Mühen drückte er Hansen in den Wagen, pfefferte ihm eine Packung Taschentücher an den Kopf, warf die Tür zu und sprang wieder auf den Beifahrersitz. Der Wagen raste los. Das Ganze dauerte weniger als zehn Sekunden. Kidnapping auf offener Straße, an einem Dienstagabend gegen halb sieben, mitten in Hamburg.

Wie in Trance rollte Hansen eines der Taschentücher zu einer Kompresse zusammen, drückte es fest auf die Wunde an seinem Auge. Er biss die Zähne zusammen, fluchte innerlich. Mit Schmerzen im Gesicht beobachtete er aus den Augenwinkeln heraus, wo sie mit ihm langfuhren. Es ging dem Anschein nach nicht aus der Stadt raus. Die vertraute Umgebung beruhigte ihn. Immer wieder schüttelte er den Kopf, war wütend über sich, über die Situation, in die er sich selbst gebracht hatte, mal wieder. In Gedanken malte er sich aus, wie Jenny ihm eine Standpauke halten würde. Er verdrehte die Augen. *Gott nochmal, wer nicht wagt, der nicht gewinnt,* schoss es ihm durch den Kopf. Ein leidiges Mantra. Aber wie hatte es dazu kommen können? Wieso war er nicht in der Lage, die allzu offensichtliche Falle zu erkennen? *Es roch doch förmlich danach!* Hansen sondierte die Lage und versuchte sich daran, seine neuen Freunde einzuordnen: Sie waren zu zweit, seltsam schweigend, wirkten ziemlich kompakt und trainiert, er im Fond ihrer Limousine, teure Kiste, diese Vorgehensweise ... alles daran sah nach Auftragsarbeit aus – *so weit, so klar. Nur, in wessen Auftrag,* dachte Hansen. Und dann die vielleicht wichtigeren Fragen: Wie weit würde dieser Auftrag gehen? Hatten sie Weisung, ihn zu beseitigen?

»Ihr habt nicht zufällig irgendwas mit, was ihr mir zeigen wollt, Papiere oder so?«, fragte er so nüchtern und sachlich, wie die Umstände es erlaubten. Währenddessen rieb er sich mit dem Taschentuch über die Wunde am Auge, aus der nach wie vor und in leichten Schüben Blut austrat. Keine Reaktion. »Wer ist Euer Auftraggeber?«, wollte er dann wissen. Nichts. Durch den Rückspiegel versuchte er sich einen Eindruck vom Gesicht des Fahrers zu verschaffen. Was er erkennen konnte, waren dunkle Augen, unterhalb dichter dunkler Brauen. Von der Seite konnte er das markante Kinn des Mannes erahnen, das wohl zu einem Gesicht gehörte, das einiges auszuhalten vermochte.

»Habt ihr Namen?« Die beiden Typen wollten nicht mit ihm reden. *Eine Horde dämlicher Schränke!* »Was dagegen, wenn ich Euch Pax und Billy nenne?« Er betrachtete die Rotfärbung an der Kompresse, drückte sie fester auf die Wunde. »Erinnert mich so an zu Hause.« Sie bewegten sich schnell, aber ebenso unauffällig durch den Abendverkehr. Niemand der anderen Verkehrsteilnehmer sollte Verdacht schöpfen, der Fond des Wagens war zudem mit abgetönten Scheiben gegen allzu neugierige Blicke geschützt. Hansen überlegte, ob er einfach aus dem fahrenden Wagen springen sollte, um sich dann über die Fahrbahn abzurollen, so wie es die coolen Typen in den Filmen immer machten. Dann huschte ihm der Gedanke an eine fiese Schulterfraktur durch den Kopf. Alternativ könnte er auch an der nächsten Ampel einfach aussteigen – *»Danke für die Mitfahrgelegenheit, aber ich gehe jetzt lieber zu Fuß weiter.«* Plötzlich setzte der Fahrer den Blinker und bog kurz darauf rechts ab. Hansen erkannte, dass sie sich in Richtung Speicherstadt bewegten, was er als ein gutes Zeichen deutete – *vertraute Gegend.* Wenige Minuten später hielt der Wagen in einer schmalen Gasse zwischen zwei der typischen Backsteingebäude. Den Motor ließen sie laufen, aber die Lichter hatte der Fahrer ausgeschaltet. Nun stiegen sie beide aus. Jetzt war es der Fahrer, *Pax,* der die Tür zum Fond öffnete und Hansen im Handumdrehen aus dem Wagen hievte. Als wäre er aus Pappmaché, stellte er Hansen mit dem Rücken an eine Hausfassade und hielt ihn mit seiner Pranke in Schach. *Pax* war eine richtige Kante. Sein Gesicht hatte etwas Martialisches. Die Augen waren noch dunkler, als Hansen durch den kurzen Blick in den Rückspiegel vermutet hatte und sie waren von dunklen Augenrändern eingerahmt, die weniger auf ein Schlafdefizit als auf die Herkunft schließen ließen. Südeuropäer oder Nordafrikaner. *Dazwischen liegt Sizilien,* ging es Hansen durch den Kopf – Jackpot.

Billy begann, in seinen WhatsApp-Kontakten zu blättern. Hansen stand in einer menschenleeren Gasse auf den Papierabfällen einer angrenzenden Buchhandlung. Und ihm dämmerte langsam, warum er dort stand. Seine mittellangen, dunkelblonden Haare klebten in Strähnen an der Stirn. Schweiß bahnte sich seinen Weg entlang der Schläfen. Abwechselnd sah er den Typen in deren ausdruckslose Visagen. Irgendwo in ihren Augen suchte er nach Hinweisen, nach Antworten, nach irgendwas. Doch da war nichts. Auch kein Zucken. Null Nervosität. *Emotionslose Professionalität.* Beide hatten sie dunkle Haare, die sie neumodisch kurz geschnitten trugen, beide im dunklen Anzug, keine Billigware, die Gesichter waren glattrasiert, wobei der Fahrer einen blauen Bartschatten trug, vermutlich, weil die morgendliche Rasur schon einen halben Tag zurücklag. *Eindeutig ein Südländer.* Beide hatten sie sonnengebräunte Haut. Keine Ketten, keine sichtbaren Tattoos. *Pax* trug aber einen auffälligen Klunker an der linken Hand, so einen Super-Bowl-Gedächtnisring, wie ihn Coach Esume bei »ran NFL« anhatte. Der Druck der Pranke nahm zu. Niemand sprach. Die Situation wirkte zunehmend unwirklich. Dann griff *Pax* mit der Linken nach seinem Smartphone, aktivierte die Foto-Funktion.

»Okay«, sagte Hansen schließlich, »kennen wir uns? Ich meine, jetzt, da du ein Foto von mir machen willst. Das ist doch schon was Privates.« *Mister Eisbrecher.* Keine Antwort. Stattdessen wurde er vom nervös aufflackernden Blitzlicht geblendet. »Hey«, fluchte Hansen, während er sich loszureißen versuchte. *Pax* jedoch hielt ihn spielerisch im Zaum, steckte in aller Seelenruhe sein Handy weg, holte nur wenig aus und setzte ihm einen schmerzhaften Faustschlag zwischen Zwerchfell und Leber. Hansen stöhnte laut auf, krümmte sich, wurde aufgerichtet. Und bekam wieder die Faust, wieder in die Rippen und gleich darauf und ohne Vorwarnung aufs linke Auge. Das Aufplatzen der Braue hatte was von reißendem Papier. Noch ein Foto. Hansen strauchelte. Der nächste Schlag versank in seiner Magengrube. Vor Schreck hatte er sich auf die Zunge gebissen. Ihm wurde übel.

»Das ist die letzte Warnung«, sagte *Billy* plötzlich, als er mit prüfendem Blick von seinem Smartphone aufsah, Hansen musterte, wieder aufs Smartphone stierte, so als würde er ihn mit einem Bild darauf vergleichen.

»Warnung ... vor was? Von wem?«

»Schnauze«, sagte *Pax.* Kein Wort zu viel.

»Wer ist euer Auftraggeber?«, fragte Hansen nochmal, während er ein Gemisch aus Blut und Speichel spuckte. Wieder keine Antwort. Schließlich drehte *Billy* das Smartphone seinem Partner zu, zeigte ihm eine Info. Der andere nickte kurz. Seine Pranke löste sich und Hansen griff nach der schmerzenden Stelle neben seinem Brustkorb.

»Also«, setzte *Pax* an, »wie mein Partner schon meinte – letzte Warnung.«

»Er ist dein Partner, wirklich? So in echt?«

Pax verzog die Visage und entlockte ihr so etwas wie ein Lächeln. In diesem Augenblick wirkte er tatsächlich wie ein gütiger älterer Herr, dem man das Haus anvertrauen würde, den Hund aber nicht. Vermutlich kannte *Pax* solche dümmlichen Reaktionen aus seinem beruflichen Umfeld nur zu gut und vielleicht hatten sie deshalb bei ihm so etwas wie Mitgefühl zur Folge. Oder eben auch nicht, wer wusste das schon.

»Wenn du noch mal so'n Scheiß über unseren Boss schreibst, machen wir Gemüse aus dir.«

Jetzt war es Hansen, der ihn mitfühlend ansah. »Es heißt Kompost«, erwiderte er. *Hansen, Lektoren-Lektor.*

Als hätte der Schrank mit so etwas Geistreichem gerechnet, richtete er sich vor Hansen auf. »Nur für den Fall, dass du wirklich nicht weißt, wer unser Boss ist, habe ich seine Visitenkarte dabei. Extra für Dich eingepackt, Schmierfink.«

Dann holte er aus und das Letzte, woran sich Hansen bei dieser Begegnung würde erinnern können, war das kurze Aufblitzen eines metallenen Gegenstands, der rasend schnell in Richtung seiner Nasenwurzel geflogen kam. In dem Augenblick, in dem es dunkel wurde, spürte er große Dankbarkeit, dass das Altpapier von der Buchhandlung noch nicht abgeholt worden war.

2

Auch an diesem Abend war die Produktion der Druckausgabe für den nächsten Tag in vollem Gange. Etwa zwanzig Menschen befanden sich hierzu in einem zur Elbe hin gläsernen Großraumbüro im zwölften Stock des Verlagsgebäudes am Zirkusweg. Dort, in der Schlussredaktion, bot sich ihnen ein umwerfender Weitblick über die Lichter der Landungsbrücken von St. Pauli hinweg, von dem aber niemand der Anwesenden Notiz zu nehmen schien. Stattdessen saßen sie an ihren Schreibtischen und fixierten wie hypnotisiert ihre leuchtenden Monitore. Sie feilten an Texten, illustrierten Zeitungsseiten, wühlten sich durch tausende digitaler Fotos auf der Suche nach *dem einen* zur Story. Grafiker entwickelten Diagramme, die Onliner bestückten die Verlagswebseite und bereiteten Inhalte für die Netzwerke vor, wieder andere schufen Foto-Text-Collagen oder animierte GIFs für die Aufmachungen dort.

Am zentralen Platz des Raums, einem übergroßen Rundtisch, an dem sich die Arbeitsplätze der Ressortleiter befanden, saß Jenny inmitten ihrer Kollegen, an diesem Abend Chefin vom Dienst der »Allgemeinen«. Sie war eine freundliche, aufgeweckte Erscheinung. Das brünette Haar fiel ihr weich auf die Schultern. Zum T-Shirt mit ausgeblichener Stones-Zunge trug sie einen blauen Blazer, Bluejeans und Sneakers. Eine Lesebrille steckte im Haar, *für die ganz kleinen Dinge auf dem Bildschirm*. Gerade führte sie ein Gespräch mit Illy von der Kultur, die sich nicht sicher war, ob die Berichterstattung vom heutigen Filmball nun Sache der beiden Klatsch-Reporter sei oder eben in ihr Ressort fiel. Jenny arbeitete seit drei Jahren bei der Zeitung, das Business lag ihr sprichwörtlich im Blut. Ihr Vater hatte es bis zum Chefredakteur der »Süddeutschen« gebracht. Da war es klar, dass entsprechende Beförderungen nicht lange auf sich warten ließen.

Dann öffnete sich die Tür zur Schlussredaktion und Hansen stand im Rahmen. Er stand nur da, während sein Blick ziellos durch den Raum glitt, ohne irgendwo hängen zu bleiben. Er gab keinen Mucks von sich und hatte diesen unnachahmlichen Gesichtsausdruck aufgelegt, der von geübten Beobachtern irgendwo zwischen zu scharfem Essen und einer verunglückten Juhnke-Parodie angesiedelt worden wäre. Es war keine halbe Stunde vergangen seit dem Überfall auf ihn. Wie auch immer er es fertiggebracht hatte, die Redaktion so schnell wieder zu erreichen – nun stand er da, in seiner ganzen Pracht und Herrlichkeit. Als sie gedankenverloren von ihrem Rechner aufsah und beiläufig ihren Kollegen in der Tür erkannte, erschrak Jenny, laut. Erschüttert sprang von ihrem Stuhl auf, rief »Hansen! Was ist denn mit dir passiert!?«, und hielt sich entsetzt eine Hand vor den Mund.

Zwanzig Augenpaare erhoben sich fast zeitgleich von ihren Monitoren, starrten in Richtung des Eingangs. Die Platzwunden behelfsmäßig mit Taschentüchern abgedeckt, das eine Auge geschwollen, eine herbe Verletzung oberhalb der Nase, die Haare klebrig und zerzaust, sein Mantel, als hätte er darin geschlafen – *Hansen, nennt ihn Reporter-Gott.*

»Stell dir vor«, antwortete er, als wäre nichts an ihm außergewöhnlich, »der Pförtner wollte mich erst nicht rein lassen. Der kramte in seiner Jacke nach etwas Kleing...« Jetzt bemerkte Hansen, dass ihm die Beine wegsackten.

»Setz dich erst mal hin!«, forderte Jenny ihn auf, während sie ihm geistesgegenwärtig und in schnellen Bewegungen mit einem Drehstuhl entgegenkam. Hansen ließ sich erschöpft und dankbar auf den Stuhl fallen.

Dabei stöhnte er laut auf.

»Ich hol schnell Verbandszeug«, sagte sie, und zischte schon los. »Du musst zu einem Arzt!«

»Es wird kein Arzt geholt!«, rief Hansen drohend in das Rund des Großraumbüros, so, als wollte er eine Hundertschaft davon abbringen, nach den Telefonen zu greifen. Tatsächlich hatte niemand auch nur daran gedacht. Das, was sich ihnen beim Blick zum Eingang darbot, war ihnen aus früheren Geschichten schon ausreichend bekannt. Deshalb gaben sie sich wieder pflichtbewusst ihrer Arbeit hin. Mochte es Jenny auch immer wieder aufs Neue überraschen, mit welchen »Weisheiten aus Absurdistan« Hansen um die Ecke kam, einem Großteil der Redaktion war seine »Arbeitsweise« maximal suspekt. Hansen fuhr sich mit einem weiteren Taschentuch aus der Verpackung von *Billy* über den Mund, bemerkte beiläufig die Aufschrift. Chusteczki – *polnisch?*

Ein junger Mann mit einer unbändigen Locken-
pracht lugte noch immer über den Rand seines Bild-
schirms. Der geschundene Hansen ließ ihn offenbar
nicht los. Vielleicht war es dieser seltsame Mix aus
Unbeherrschtheit, Arroganz und Gebrechen, der auf
den einen oder anderen der jüngeren Redakteure eine
magische Anziehung ausübte. Zugegeben hätten sie es
allerdings nie. Der Lockige stierte Hansen inzwischen
unverhohlen an, der dem bohrenden Blick mühelos
standhielt.

»Was denn!«, schoss Hansen messerscharf in seine
Richtung, »noch nie einen Reporter bei der Arbeit ge-
sehen?« Verstohlen senkte der Mann daraufhin seinen
Kopf. Die Locken blieben sichtbar.

Jenny kam zurück. Mit dem Verbandkasten in der
Hand nahm sie sich einen weiteren Bürostuhl, setzte
sich direkt vor Hansen, begann ihn zu verarzten, mitten im Großraumbüro.

»Wer waren die Angreifer?«, fragte sie.

»Will ich gar nicht wissen«, tat er es ab. Seit sie ihn
dort im Müll zurückgelassen hatten und er kurz darauf
wieder zu sich kam, zermarterte er sich das Hirn darüber, wer hinter dieser Warnung gesteckt haben könnte. Er hatte einen Verdacht. Hansen atmete schwer. Die
Schläge, die er einkassiert hatte, schienen ihn noch
immer durchzuschütteln.

»Weißt Du, wie du aussiehst?! Die muss man doch
anzeigen! Und sag mir jetzt bitte nicht, ich sollte mir
erst mal die anderen anschauen – wie viele waren es
überhaupt?«

»Vier.«

»Vier? Mein Gott!« Jenny schnappte nach Luft, während sie ihm mit einem Tuch und einer Tinktur die Wunden rund um das Auge reinigte. *Warum Hansen nicht in einem Atemzug mit Chuck Norris genannt wurde, sollte ihm auf ewig ein Rätsel bleiben.* »Wer könnte dir denn eine Horde Schläger auf den Hals schicken?«

»Liest Du unsere Zeitung?«

»Hin und wieder.« Sie schmunzelte.

»Liest du *mich*?«

»Schon lange nicht mehr, Hansen.« Jennys Blick hatte etwas Spöttisches, wobei sie das in diesem Augenblick gar nicht so meinte. Im Gegenteil. Das, was Hansen erlitten hatte, machte sie wütend. Sie war überrascht über sich selbst. Denn sie empfand in diesem Augenblick, in dem er so angeschlagen, so verletzt vor ihr saß und sie ihn bemutterte, tatsächlich so etwas wie Mitleid mit ihm.

»Danke für die Ehrlichkeit, Jenny ... Autsch, du tust mir weh!« Sie hatte seine aufgeplatzte Braue berührt und nach seinem Aufschrei sofort die Hand weggezogen.

»Du tust dir selbst weh, Hansen!«, protestierte sie.

Er betrachtete die polnische Packung Einweg-Taschentücher in seinen Händen. Die Sprache darauf wollte eigentlich nicht so recht zu seinem Verdacht passen. »Ich tippe ja auf Longhatos Männer«, sagte er schließlich.

»Longhato!«

»Ja. Bin mir fast sicher, dass ich einen von denen schon mal gesehen habe, weiß nur nicht mehr, wo.

Aber der Typ hat ein Gesicht, das man so schnell nicht vergisst.«

»Longhato. Das ist doch dieser Mafioso, oder?«

»Nein, der Hilfskellner aus dem *Cueno*. Wer denn sonst, herrje! Kriegst du noch irgendwas mit, Jenny?«

»Ruhig, Brauner. Ich bin's, die dir gerade hilft«, sagte sie ruhig und tupfte ihm weiter die Gesichtswunden mit einer getränkten Kompresse sauber. Er zierte sich, aber mehr aus dem typischen Geschlechterspiel heraus. Denn sie machte das ziemlich gut, fast schon routiniert. Was von einer CvD doch alles abverlangt wurde, um *die Meute* zu bändigen.

In Gedanken saß Hansen schon vor seinem Text und begann, mit der rechten Hand in der Luft zu wedeln. »Greift der Krake jetzt nach den Bürgerlichen? Longhato nimmt, wonach ihm ist«, textete er.

Jenny schüttelte den Kopf. »Das weißt du doch gar nicht. Und selbst, wenn es so wäre. Der Einsatz ist zu hoch, Hansen. Das geht nicht. Schau dich doch nur mal an. Das kann doch niemand verantworten.«

Hansen starrte sie an und versuchte dabei zeitgleich einen lasziven Blick aufzusetzen. Mit dem eingebeulten Auge gelang ihm das im operativen Radius eines Karl Dall. »Spricht da jetzt die sorgende Jenny oder die sorgende CvD?«

»Beide, Hansen. Immer beide.« Jenny lächelte, packte derweil die Utensilien zurück in die Tasche. Dann klopfte sie Hansen aufmunternd auf den Oberschenkel. »So, Großer. Jetzt kannst du wieder raus zu den anderen. Weiterspielen.« Sie erhob sich von ihrem Stuhl, drehte ihn zurück an den CvD-Arbeitsplatz am Gemeinschaftstisch.

Hansen war im Begriff aufzustehen, spürte aber mit einem Mal einen bohrenden Schmerz, griff sich deshalb an die linke Flanke, stöhnte laut auf und ließ sich zurück auf den Drehstuhl plumpsen. Den Leberhaken hatte er wahrlich nicht gut weggesteckt. »Kannst Du mich in die Eha bringen?«, fragte er in einer Stimmlange, die an einen traurigen Clown erinnerte.

»Solltest du nicht besser ins Krankenhaus?«

»Was werden die denn dort anderes machen, was ich mit einem Tacker nicht auch könnte?« *Hansen, der Heimwerkerkönig.*

Jenny zuckte mit den Schultern. *Er ist alt genug,* dachte sie bei sich. Also stellte sie sich hinter den Drehstuhl, auf dem Hansen saß, rollte ihn quer durch das riesige Büro, vorbei an den Kollegen, die dort ihren Dienst verrichteten. Hin und wieder blickte jemand kurz von seinem Computer auf, ging dann wieder dem Job nach. Eine junge Frau, poppig geschminkt, das widerspenstige Haar mit Bändern zusammengebunden und kunterbunt gekleidet wie mit Resten aus einer aufgeplatzten Piñata, rollte mit den Augen und ließ genau in dem Moment, in dem Hansen auf dem Stuhl an ihr vorbeizog, eine Kaugummiblase platzen. Hansen lächelte sie mit schmalen Lippen und zu Schlitzen zugezogenen Augen an. Dann, aus dem Nichts, grunzte er. Sie erschrak, so gruselig war das. In diesem Augenblick wirkte Hansen wie jemand, der einem Regenbogen die Farben hätte aussaugen können.

Am anderen Ende des Großraums, noch vor dem zweiten Zugang, der den Raum mit der Dachterrasse und einem weiteren Aufzug verband, waren Glaswände eingezogen, die einen separaten Raum von etwa zehn Quadratmetern Größe ergaben. Statt eines Namens war dort das Wort »Einzelhaft« auf einem Zettel an der Tür angebracht, *die Eha*. Hansen ließ sich von Jenny wortlos hineinrollen. Innen angekommen, erhob er sich mit einem schmerzverzerrten Gesichtsausdruck vom Stuhl, schob seine Chauffeurin wortlos aus dem Raum, gab der Glastür einen leichten Stups. Sie fiel geräuschlos ins Schloss. Dann drehte er sich um, trat mit aller Wucht gegen den Bürostuhl, der daraufhin durch den Raum segelte und gegen die gegenüberliegende Glaswand knallte. Als nächstes riss er das Telefon vom Tisch, warf es auf den Boden, ließ Bücher, Magazine und Bürokram folgen, die neben dem Telefon abgelegt waren, riss an den Schnüren der Sichtschutz-Rollos, die mit lautem Getöse nach unten klatschten, sank schließlich auf die Knie, griff nach dem Papierkorb und übergab sich.

Hamburg – irgendwann hängt jeder in dieser Stadt kopfüber in einem Papierkorb.

3

Schietwetter! Fast auf die Minute genau schüttete es. Angeblich nur ein kurzer Schauer, wie die glockenhelle Stimme aus dem Radio jauchzte. Die beiden Männer saßen in einem schwarzen Audi, den sie auf einem Parkplatz abgestellt hatten. Beide hatten sie eine Papiertüte vor sich auf dem Schoß stehen. Der Motor lief. Wischblätter fegten rhythmisch Regentropfen von der Windschutzscheibe. Auf der Armablage zwischen ihnen balancierten zwei Kaltgetränke in einem Becherhalter aus Pappe. Es roch nach frisch zubereiteten Pommes und einer bemerkenswert rauchigen Burger-Soße. Kurz nachdem der Fahrer beherzt in seinen übergroßen Burger gebissen hatte, klingelte sein Smartphone. Er lugte auf das Display, regelte die Radiolautstärke herunter und reichte das Telefon an den Beifahrer weiter. Der starrte darauf, erkannte den Anrufer, und tippte sich erschrocken mit dem Zeigefinger an die Stirn.

»Nun, mach schon«, nuschelte der Fahrer, mit den Massen an Fleisch, Soße und Salat kämpfend.

Der andere leckte sich eine Fingerkuppe sauber, strich mit dem Finger zum grünen Hörer, sagte schließlich: »Hey, Boss.«

»Warum lässt du es vier Mal klingeln? Wo bist du?«

»Ich bin's, Piotr. Matteo sitzt neben mir.«

»Wieso geht er nicht selbst ran?«

»Er isst gerade.«

Matteo verdrehte die Augen und schüttelte langsam den Kopf, biss aber noch mal in den saftigen Burger.

»Er *isst*«, wiederholte der Boss langsam.

»Ja.«

»*Im Auto.*«

Dann hörte Piotr, wie sein Boss geduldig ein und wieder ausatmete. Es klang wie das Schwangerschaftsatmen, das er von seiner Frau kannte. »Okay«, sagte der Boss schließlich. »Kannst du mich mal auf ‚laut' stellen, bitte.« Das ‚Bitte' klang wie berstender Stacheldraht.

»Klar, Boss«, sagte der Beifahrer und drückte auf das Lautsprechersymbol. »Wir können dich jetzt alle hören.«

»Wir können dich jetzt … was? *Alle?* Wer ist denn da noch mit im Auto?«

Matteo verdrehte wieder die Augen, hätte dem anderen am liebsten eine gescheuert. Hastig schlang er den letzten Bissen runter, entriss Piotr das Telefon. »Gib schon her«, fluchte er. Dann, mit betont sachlichem Anschlag: »Sorry, Boss.«

»*Va bene*, Matteo. Wir brauchen doch alle mal ne Auszeit, müssen was essen … nicht wahr.«

»Alles klar, Boss«, entgegnete er und schloss dabei die Augen, so als würde er beten. »Kommt nicht wieder vor.«

»Wo ist er?«

»Wer, Boss?«

»Sag mal …«, wieder diese Atemübung, »ich spreche von dem Typen, den du eben noch mit deiner Pranke an eine Mauer gedrückt hast.«

Matteo schossen unzählige Gedanken durch den Kopf. War ihm ein Fehler unterlaufen? Hatte er etwas Falsches gesagt? Hätte er ihn nicht laufen lassen sollten? Ihm wollte nichts einfallen, weswegen er zögerlich fragte: »Wieso fragst Du, Boss?« Ihm behagte es nicht, wenn sein Chef ihm komisch kam. »Hab dir doch ein Foto geschickt. War doch okay, oder?«

»Ja, du hast mir ein Foto geschickt, das zeigt, wie du ihn festhältst! Das wirst du nun nicht den ganzen Abend lang machen, oder?«

»Nein, Boss.«

»Also. Wo ist er? Noch bei euch? Mit im Auto? Verschnürt im Kofferraum? Oder holt er gerade für euch Flachzangen noch zwei verkackte Desserts!«

»Nein. Wir haben ihm nur etwas Angst eingejagt, ihm gedroht.« Dann hatte Matteo einen Geistesblitz und er schob ein »wie befohlen« hinterher. Ganz sicher war er sich allerdings nicht mehr.

»Und wir haben ihm von dir freundliche Grüße ausgerichtet«, warf Piotr von der Seite nach, nickte Matteo dabei freundlich zu, der ihm dieses Mal mit der flachen Hand auf die Stirn klatschte.

»Ihr habt *was?*« kam es prompt aus dem Hörer.

»Na ja, sagt man doch so«, schob Piotr unbedarft hinterher, während er sich die schmerzende Stelle an der Stirn rieb. Matteo deutete ihm mit dem Zeigefinger, den Mund zu halten.

»Habt ihr ihm meinen Namen genannt?«

»Nein, Boss, sicher nicht«, beruhigte Matteo seinen Chef. »Haben ihm mit der *pugno di Dio* eins rein gegeben. Wie besprochen.«

»Was erzählt er denn da?«

»Vergiss ihn, Boss.«

»Ist mit ihm alles in Ordnung?«

Matteo blickte in Richtung Piotr, der das tatsächlich als Einladung empfand. »Ja, alles ist in bester Ordnung«, sang er fast.

»Was sagt er? Ich kann ihn so schlecht verstehen«, kam es zurück.

Matteo blickte mit seinen dunklen Augen zum Himmel, presste die schmalen Lippen aufeinander, ballte eine Faust, streckte den Daumen ab, fuhr sich damit entlang des Halses. Diese Geste verfehlte ihre Wirkung nicht. Piotr rutschte tiefer in seinen Sitz.

»*Tutto okay*, Boss«, antwortete Matteo betont unaufgeregt. »Wir haben dem Typen einen Denkzettel verpasst und ihm in den Papiermüll geworfen. Lebend. Wie besprochen.«

»Va bene.«

»Va bene.«

»Wo seid ihr jetzt?«

»Auf einem Parkplatz«, antwortete Matteo, schluckte und schob angsterfüllt hinterher: »Bei McDonalds.«

Stille. Grabesstille. Der Boss sagte nichts. Matteo lief es eiskalt den Rücken herab. Er schloss seine Augen. Nichts hasste der Boss mehr als Fastfood. Er verurteilte jeden, der sich dem hingab – *»diesen miesen Kaloriendreck … am besten stopft ihr ihn euch noch in einer meiner Limousinen in den Hals … mit all dem billigen Fett und dem Gestank! … Da kann ich mir ja gleich nen Wok ins Wohnzimmer stellen!«* Hätte Matteo jetzt aber gelogen und der Boss wäre irgendwie dahintergekommen, dass sie mit dem Audi im Drive-In waren, was bei dem wandelnden Sicherheitsrisiko auf dem Beifahrersitz nicht ganz auszuschließen war, würde es den Boss noch viel wütender machen, weil er dann das Gefühl gehabt hätte, dass man ihn wegen eines Big-Irgendwas hintergehen würde. Also: Lieber ehrlich zugeben, dass es Burger mit Pommes gab, *selbst im Auto*, bevor man deswegen post mortem zum Veganer wurde – *Radieschen von unten und so.*

Der Boss unterbrach die Stille: »Okay. Sei's drum. Kommt noch mal rein. Es könnte sein, dass es noch was zu tun gibt.«

»Alles klar, Boss.« Matteo fiel ein Felsbrocken von der Brust.

»Doch vorher saugt ihr die Scheißkarre aus! Wehe, ich finde da auch nur einen Salzkrümel zwischen den Sitzen!« Er legte auf.

Matteo warf das Telefon in Richtung Windschutz-scheibe, holte aus und knallte dem anderen mit der flachen Hand mehrmals auf den Kopf. Dann warf er sich zum ihm rüber und versuchte, ihn in den Schwitz-kasten zu bekommen, was Piotr mit allen Kräften zu verhindern wusste. Pommes flogen durch das Auto, dann verabschiedete sich der Rest eines Burgers, rutschte Matteo über das Bein auf den Sitz, dann auf den Boden zwischen die Pedale. Käse quoll aus dem Brötchen und Soße spritze an die Fahrertür. Matteo konnte sich immer weniger beherrschen, schlug weiter auf den Polen ein.

»Du bist so seltendämlich!«, brüllte er. »Ich möchte gerne mal wissen, womit ich das verdient habe. *Ci hai rotto i coglioni!*«

Dann bemerkte Matteo aus den Augenwinkeln, wie die beiden Pappbecher, die eben noch zwischen ihnen gestanden waren, schräg nach hinten gefallen sein mussten und sich nun seelenruhig in den hinteren Fahrgastbereich entluden. Ein Liter klebrige Cola. »*Che cazzo di merda*«, brüllte er und brachte wieder den Schlagring zum Vorschein.

4

Kontinuierlich stechende Schmerzen in seiner linken Flanke, unterhalb der Achsel und in ziemlicher Nähe zum Herzen, machten Hansen zunehmend mürbe. Nicht nur Luft holen tat weh, auch das Ausatmen, weshalb er nur noch flach atmete. Nun war er kein Arzt, aber nach wiederholtem Abtasten schlussfolgerte er eine herbe Rippenprellung. Es quälte ihn allerdings die Frage, was gewesen wäre, wenn auch die Lunge etwas abbekommen hätte. Hansen war eigentlich weit davon weg, sich um sich selbst zu sorgen. Aber ihm war durchaus bewusst, dass er generell nicht in der besten Verfassung war. Seit vielen Jahren schon hatte er sich jedem Sport verweigert. Seine, nennen wir es »*Leidenschaft für alkoholische Genüsse*« ließ sich nicht länger kaschieren. Das Gesicht war runder geworden, seine Kleidung an verräterischen Stellen zu knapp. Und er ernährte sich zunehmend ungesünder, vor allem dank günstiger Kohlenhydrate aus der Tüte. Zuhause kochte auch niemand mehr für ihn. Wozu auch? Er war ja nie da. Sollte er diese Schmerzen also zur Abwechslung mal ernst nehmen? Tief versunken kauerte er in dem weichen Büffelledersofa in der »Einzelhaft«. Während des Abtastens seines Rippenbogens blickte er konzentriert zur Decke, während seine Gedanken ziellos umherschwirrten. Schließlich entschloss er sich dazu, es sich bequemer einzurichten, bis der Schmerz vergangen war. Also begab er sich unter großem Stöhnen in eine sitzende Position und bückte sich vornüber, um sich die Schuhe abzustreifen. Doch es gelang ihm nicht, die Schnürsenkel zu lösen. Sein Schädel brummte und sein Bauch war im Weg. *Scheiß drauf.* Entschlossen legte er sich in Mantel und Schuhen längs auf das feine Möbel. Keine zwanzig Sekunden später war er eingeschlafen.

Mehr als fünfhundert Mal wird er diesen Traum geträumt haben, mindestens. Er sieht seinen jüngerer Bruder auf dem mörderisch hohen Gesims des alten Gebäudes, in dem das Erziehungsheim untergebracht war, stehend, winkend, mal mit ausgebreiteten Armen, mal kerzengerade, mal in der Form eines Vogels, mal mit freundlich hellen Augen, mal mit toten schwarzen Höhlen, mal mit einem Lachen im Gesicht, mal wie in Stein gemeißelt, im Finale aber immer in den Tod springend – kurz bevor Hansen dann schweißnass aufwacht. Dabei hatte er den Freitod seines Bruders gar nicht mitbekommen. Er war zu dem Zeitpunkt in eine Keilerei mit Gleichaltrigen verwickelt gewesen, die sich auf dem Hof des weitläufigen Geländes zugetragen hatte. War seine Mutter beleidigt worden? Oder sein Bruder? Oder hatten sie seinen Vater wieder mal als Überläufer denunziert, als Kapialistenschwein? Mit zunehmendem Abstand zum Geschehen spielte das Gehirn seine Spielchen mit ihm. Dieses Mal aber war das Ende anders. Im Fallen griff sein Bruder nach einem Speer und rammte ihn Hansen in die linke Flanke. Dann brummte es von irgendwo her.

Das sonore, stetige Brummen des Handys holte ihn zurück in die Wirklichkeit. Schläfrig ertastete Hansen es in seiner Manteltasche, zog es heraus, und starrte mit halb geöffneten Augen auf das zersprungene Display-Glas. BKA Fred.

»BKA Fred«, sagte er.

»Hallo, Hansen.«

»Was ist los?«

»Das wollte ich dich gerade fragen, Hansen. Ich hatte eine sehr besorgte Jenny am Hörer.« BKA Fred war immer gut informiert.

»Ist nichts weiter, Fred«, spielte Hansen den Vorfall herunter, »bin etwas … naja … angeschlagen.«

»Hörte ich. Wo bist du?«

»In der Einzelhaft, im Zwölften.« Dass Fred von Jenny informiert wurde, schien Hansen weder zu stören noch zu überraschen.

»Wer waren die Typen?« BKA Fred war auch immer daran interessiert, alles zu erfahren, um gut informiert zu sein.

»Tja, wenn ich das wüsste.« Unter einem Stöhnen rappelte Hansen sich wieder schwerfällig auf, hebelte die Beine vom Sofa. Jetzt saß er, kratzte sich am Kopf und versuchte die wilde Mähne irgendwie zu ebnen. »Ich meine, einen der beiden erkannt zu haben. Auch, wenn der andere polnische Taschentücher bei sich hatte, tippe ich auf Longhatos Männer.«

»Einer der *beiden?* Jenny sprach von vier Typen!«

»Ach, die liebe Jenny.«

Fred sagte nichts. Hansen spürte förmlich, wie seine Lüge als solche entlarvt wurde. Fred überspielte es mit einer weiteren Frage: »Wie kommst du auf Longhato?«

»Fred, ehrlich. Liegt das nicht auf der Hand?« Hansen hatte mit einer klaren Zustimmung gerechnet.

Fred dachte nach, und wie immer in solchen Augenblicken, atmete er schwer. »Nein«, sagte er dann.

»Ach so.«

»Die Story ist längst gedruckt, Hansen. Was soll Longhato davon haben, wenn er den Journalisten für eine alte Nummer mundtot macht? Ist völlig sinnfrei.« *Fred, polizeilicher Stratege der Extraklasse.*

»Und was ist mit so was wie ‚Rache nehmen‘ oder jemanden zum Schweigen zu bringen? Soll doch Kernkompetenz der Camorra sein.«

»Ja, im Kino vielleicht. Mit Fischen, die in Tageszeitungen eingewickelt werden, oder mit Füßen im Beton. Hierzulande sind die Herren etwas, ich sag mal, spießiger unterwegs.«

»*Spießiger.* Klingt nach Bausparvertrag.«

»So nun nicht, Herr Hansen. Aber es sind Geschäftsleute, die ihre Dinge möglichst geräuschlos erledigen wollen. Sie zahlen zwar noch immer keine Steuern und scheren sich einen Scheiß ums Gemeinwohl. Sie machen aber schon lange nicht mehr in Olivenöl oder Tomatensoße, was nebenbei bemerkt nostalgischer Unfug ist. Sie machen Big Business, Hansen. Und zwar solches, das die Nadel auf unserem moralischen Kompass rotieren lässt. Im Kern aber sind sie Geschäftsleute. Und die wollen nichts als in Ruhe gelassen werden.«

»Menschen wie du und ich.«

»So sind wir nicht.«

»War ein Spaß.«

»Okay.« BKA Fred verstand es, komplizierteste Sachverhalte auf einen einfachen Nenner zu bringen. Aber kein Humor.

»Wenn ich dich richtig verstehe, heißt das aber doch, dass ich mit meinem letzten Bericht ...«

»... denen mächtig in die Parade gefahren bist, klar. Vermutlich hast du für ziemliche Unruhe gesorgt. Sie werden sich in den Allerwertesten gebissen und gefragt haben, wie du dahintergekommen bist. Aber wie gesagt, das ist Schnee von gestern. Der Deal ist fix.«

Hansen dachte nach. Natürlich hatte er sie oder »ihr Geschäft« gestört. Der Longhato-Clan nutzte die allzu offensichtliche Privatisierungswelle der Stadtverwaltung zum Großeinkauf, hatte sich so vor etwa zwei Wochen still und heimlich die städtische Müllverbrennungsanlage unter die Nägel gerissen. Darüber berichtete Hansen in der »Allgemeinen«. Genauer gesagt mutmaßte er das. Denn es gab keine direkten Beweise für einen Kauf durch Longhato – keine Vertragskopien, Papiere oder Bandmitschnitte von irgendwelchen Kungelrunden in Hinterzimmern mit Mitarbeitern aus dem Rathaus. Überhaupt hatte sich das Rathaus konstant zugeknöpft gegeben – keine Statements für die Presse, nichts vom Ersten Bürgermeister. Bekannt wurde lediglich, dass ein Firmenkonsortium mit Sitz auf den British Virgin Islands, den Jungferninseln, als Käufer auftrat. Das aber, befand Hansen, war schon Sensation genug. Denn warum sollte sich ausgerechnet eine Firma von den Jungferninseln um den Hausmüll der Hanseaten kümmern wollen? Gerade nach den

Enthüllungen zu den so genannten »Panama-Papers«, den Unterlagen eines panamaischen Offshore-Dienstleisters, die unter dubiosen Umständen das grelle Licht einer nie gewollten Öffentlichkeit erblickten, waren die kleinen Inseln in der karibischen Sonne unter Investigativ-Journalisten so etwas wie Lourdes für Katholiken. Hansen, sonst eher der Typ Tresen-Bräune, sah sich schon vor Ort in bunten Shorts an der Duty-Free Bar des Beef Island Tortola Airports nach einem Tequila Sunrise greifen. Mit Papierschirmchen, versteht sich. Sein Chefredakteur sah das eher nicht so. Seiner bescheidenen Meinung nach, und nach der ging es, waren die Inseln schlichtweg zu weit weg für eine Vor-Ort-Recherche – *»Bin untröstlich, mein lieber Hansen, aber bei diesen Spesen überlassen Sie das mal besser den Öffentlich-Rechtlichen«*, hatte er ihm damals augenzwinkernd zugeworfen und auf einen Bericht im ZDF verwiesen. Außerdem verlangte der Alte stets nach einer zweiten Quelle, die Hansen auf Gedeih und Verderb nicht aufgetan bekam. Dass es die Geschichte dennoch und trotz ihres sehr dünnen Unterbaus am Zweifel des Chefredakteurs vorbei ins Blatt geschafft hatte, war dem Umstand geschuldet, dass es darin gegen Longhato ging. Der war jedem in Hamburg ein Dorn im Auge. Auf ihn hauten sie alle ohne Ausnahme gerne drauf.

»Lieber Fred, beim Ankauf der Müllverbrennungsanlage ging es nicht mit rechten Dingen zu. Wenn ich bei den Herren Geschäftsleuten mit meiner Vermutung für so viel Unruhe gesorgt habe, dass sie mich jetzt mundtot machen wollen, dann heißt das doch, dass die noch nicht fertig sind mit Geschäfte machen. Oder wie siehst du das? Oder, warte! Vielleicht bin ich genau auf dem richtigen Weg! Wenn ich dich also richtig verstehe, Fred, habe ich ungewollt in ein Wespennest gestoßen«, schlussfolgerte er.

»Das Glück ist mit den Tüchtigen, Hansen.«

»Bin ich erst mal aus dem Verkehr gezogen, schreibt niemand mehr über derlei Zusammenhänge.«

»Klar.«

»Andere Zeitungen berichten erst gar nicht.«

»Richtig. Du bist die letzte Bastion der Wahrheit, Hansen.«

»Sehe ich auch so.«

Fred unterdrückte ein Lachen. »Heißt: Wenn du wissen willst, wer dir an die Wäsche wollte, musst du nur den finden, den es am meisten interessieren könnte, dass du nichts mehr aufdeckst.«

»Longhato. Ist doch klar.«

Fred antwortete gleichgültig: »Wenn du meinst.«

»Wer denn sonst, Fred?« Hansen stöhnte auf.

»Du, Journalist. Ich, Polizist«, antwortete er. »Lass uns schauen, was wir herausbekommen. Was tut dir denn genau weh?« Seine Sorge war ernst gemeint.

»Linke Flanke, Rippen, Lunge, Herz.«

»Welche Rippe genau? Zähl mal.«

»Was?«

»Stell dich auf, und zähl von oben, welche Rippe dir am meisten Kummer bereitet.«

Das Nachdenken über Longhato hatte Hansens geschwächten Körper mit Adrenalin vollgepumpt, weswegen er sich viel zu schnell erhob, wie sich nur Augenblicke später herausstellte. Sofort setzte Schwindel ein und Hansen tastete benommen mit der Rechten entlang seines linken Rippenbogens. Dabei erspähte er im Schrank eine Cognacflasche, unterbrach das Abtasten und goss sich einen ordentlichen Schluck in einen der bereitstehenden Schwenker. Er kippte den Cognac in einem Zug runter. Dann fühlte er weiter, und quiekte laut auf. »Die vierte oder fünfte, würde ich sagen«, stöhnte er. »Mann, dieser Typ hat mir nen richtigen Leberhaken versetzt.«

»Das war kein Leberhaken. Deine Rippe ist vermutlich gebrochen oder zumindest angebrochen.«

»Wie kannst du dir da sicher sein, Fred?«

»Mit der Zahl der Lebensjahre lässt die Festigkeit der Rippen nach. Da reicht manchmal ein kleiner Schubs, und schon ist irgendwas hin. Hoffentlich ist es keine Serienfraktur.«

Hansen ließ sich mit Cognacflasche und Schwenker ermattet aufs Sofa fallen. »Muss ich jetzt Dr. Fred zu dir sagen?«

»Ich schick dir unseren ärztlichen Notdienst. Bleib so lange, wo du bist. Und du tust dir in der Zwischenzeit selbst einen Gefallen und lässt die Finger vom Schnaps.« *Hellsehen konnte Fred anscheinend auch noch.*

»Ja, ja, ich weiß«, sagte Hansen genervt. Dann prostete er Fred mit dem Schwenker zu, gab dabei aber keinen Mucks von sich.

Fred beendete das Gespräch ohne ein weiteres Wort.

5

Artzinger war nicht so einer, der teilnahmslos dem Scheitern seiner Kollegen beigewohnt hätte, um auf der Karriereleiter schneller nach oben zu kommen. Nein, so einer war Artzinger nicht. Er benutzte einen Bulldozer, um sie aus dem Weg zu räumen. Das ging schneller und war deutlich effektiver. An diesem frühlingshaften Abend verließ Bernd Artzinger mit ausgesprochen guter Laune seine E-Klasse in der Tiefgarage des Gebäudekomplexes im Zirkusweg. Wenig später betrachtete er im vorteilhaft getönten Spiegel seinen anstandslos sitzenden Smoking, lauschte der seichtsäuselnden Musik des Percy Faith Orchesters, die in einer Endlosschleife die Aufzüge beschallte. Obwohl er zunächst andere Pläne für diesen Abend gehabt hatte, versicherte ihm der Chefredakteur, dass seine Person gerade dringend in der Redaktion gebraucht werde. Das allein beflügelte Artzinger, der nie auf die Idee gekommen wäre, seinem Vorgesetzten etwas abzuschlagen. Artzinger war von großer, sportlicher Statur, ohne muskulös zu wirken. Er trug seine leicht ergrauten Locken mit Stil. Alles an ihm wirkte, als kämen für ihn durch Herkunft, Erziehung und Bildung nur Führungspositionen in Betracht. Dazu war dieser Mann ein Phänomen. Wäre er bei strömendem Regen und ohne Schirm die Straße entlang gegangen – er wäre trocken geblieben. An ihm blieb einfach nichts haften. Selbst aus seiner Scheidung vor vier Jahren schlug er noch Profit, weil die ehemalige Frau Artzinger deutlich reicher war als er. Im zwölften Stock verließ er den Aufzug. Nur kurz ums Eck des Großraums gelugt, griente er überfreundlich in den Raum und den dort arbeitenden Redakteuren zu. Dann ging er, nein, stolzierte er mit gewichtetem Schritt die »Proletarier-Parade«, wie er es nannte, ab, grüßte Jenny kopfnickend und augenzwinkernd, wandelte dabei zielgerade entlang einer imaginären Linie in Richtung des kleinen gläsernen Büros am Ende des Großraums. Dort angekommen entfernte er mit einer formvollendeten Handbewegung und begleitet von einem wissenden Lächeln in den Mundwinkeln den Zettel »Einzelhaft«, der an der Glasscheibe zu seinem Büro, seinem Reich, seinem persönlichen Stück von der großen Verlagstorte, angeklebt war. Der Zettel überdeckte, wie jedes Mal, seinen Namen und seine Funktion als stellvertretender Chefredakteur der »Allgemeinen«. War er nicht im Haus, nutzten die diensthabenden Kollegen gerne diesen Raum als Rückzugsort für kurze persönliche Gespräche oder Telefonate. *Eha* nannten sie es dann, was Artzinger nur gönnerhaft belächeln konnte. Von Haft konnte kaum die Rede sein! Im Grunde hatte er ein Problem damit, dass sie ihn hintergingen, aber hey: Sollten sich die traurigen Gestalten aus dem Großraum doch ruhig einmal sattsehen daran, wie man sich bettet, wenn man beinah das Ende der journalistischen Nahrungskette erreicht hatte. Die sündhaft teure Aktentasche neben den irgendwie demolierten Drehstuhl abgestellt, wollte er das Chaos in seinem Büro erst einmal nicht begreifen. Doch er war zunehmend irritiert. Der Stuhl ... die Rollos ... und dann dieser Gestank! Seine Bewegungen erstarrten. Mit einem Mal riss er seine Augen auf und hielt die Luft an. Die Einrichtung seines Büros, die Ablage mit der akkurat sortierten Unterschriftenmappe, das Telefon, der Blumentopf mit der geliebten Titanopsis calcera... *Und was ist das für ein unendlicher Gestank?* ... Und dann, noch viel schlimmer ... HANSEN!

Offenbar im Vollsuff lag *dieser Penner* gerade in Mantel und Schuhen auf der cremefarbenen Rolf-Benz-Garnitur! Und was war das da neben seinem Gesicht? Waren das etwa blutverschmierte Taschentücher? *Alexa, wie bekommt man Blutflecke aus beigem Büffelleder?* Artzinger kochte und sein Thermostat schoss binnen weniger Sekunden in Richtung Siedepunkt. Er suchte auf dem Schreibtisch nach einem Gegenstand, den er Hansen an den Kopf geworfen hätte – Locher, Telefon, Brieföffner, egal. Doch die Arbeitsplatte war leegefegt, wie nach einem Tornado. Erst jetzt bemerkte Artzinger, dass seine gesamten handverlesenen Büroutensilien, inklusive des gravierten Montblanc, heillos im Raum verteilt lagen. Voller Wut und Wucht trat Artzinger mit seinem schwarzen Lackschuh gegen das Sofa.

»Hansen, du versoffener Arsch!«, brüllte er. Der Tritt hinterließ einen ansehnlichen Rallyestreifen im Leder. »Verpiss dich aus meinem Büro!«

Hansen zuckte zusammen, öffnete wie in Zeitlupe die Augen, drehte sich um die eigene Achse, um zu sehen, wer ihn störte. »Was machst'n du hier, Artzinger?«, nuschelte er flüsternd, während er sich über den faden Nachgeschmack des Cognacs wunderte.

»Ich ... was ich *hier* MACHE? Hier in meinem ... Du versoffener ... Ich mache hier, wofür du auch bezahlt wirst! ARBEITEN! Ich will dich arbeiten sehen, Hansen! Weißt du noch, was das ist? Und jetzt scher dich zum Teufel, verdammt noch mal!«

Beim Rückwärtsgehen kickte Artzinger mit dem Absatz seines rechten Schuhs gegen die auf dem Fußboden abgestellte Cognacflasche, die daraufhin umkippte. Der Cognac pumpte in goldenen Schüben auf den Teppich. Artzinger quiekte laut auf, sank auf seine Knie, griff nach der Flasche und versuchte zu retten, was zu retten war. »Das darf doch nicht wahr sein!«, brüllte er. »Hast Du eine Ahnung, was dieses Zeug kostet? Das muss man sich erst mal VERDIENEN, Hansen! Tropfen für Tropfen!«

Eine junge Frau mit großer Hornbrille und roten Haaren, die sie zu einem Pferdeschwanz gebunden hatte, klopfte arglos und aktenbepackt an die Glastür. Ohne hinzuschauen reichte sie eine Kladde hinein. »Hallo, Herr Artzinger. Hier ist die Infomappe zur Spätproduktion, die heute um ...« Sie unterbrach sich. »Was riecht denn hier so streng?« Erst jetzt sah sie in den Raum hinein und entdeckte Hansen auf dem Sofa und ihren Chef im Smoking und wie er auf dem Boden kniend versuchte, ausfließenden Cognac von Hand zurück in eine Flasche zu schieben. »Wow!«. Mehr brachte sie nicht heraus.

»Nichts ist hier wow!«, schrie Artzinger. »Rufen Sie den Sicherheitsdienst! Sofort! Die sollen diesen Eindringling aus meinem Büro entfernen!« Wild gestikulierend zeigte er auf Hansen, der im Begriff war, sich aufzurichten. Dabei krümmte er sich und hustete laut. Artzinger wandte sich angewidert ab. »Und dann organisieren Sie ein Reinigungs-Trupp! Den gesamten Raum, hören Sie! Die Möbel, den Teppich ... und verdammt nochmal diesen Papierkorb!« Jetzt baute sich Artzinger vor Hansen auf, griff nach dem Korb und hielt ihn Hansen vors Gesicht. Aus dem Papierkorb tropfte es in Fäden auf den Boden. »Wie kann man nur so bescheuert sein und in einen Korb mit Lochstanze kotzen?«, brüllte Artzinger.

Hansen, mit dem säuerlichen Geruch konfrontiert, begann zu würgen. Mit großen Augen und zusammengepressten Lippen drehte sich die Assistentin um ihre Achse und machte sich aus dem Staub.

Hansen saß jetzt wieder. »Bin nicht aus freien Stücken ... hier ... in deinem ... Schuhkarton.«

»Es ist mir scheißegal, warum du hier bist!« Artzinger warf den Papierkorb ungeachtet des ohnehin ruinierten Teppichs in eine Ecke des Büros. Er machte keine Anstalten, die Contenance zu wahren. »Dieses Büro gehört dir nicht! Es steht dir nicht zu! Du hast hier nicht zu sein!«

Hansen erhob sich und stand für einen Augenblick gefährlich nah vor Artzinger. Auch wenn er gut einen halben Kopf kleiner war als sein Gegenüber, ließ diese Nähe Artzinger augenblicklich verstummen. Die Situation glich einem Duell. Der eine kochte vor Wut, wollte nichts als Vergeltung. Dem anderen war es herzlich egal. Seelenruhig atmete Hansen tief ein und zog ruckartig die rechte Hand nach oben, was Artzinger zusammenzucken ließ. Dann fuhr sich Hansen betont gelassen mit den Fingern durch die Haare, zog daraufhin an ihm vorbei, verließ die vormalige »Einzelhaft« in Richtung des angrenzenden Flurs. Als er wusste, dass er nicht mehr beobachtet wurde, wechselte sein stolzer Abgang in ein Torkeln mit Schlagseite. Hansen schleppte sich über den Flur zur nächsten Toilette. Ihm war noch immer speiübel und die Rippenschmerzen waren kaum noch auszuhalten. Im Spiegel des Waschraums betrachtete er sein linkes Auge. Es war dick geschwollen, die Braue darüber hatte einen Riss, der fast bis zur nächsten hinüberreichte. Vielleicht hätte man es doch nähen müssen.

Nach Artzigners Dafürhalten war Hansen irgendwas zwischen einem »*abgegessenen Clochard*« und einem »*versoffenen Stück an journalistischer Talentlosigkeit*«. Doch außer ihm wollte das niemand so sehen. Denn Hansen hatte bei den richtigen Leuten im Verlag einen mächtigen Stein im Brett. So groß, dass daran nicht zu rütteln war. In ihm, dass wussten sie, steckte neben der menschlichen Einsilbigkeit ein ziemlich guter Reporter, einer von der seltenen Sorte Wadenbeißer. So hatte er zur Aufklärung von gut und gerne einem Dutzend der größten Politik- und Wirtschaftsskandale beigetragen, die sich in den vergangenen zehn Jahren zwischen Schnelsen und Bergedorf ereignet hatten. Hansen war es, der vor etwas mehr als einem dreiviertel Jahr und trotz der angeblich eindeutigen Ermittlungsarbeit der Polizei nicht davon abzubringen war, dass der plötzliche Herztod des beliebten Ersten Bürgermeisters Börnsen eines natürlichen Ursprungs war. Hansen bemerkte damals lakonisch, dass ein Börnsen nicht einfach so sterbe. Weil er es glaubte, begab er sich auf die Suche. Und er begann zu graben. Er buddelte sich wortwörtlich in die Geschichte ein und durchs Erdreich auf dem Anwesen der Börnsens, bis er in einem unweit entfernten Kanalschacht auf eine hölzerne Maske stieß, wie sie in der schwäbischen Fasnacht getragen wird. Peinlich für die Polizei, denn dort hatten sie nicht nachgesehen. An jener Maske fanden sich Spuren eines heimtückischen Nervengifts mit halluzinogener Wirkung. »Börnsen stirbt bei Anblick einer Narrenmaske« titelte die »Allgemeine« damals, was mindestens jeder zweite Norddeutsche bedingungslos nachvollziehen konnte. Ging Hansen erst einmal auf die Pirsch, förderte er nicht selten genau die Details zutage, die Ganoven hinter Schloss und Riegel brachten. Der Verlag und die Herausgeber-Familie verdankten ihm viel. Seine Storys waren Garanten für enorme Zusatzauflagen und großen medialen Widerhall. Das machte Hansen zu einer lebenden Lebende. Aber Hansens ureigenes Problem war, dass er es nicht verstand, sein gigantisches Gespür für Geschichten gewinnbringend einzusetzen. Auch wenn die Recherche in der Causa Börnsen schlussendlich nicht zu einer Verhaftung führte, wurde Hansen für seine herausragende Arbeit sogar ausgezeichnet. Als man ihm den Preis überreichen wollte, stand er im Leih-Smoking auf einer hell erleuchteten Bühne in den Deichtorhallen vor irgendwelchen Leuten, die ihn beklatschten und die ihm nichts bedeuteten. Er war nicht mehr ganz nüchtern, um es vorsichtig zu formulieren. Nach zwei launigen Reden drückte man ihm eine Skulptur in die Hände und reichte ihm ein Mikro, in das er erst einmal rülpste. Dann beleidigte er die eine Hälfte in der Halle der Mittäterschaft, während er der anderen den Mittelfinger entgegenreckte. Hansens Versuch einer Dankesrede ging in die Annalen ein. Ihm bedeutete es nichts, weder der Applaus noch der »*grottenhässliche Staubfänger*«, den sie ihm mitgaben, und den er auch genauso bezeichnete. Kein Zweifel, Hansen war ein journalistisches Trüffelschwein. Aber in jedem außergewöhnlichen Zeitungsreporter steckte eben auch ein gutes Stück selbstzerstörerischer Exzentriker, der aus lauter Selbstzweifel und mangelndem Selbstbewusstsein heraus auf halbem Weg in die Klapse war. Meistens blieb er dabei in einer Kneipe hängen. Bei Hansen hatte vielleicht schon zu oft der Exzentriker die Oberhand über das Trüffelschwein gehabt.

Das Smartphone klingelte aus der Manteltasche heraus. Hansen zog es heraus, blickte auf das gebrochene Displayglas und sah den Namenseintrag eines Kollegen von einer anderen Zeitung aufleuchten.

»Was willst du, Tommy?«

»Moinsen, Hansen. Mir ist zu Ohren gekommen, dass du ungebetenen Besuch hattest. Wie geht es dir denn so?«

»Bin okay«, log er, »aber nicht in der Stimmung, mit dir zu quatschen.« Dann überlegte er eine Sekunde und fragte: »Woher weißt du das eigentlich?«

»Offen gesagt, es gibt kein anderes Thema mehr! Wenn Reportergott Hansen eins aufs Maul bekommt, scheint jeder in den Medien eine dezidierte Meinung dazu zu haben.«

»Aha. Du wirst es ja wissen, Tommy.«

»Hansen, *ich*? Was ich weiß, interessiert niemanden. Aber dieses Foto von dir auf facebook, das ist der Knaller! Voll eins auf die Zwölf, aber Hansen bleibt stehen! Bäm!«

»Was denn für ein Foto?«

»Den Hashtag find ich übrigens cool.«

»Tommy! Wovon redest du? Den *was*?«

»Hashtag, alter Mann. Hat nichts mit psychedelischen Keksen zu tun. Ist das Internet. Dieser Kram mit den blinkenden Lämpchen. Hast du bestimmt schon von gehört ...«

»Hau ab, Tommy.« Er wollte auflegen.

»Hansen, warte, nicht auflegen! War nicht so gemeint, echt. Ich wollte dich nur freundlich fragen, ob du mir einen Tipp geben kannst.«

Hansen hustete. »Erst beleidigst du mich dann und willst was von mir. Die Jugend von heute hat keinen Anstand.«

»Und keine Moral, hast du vergessen.«

»Und keine Moral.«

»Deshalb bist ja auch du unser Gott, Hansen. Also, weil ich weiß, dass du da ziemlich tief drinsteckst, und, wie man hört, tiefer als ich es jemals sein könnte ...«

»Woran arbeitest du?«, unterbrach ihn Hansen.

»Na ja, genau wie du ... an der Sache mit den schäbigen italienischen Müllschiebern! Das muss ich dir doch nicht sagen. Seitdem der Longhato-Clan in Müllverbrennung macht, brummt die Hütte. Die finden im Moorgürtel wohl keine freien Flächen mehr, um ihre Businesspartner auf Nimmerwiedersehen zu entsorgen. Ich sag nur: Asche zu Asche.«

»Wo ist da jetzt das Neue, Tommy?«

»Hansen, jemand zu Hause? Longhato ist doch jetzt mit hundertprozentiger Sicherheit an der Entsorgungsfirma dran. Das bedeutet ständigen Nachschub für seine Müllverbrennung. Aus dem Dreck, den keiner mehr haben will, Geld scheffeln. Genial. Deshalb wollte ich dich fragen: Hat der EB dem Verkauf nun zugestimmt oder nicht? Hast du da was gehört?«

Mit einem Mal war Hansen zurück – so, als hätte Tommy ihm einen Defibrillator an die Brust gesetzt. Der Nebel zog aus der Stirn und seine Gedanken sortieren sich. Selbst die Schmerzen in den Rippen schienen nachzulassen. Sein Verdacht stimmte also! *Es war dieser Spaghetti Longhato!* Niemand anderem hatte er so viele Anlässe geboten, ihn aus dem Weg zu räumen. Mindestens zweimal monatlich tischte Hansen den Lesern der »Allgemeinen« neue Details über Longhatos ungenierte Hinterzimmer-Machenschaften auf, über seine gesellschaftlichen Querverbindungen bis in die höchsten Entscheidungszirkel. Auch die politische Einflussnahme, mit der der Ganove Amerigo Longhato langsam aber sicher die gesamte Stadt an sich riss, thematisierte Hansen immer wieder, unablässig. Es war Longhato, der das Rathaus unterwanderte, damit er für sich und seine *famiglia* die Müllverbrennungsanlage in Besitz bekommen konnte. *Und, was sagte Tommy da gerade? Es geht jetzt um die Ent-sorgungsfirma?* Anscheinend war Longhatos Gier noch nicht gestillt! Dass Hansen davon aber bisher keinen blassen Dunst hatte, wollte er den jungen Kollegen von der »Blitz« nicht wissen lassen.

»Kann ich dich zurückrufen, Tommy? Bin gerade ... ähm, noch nicht so klar.«

»Kein Ding, Hansen. Aber vergiss mich nicht. Und gute Besserung, Legende!« Er legte auf.

6

Eine Stunde zuvor.

Dienstagsabend, 18.00 Uhr

Normalerweise war um diese Uhrzeit im zwölften Stock noch immer die »Siebzehnfünfundvierziger« in vollem Gange. In dieser Schlusskonferenz der »Allgemeinen« wurden noch einmal die Themen für den darauffolgenden Tag besprochen, bevor die Arbeit in die Schlussphase der Produktion überging. Hatte sich in den Ressorts etwas getan? Gab es neue Entwicklungen im Weltgeschehen, die nach einem geänderten Aufmacher auf der Titelseite verlangt hätten? Musste ein neuer Themenschwerpunkt aufgerissen werden? Doch, als hätten es Chefredakteur Weiß und sein Stellvertreter Artzinger bei der Planung ihres freien Abends schon geahnt – die Themenlage blieb, abgesehen von dem stattfindenden Filmball, bei dem beide zugegen waren, mau. Die Konferenz unter der Leitung der Chefin vom Dienst, Jenny, plätscherte dahin.

Hansen, einer von zwei Reportern bei der »Allgemeinen«, schwänzte die Konferenz. Er fläzte sich stattdessen an einem der freien Plätze am Rundtisch im Großraumbüro der Spätproduktion und blätterte gelangweilt in einem Dossier über den erst kürzlich ins Amt gewählten Ersten Bürgermeister. *Unser EM, ein sechsunddreißigjähriger Langweiler in einem langweiligen Dossier,* dachte Hansen, *mit einer langweiligen Bio, einer langweiligen Ehefrau und zwei langweiligen Gören.* Hansen trank Pils aus der Dose und seine Versuche, das Aufstoßen zu unterdrücken, wollten ihm nicht recht gelingen. Von seinem Sitzplatz aus hatte er die Monitore im Blick, die über den Köpfen der anderen Redakteure angebracht waren. Sie zeigten abwechselnd das Nachrichtengeschehen in den einschlägigen Fernsehsendern und den Stand der Produktion der Zeitungsseiten. Jeder Monitor diente dabei zur Anzeige einer einzelnen Zeitungsseite. Über der jeweiligen Seite verlief von links nach rechts eine schmale Farbskala, die von einem feinen Moosgrün zu einem drohenden Tiefdunkelrot reichte. War der Zeiger der Skala mittig in den orangenen Farbtönen angelangt, drehte die Emsigkeit in der Redaktion auf Turbo. Denn Rot bedeutete: Andruck. Und dann war's das mit der Ausgabe für den Folgetag. Alles, was dann noch hereinkommen sollte, war allenthalben für die Onliner von Interesse. In der gedruckten Zeitung hätte man es nicht mehr mitnehmen können, ohne nicht das halsbrecherische Wagnis von deutlich höheren Produktionskosten in Kauf zu nehmen. Hansen stierte auf die Nachrichtenkanäle, die mehr Werbung als Inhalte zeigten. Selbst die Breaking-News-Laufbänder wurden genutzt, um auf Sendungen in der frühen Nacht aufmerksam zu machen. Eine Ausstrahlung wandte sich offenbar an eine deutlich ältere, irgendwie hungrige Zielgruppe: »Hitlers Köche – ihre Geheimnisse, ihre Soßen.« Hansen riss dem Dossier über den Ersten Bürgermeister eine Ecke ab, formte sie zu einer Kugel, und schoss sie gelangweilt mit dem Zeigefinger durch den Raum. Das Papierkügelchen traf einen jungen Mann, dessen Kopf nur halb von seinem Computerbildschirm bedeckt war.

»Hey«, rief er ins Nichts.

»Hey ... was?«, provozierte Hansen. Keine Antwort. Mit solchen Abenden, an denen nichts los war, kam Hansen nicht zurecht. Es gab nichts zu recherchieren, keinen klaren Auftrag. Eigentlich hätte er sich längst nach Hause verdrücken, seine Ehe retten oder einem erfüllenden Hobby nachgehen müssen. Stattdessen lungerte er in der Redaktion herum, nervte sich und andere und schlug irgendwie die Zeit tot. Rein zur Bespaßung suchte er sich dann immer wieder Opfer für überzogene Aktionen. Dabei ließ er sein Gegenüber gerne spüren, dass *er* der weitgereiste Reporter war, der mit dem überquellenden Schatz an Lebenserfahrung, mit der Weitsicht des altgedienten Journalisten. Hatte er seine gehässige Freude, währte sie nur kurz. Nicht selten tat ihm schon wenige Augenblicke später leid, was er zuvor verbockt hatte. Eine merkwürdige Spirale.

Hansen wählte sich gerne Jüngere zum Opfer – Volontäre, Praktikanten, Absolventen der Journalistenschulen – Menschen, die geduldig auf ihren Knien ausharrten und auf den Startschuss zur eigenen Karriere warteten. Es einte sie, dass er ihnen ein abschreckendes Beispiel dafür war, was Journalismus mit einem anrichten konnte, wenn man den günstigen Zeitpunkt für einen Absprung verpasst hatte. Denn nicht jedem war es vergönnt, den nie enden wollenden Stress und Druck in diesem Job über die Jahre wegzustecken. Deshalb kehrten viele, denen sich eine Möglichkeit dazu bot, dem Job den Rücken, verdingten sich lieber als hochdekorierte Berater oder gar Konzernsprecher, natürlich bei üppigem Salär und geregelter Arbeitszeit. Wieder andere heuerten in der Politik an und versuchten sich als Sprecher, Spin-Docs oder sie wechselten in die lukrativen Wirtschaftsverbände. Denn auch dort gab es eine Menge Sinn und Unsinn, der effekthaschend unters Volk gebracht werden musste. Während sie jedoch pünktlich ihre Gehaltsschecks erhielten und an Weihnachten ausreichend Zeit fanden, um im feierlichen Kreis ihrer intakten Familien einen Baum aufzustellen *und* fristgerecht zu schmücken, wurschtelten sich viele der vermeintlichen Jahrhunderttalente, von denen Hansen eines war, durch das aufreibende Hickhack, das sie Karriere nannten. Das ging dann so lange, bis sie irgendwann in ihren alten Tagen wirre Gast-Kolumnen zu Papier brachten, die bei näherer Betrachtung auch die Zugehfrau geschrieben haben könnte.

Mit seinem Gespür für Grünflächen hinter den Hörmuscheln erspähte Hansen diesen jungen Mann, der ihm schon einmal wegen seiner unbändigen schwarzen Locken aufgefallen war. Er arbeitete noch nicht lange in der Redaktion, saß augenscheinlich hochkonzentriert hinter seinem Bildschirm, tüftelte an irgendwas »Onlinenigem«, für Hansen böhmische Dörfer. Deshalb erhob er sich von seinem Stuhl, schlenderte auf ihn zu: »Was würdet ihr alle machen, wenn dieser Zuckerberg bloß ein feuchter Traum seines Vaters geblieben wäre?«

»Hallo, Herr Hansen«, sagte der Junge freundlich.

»Vermutlich würdet ihr nichts machen, oder?« Hansen blieb auf seiner Linie.

»Na, ja … wie man's nimmt. Ich würde sagen, Instagram füllen, twittern, auf Clubhouse diskutieren. Je nachdem, was so ansteht.« Er lächelte.

Hansen lehnte sich an den Schreibtisch des jungen Mannes. Er hatte sein Opfer gefunden, *wie schön*. Und ein Dosenbier zur Hand, *noch schöner*. Dann haute er einen raus: »Social Media ist das unnütze Furunkel unserer Gesellschaft.« *Hansen, eigentlich Johnny Rakete, die Einmann-Kapelle für Ihre private Feierlichkeit.*

»Aber wir hatten heute schon eine Menge Kontakte zu unseren Lesern, das bindet sie ans Haus.« Der Junge blieb sachlich und freundlich, wie diese Onliner nun mal sind.

»Aha. Und … was schreiben *dir deine Leser* so?« Hansen betonte jedes einzelne Wort, langsam und rasiermesserscharf.

»Sie schreiben uns, was sie zum Beispiel von Ihren Reportagen so halten, Herr Hansen.«

In der Tierdoku auf 3sat ist es meist das noch unerfahrene Rehkitz, das sich aus einem tiefen Instinkt heraus die Frage zu stellen scheint, ob es den Weg bis an die Wasserstelle wirklich unbehelligt würde zurücklegen können. Dabei liegt der Tiger längst im hohen Gras. Geräuschlos. Hungrig. Tödlich.

»Ja, interessant. Was halten die denn so von *meinen* Reportagen auf *deinen* Webseiten?«

Jeder andere mit etwas mehr Hansen-Erfahrung im Online-Team wäre spätestens jetzt unter einem fadenscheinigen Vorwand aufgesprungen, um das Weite zu suchen. Und sei es der dummerweise völlig übersehene Termin zur Darmspiegelung. Alles wäre besser gewesen. Aber der Lockige blieb *und versuchte sich an der Wasserstelle.*

»Hier zum Beispiel«, *sagte das Kitz und steckte seine Schnute ins kühle Nass,* »schreibt eine junge Mutter, die ihr Kind alleine großzieht, ... also die hat geschrieben, dass Sie ... hier, schauen Sie.« *Nun fühlte sich das Kitz puddelwohl, frei und glücklich, denn das Wasser lief seinen langen, schmalen und unversehrten Hals hinab.* Der junge Mann drehte seinen Monitor in Hansens Richtung und las laut vor:

»Eure schäbige Reportage über
UNSPORTLICHE UND FETTLEIBIGE Erzieherinnen,
die Schuld haben sollen an der miserablen Bewegung
unserer Kinder, wurde ganz offensichtlich von einem
chauvinistischen Arschloch geschrieben. Schickt diesen Dinosaurier in die Wüste!«

Hansen nahm einen großen Schluck aus seiner Dose. Er lächelte den Gelockten an, aus Augen, die wie Schießschächte anmuteten. Er sagte nichts, er lächelte bloß. Mit schmalen Lippen. In seinem Kopf malte er sich die folgende Szene aus. Sie hatte viel von frisch zubereitetem Mett. Doch dann kam eine Kollegin herein, brachte die ersten Druckfahnen für die Innenseiten, *und ließ das Rehkitz aufhorchen! Im Gras raschelte es verräterisch und das Kitz sprang fort.* Hansen, ganz satter Tiger, hatte das Interesse an dem Jungen so schnell verloren, wie es gekommen war.

Stattdessen schnappte er sich jetzt die Andrucke der Tageszeitung und setzte sich mit ihnen an den Tisch. »Dann wollen wir mal«, zischte er drohend durch die Zähne und griff zeitgleich nach einem roten Filzschreiber. Er beugte sich über das Papier und begann, es akribisch auf Schreibfehler oder inhaltliche Dreher zu überprüfen. Diese Tätigkeit schien ihm wahrlich Freude zu bereiten, erinnerte sie ihn doch an den sadistischen Deutschlehrer, den er seinerzeit zu ertragen hatte.

Mit Argwohn betrachtete er den Ausschnitt des Stadtplans, der eine Doppelseite befüllte. Aus ihm waren die Grünflächen der Stadt besonders hervorgehoben. Die Überschrift lautete: »Das sind Ihre schönsten Plätze für einen Frühlingsstart.«

»Was soll das denn?«, platzte es aus Hansen heraus. »Frühlingsstart«, las er laut vor. »Wer hat denn das getextet? Herr Schreiberkugel oder Frau Stockbiene?« Er strich das Wort »Start« kräftig durch, setzte ein kleines rotes »V« vor den Frühling und zog einen längeren Strich nach rechts. Dann ergänzte er die Stelle um den Zusatz »Start in den«. Dann las er die Zeile laut vor: »Das sind Ihre schönsten Plätze für einen Start in den Frühling ... Machen wir halt mal einen lesbaren Text draus«, knallte er ins Rondell.

»Das wird nicht laufen. Vom Layout her.«

»Wer hat das gesagt?« Hansen starrte abwechselnd auf die besetzten Computer. Sein Kopf bewegte sich

ruckartig wie bei einem Gockel, der seine Lieblings-
henne zum Daraufherumhacken suchte. Ein junger
Mann mit knallrot gefärbten Haaren und einem leuch-
tend gelben T-Shirt hob seine Hand. Er saß weiter hinten in der Großraumredaktion vor einem anderen
Rechner. Laut des Monitors über seinem Kopf schien
er an der entsprechenden Zeitungsseite zu arbeiten.

»Ich«, sagte er knapp, nicht ohne Selbstbewusstsein.

»Mhm.« Hansen stierte irritiert in seine Richtung.

»Das wird nicht laufen, Herr Hansen. Ist zu lang.
Hab die Seite gerade offen. Sie können gerne rum-
kommen und sich das mal aus der Nähe ansehen.«

»Ehrlich gesagt, bin ich schon verwundert, dass ich
dich überhaupt sehen kann«, erwiderte Hansen.

Verdutzt schaute der Mann ihn an: »Wieso?«

»Kann denn nicht nur der Meister Eder den Pumuckl sehen?« Hansen lachte laut auf und schlug sich
mit der flachen Hand auf den Oberschenkel. Dem jungen Mann rutschte hörbar ein »Penner« heraus. Hansen reagierte nicht. Stattdessen las er weiter. Auch auf
der Titelseite sollte der Frühling Einzug erhalten. Auf
dem Ausdruck war die Schlagzeile bereits eingebracht:
»Der Frühling kommt!«

»Wird ja immer besser«, brüllte Hansen. »Der Frühling kommt! Wenigstens einer hier!« Wieder prustete
er laut los. Laut und allein. Dann riss er wieder ein
Stück Papier ab, diesmal von der Druckfahne, drehte es
zu einem Papierkügelchen und schleuderte es mittels
eines Lineals in Richtung des Rothaarigen. An seiner
statt traf es die junge Redakteurin, die links neben dem

Mann saß, direkt an ihrer Stirn. Daraufhin wurde er von zwei wütenden Augenpaaren fokussiert. *Pumuckl war jetzt ganz obergrantlfrutzelig.*

Der junge Kollege reckte sich. »Ich kann mir nicht helfen«, sagte er und streckte seinen Arm in Hansens Richtung, »aber du bist der Buschi unter den Zeitungsredakteuren!«

Hansens Lippen verzogen sich zu einem Strich. »Richtig spaßig, diese jungen Leute«, ätzte er. »Und so unterernährt. Neunhundert netto?«

Den Rothaarigen hielt es nicht mehr auf seinem Stuhl. Er stürzte los in Hansens Richtung. Dabei ließ ihn seine Statur mit einem Mal eindeutig wuchtiger und vor allem muskulöser erscheinen als den lieben, kleinen Pumuckl. Die junge Frau an seiner Seite, eben noch Opfer von Hansens Papierkugel-Schnipp, konnte sich ihm gerade noch rechtzeitig in den Weg werfen und hatte damit womöglich Schlimmeres verhindert.

»Lass es gut sein, Hansi«, redete sie auf ihn ein. »Er ist es nicht wert.«

»Hansi?« Hansen grunzte. »Das ist mein absoluter Lieblingsvorname!«

»Halts Maul, du abgegessener Spacken«, zischte der junge Mann und begab sich widerwillig schnaubend zurück zu seinem Arbeitsplatz.

In diesem Augenblick öffnete sich hinter ihm die Tür zum angrenzenden Konferenzraum. Jenny und die Ressortleiter-Riege kamen heraus, begaben sich zu ihren Sitzplätzen im Rondell. Sie bemerkte sofort, dass etwas nicht stimmte, sah den Rothaarigen mit dessen hochrotem Kopf, sah die Kollegin daneben und starrte zu Hansen. »Ist hier alles in Ordnung?«, fragte sie, ohne jemanden direkt anzusprechen.

Die junge Frau nickte ihr zu. »Es ist alles okay. So wie immer, sozusagen.« Mit einem vielsagenden Gesichtsausdruck nahmen sie ihre Plätze wieder ein.

Jenny stemmte ihre Hände in die Hüften, atmete tief ein. Sie wollte etwas zu Hansen sagen, als in diesem Augenblick das Festnetztelefon an ihrem Platz klingelte. Mit ausgestrecktem Zeigefinger deutete sie in Hansens Richtung, was so viel hieß wie »einen Augenblick«. Dann eilte sie an ihren Sitzplatz und griff nach dem Hörer. Das kam Hansen nicht ungelegen. Die drohende Standpauke schien noch mal an ihm vorbeigegangen zu sein. Er wandte sich wieder den Druckfahnen zu, die er nun mit deutlich weniger Akribie Korrektur las. Dabei blieb ihm nicht verborgen, dass sich Jenny eifrig Notizen zu dem Gespräch machte, das sie gerade führte.

Jenny war Anfang dreißig. Ursprünglich kam sie aus Sachsen, doch ihre Familie siedelte in die Nähe von Regensburg um, als Jenny noch in den Kindergarten ging. Für sie stand schon früh fest, dass sie Journalistin werden würde. Noch während sie sich in der Orientierungsstufe befand, hatte ihr Vater den Berufsstand in den schillerndsten Farben beschrieben, dargestellt, wie wichtig diese vierte Gewalt für den Gemeinsinn einer Demokratie doch sei. Und wer unter den jungen Leuten hätte nicht gerne zu den Guten gehört, jene, die sich in dieser altersgerechten Eigenart über den Dingen schwebend fühlten? Jennys Vater bemerkte einmal, dass erst der Journalismus Begrifflichkeiten wie Recht und Ordnung mit Sinntiefe versorge. Ohne ihn seien es leere Worthülsen. Solche Formulierungen waren für das junge, intelligente Mädchen purer Antrieb. Außerdem redete sie schon immer gern mit Leuten, die sie nicht kannte. Und sie liebte es, auf subtile Art selbst geheimste Geschichten zu erfahren und diese dann für die Leser aufzuarbeiten. In keinem anderen Beruf hätte Jenny sich wohler gefühlt als in dem der Journalistin. Obendrein war sie talentiert, auch hübsch und nach Hansens Auffassung »*völlig zu Unrecht*« Liebling der Chefredaktion. Es mag sein, dass ihr das knochenharte und staubtrockene Tagesgeschäft des Reporters fremd geblieben war, weil sie eine schützende Hand über sich wusste. Hansen war sich sicher, dass für Jenny CvD-Abende wie dieser, in einer Redaktion wie die der »Allgemeinen«, mit Typen wie ihm, nur eine Marginalie darstellten, leidliche Nebengeräusche auf dem Weg nach oben. Und dieses »Oben«, das war für Jenny die Chefredaktion eines der tonangebenden Frauenmagazine wie »Cosmo«, »Elle«, »Myself«, »Marie Claire« – *name it*. Gegönnt hätte er ihr diesen Erfolg nicht. Aber das mit dem Gönnen war in den Medien ohnehin so eine Sache. Man wünschte den lieben Kollegen alles Gute, solange sie ihren Status gegenüber dem eigenen nicht wirklich verbessern konnten. Wurde dann mal der eine oder die andere herausgepickt, weil irgendwer mehr erkannt haben wollte zwischen den Zeilen, wich das gönnerhafte »Hurra« einem wortkargen Nicken. In diesem Punkt waren sich viele Journalisten selbst gegenüber nicht ehrlich. Hätten sie sich abseits ihrer berufsbedingt überzogenen Selbstwahrnehmung einmal wahrheitsgetreu eingeordnet, dann hätten sie schnell festgestellt, dass vielen von ihnen schlicht das Rüstzeug dazu fehlte, eine Redaktion zu leiten oder gar eine ganze Zeitung. Dazu bedurfte es etwas mehr als guter Kontakte. In der einst männlich dominierten Branche raunte man seit jeher über biologische Abnormen, die die geeigneten Kandidaten auszeichneten, Dinge wie »Eier aus Stahl« beispielsweise oder die Gabe, »Napalm pissen« zu können. Allein das schloss Frauen über viele Jahrzehnte von höheren Positionen aus.

Jenny indes war eine junge Frau, die sich zur richtigen Zeit für das richtige Tätigkeitsumfeld entscheiden hatte, was sie zum für ihren Zweck richtigen Ort führte. Testosterongesteuerte Verlagshäuser, so munkelte man, gehörten immer mehr der Vergangenheit an und Frauen hatten längst den Beweis erbracht, dass auch sie befähigt waren, gezielt in den Schnee zu machen, bei großer Not auch ganze Doppelnamen.

7

Natürlich brauchte es nur die ersten Takte der Musik und Hansen verdrehte die Augen. Sein Handy spielte den »Imperial March«. Er verließ den Sitzplatz im Rund, ging mit Handy und Dosenbier in den Händen in Richtung Büroausgang. Als er am Büro des stellvertretenden Chefredakteurs Artzinger vorbeikam, bemerkte er, dass es verlassen war. Während sein Handy noch immer den Einzug von Lord Vader kundgab, griff Hansen nach einem A4-Ausdruck, der an einem seitlich zum Raum aufgestellten Highboard und vor neugieren Blicken geschützt festgeklebt war. Mit dem Klebestreifen pappte er den Zettel mit Aufdruck »Einzelhaft« über Artzingers Namensschild an der Tür. Erst dann ging er hinein. Von dort konnte man halbwegs ungestört telefonieren. Er setzte sich auf Artzingers Stuhl, legte sogleich die Füße auf den Tisch und war bereit, das das Gespräch entgegenzunehmen. Den Klingelton hatte Hansen seiner Frau im Nachgang einer der vielen leidenschaftlichen Diskussionen verpasst. Für Hansen passte er zur ihr, zu *Darth Vaders leibhaftiger Schwester*.

»Wieso reagierst du nicht auf meine WhatsApp?«, legte sie los. »Ich kann sehen, dass du sie gelesen hast.«

»Welche von den zweihundert in der letzten halben Stunde meinst du?«, fragte Hansen zähneknirschend. »Und von wo rufst du mich überhaupt an?« Lautes Geschnatter war im Hintergrund zu hören, wie auf einer Cocktailparty. Dann ging ein Gong, der wohl eine Durchsage ankündigte.

»Wieso?«

»Das klingt wie ein Bahnhof. Machst du dich endlich aus dem Staub?«

Am Anfang war es tatsächlich Liebe, richtig mit Schmetterlingen und so. Erste Nickligkeiten suchten sich ihren Platz und fanden im Laufe der Jahre ausreichend. Daraus wuchs gegenseitige Respektlosigkeit. Im aktuellen, vierten Stadium nun, dem der Auflösung, ging es nur noch um Verletzungen – möglichst solche, die mit offener Fleischwunde zurückblieben.

»Wenn ich mich aus dem Staub machen würde, wärst du der letzte, der es mitbekommt. Bist du überhaupt noch nüchtern? Ist doch schon nach sechs.«

»Was willst du, Nicola?«

Es ging um Tessa, einmal mehr. Die elfjährige Tochter, Wunschkind, dem Opa mütterlicherseits hingezogen, hatte einst die Position des alles umkreisenden Mittelpunkts der Familie Hansen inne. Heute war sie die Klammer einer zunehmend erodierenden Lebensgemeinschaft, vielleicht sogar Ursprung ihres Niedergangs. Ihr frühpubertäres Verhalten bereitete den Erwachsenen Probleme, stellte sie vor ungeahnte Herausforderungen. Sie hatten dem Auftreten ihrer Tochter nichts entgegenzusetzen. Anscheinend waren sie schon zu lange selbst nicht mehr jung gewesen, andererseits fehlte es ihnen an Kraft und Interesse. Dabei wäre es so einfach gewesen. Viele der vermeintlichen Hindernisse in Tessas Leben hätten sich mit einem schlichten In-die-Arme-nehmen in Luft aufgelöst. Aber

Verständnis war in dieser Familie seit langem vergriffen, und wurde erst einmal auch nicht nachgeliefert.

»Wenn sich denn der Herr Vater dieses eine Mal seiner Tochter annehmen könnte«, wollte Nicola abschließend wissen. »›Papa ja so viel cooler als du‹«, äffte sie ihre Tochter nach, und traf dabei überraschend authentisch dieselbe Tonlage.

»Hast du denn keine Zeit?«, fragte Hansen und wusste, dass er sich diese Frage hätte schenken können. Natürlich hatte sie keine Zeit. Sie hatte nie Zeit. Vor allem nicht, wenn es um ihn ging.

»Ich arbeite, Hansen, in Vollzeit. Schon vergessen?« Selbst seine Frau nannte ihn konsequent beim Nachnamen. *Pure Zuneigung.* In früheren Zeiten spielte sein Vorname noch eine Rolle, wurde hin und wieder gehaucht, in Ausnahmefällen sogar gestöhnt. Lange her.

»Ich weiß, dass du arbeitest, Nicola, bin ja nicht blöd. Aber jetzt geht es nicht, nicht heute Abend«, sagte Hansen. »Ich bin an etwas Großem dran.«

»Ach so«, antwortete sie, und es klang im ersten Augenblick sogar verständnisvoll. Dann kam: »Einsfünfundsiebzig oder größer?«

»Der Artzinger ist auf einem Empfang. Ich muss ihn hier vertreten«, log Hansen.

»Kannst du doch gar nicht.«

»Charmant wie eine Kreissäge.«

»Immer auf der Flucht.«

»Man nennt es Verantwortung!« Hansen tobte.

»Und immer geht dein Job vor.«

»Nicht immer, aber heute.«

»Klar, nur heute. Wann hast du dir denn mal in den vergangenen Wochen Zeit für deine Tochter genommen, N...«

»Schon gut«, unterbrach er sie harsch. Er hasste es, wenn man ihm beim Vornamen nannte. Irgendwas in dem Erziehungsheim damals war mächtig kaputt gegangen. »Am Wochenende übernehme ich sie.«

»Am Wochenende! Wie wär's mit heute Abend? Sie ist nämlich allein zu Hause und dabei ziemlich...«

»Sie ist ... *was?* Du lässt eine Elfjährige allein Zuhause? Was ist denn in dich gefahren? Du schlägst dich irgendwo am Bahnhof herum und ... wo bist du eigentlich?« Mit einem Mal war die Leitung tot. »Herrgott, noch mal!« Hansen ließ seine Hand wütend auf Artzingers Schreibtisch donnern.

Ein Teil der Belegschaft im Großraum zuckte merklich zusammen, so laut war das. »Alle wach?!«, brüllte er hasserfüllt aus dem kleinen Glaskasten heraus und leerte die Pilsdose. Dann drückte er sie zusammen und warf sie in Artzingers Papierkorb.

Es dauerte noch einige Augenblicke, bis Hansen sich wieder auf den freien Stuhl am Konferenztisch gesetzt hatte. Er sah sich um, fast schon etwas beschämt. Natürlich wusste er, dass er hin und wieder den Bogen überspannte. Aber er konnte nun mal nicht anders. Er war, wie er war. Und wem das nicht passte, bitteschön, es gab ja ausreichend Türen im Verlagshaus.

Sein Blick blieb an Jenny hängen, die noch immer in diesem Telefonat versunken zu sein schien. Unentwegt machte sie sich Notizen, hörte geduldig zu, kaute auf dem Bleistift herum. Hansen entging keine ihrer Gesten. Bei ihrer Beobachtung drifteten seine Gedanken ab. Wann war dieses Lodern in ihm erloschen? Und warum? Vor noch nicht allzu langer Zeit hatte er noch einen unbändigen Drang verspürt, Storys zu recherchieren und irgendwelchen Ungereimtheiten nachzusteigen. Dazu hing er dann nicht selten tagelang am Telefon, kurvte des Nächtens durch die Stadt, um das eine winzige Detail aufzuspüren, so klein, so unbedeutend, dass man es allzu leicht hätte übersehen können, ein Detail, das eine Story erst zu einer machte. Dieses Gespür, diese *Nase* dafür zu haben – das war Hansens Geheimnis, seine Versicherung. Doch es musste etwas mit ihm geschehen sein. Schleichend, nicht plötzlich. So weit war es ihm klar. Und es hatte Besitz ergriffen von ihm, von seinem Talent, von seiner Leidenschaft fürs Schreiben. Und fast auch schon von seiner Berufsehre. Vielleicht aber lag die letzte echte Story mit handfesten Beweisen einfach nur zu lange zurück – dabei waren es gerade einmal zehn Tage, in denen er nichts zu Papier gebracht hatte.

Jenny sah zufällig zu ihm herüber, bemerkte sein Trübsal und winkte ihn kurzerhand und freundlich zu sich. Sie war wahrlich ein sonniges Wesen. Hansen zeigte wortlos auf sich, so überrascht war er. Ebenso wortlos nickte sie. Hansen kam zu ihr, lehnte sich an der Tischkante an. Er überflog ihre Notizen:

Quelle: unbekannt / Nr. unterdrückt – Prepaid? / Infos zum Verkauf – welche? / EB (was für den Ersten Bürgermeister stand) */ nette Stimme – Alter? / Zeit-*

punkt: eben, unsere Stadt (das Wort ‚unsere' war mehr-fach unterstrichen).

Sie hielt die Muschel zu. »Der EB soll dem Verkauf der Entsorgungsbetriebe zugestimmt haben«, flüsterte sie in Hansens Richtung, woraufhin Hansen sie un-gläubig anstarrte. »Vertragsunterzeichnung!«, schob sie flüsternd nach. Hansen bekam die Kohlensäure des Biers nicht unterdrückt, stieß laut auf, sehr zum Ärger der konzentriert arbeitenden Ressortleiter am Tisch. Sein Gesicht schien eine Art Entschuldigung ausdrü-cken zu wollen, ganz sicher konnte man sich aber nicht sein. »Wer ist da dran?«, fragte er leise zurück.

Jenny hielt den Hörer zu, flüsterte: »Sagt er nicht«, um dann ein aufmerksames »Jaha« in den Hörer abzu-geben. Auf den Zettel krakelte sie »nennt sich ‚Freund v. unabhäng. Journalism.'«.

»Aber das reicht doch nicht«, erwiderte Hansen lau-ter und bewegte sich dabei von Tisch weg. »Wir müs-sen den doch zurückrufen können!« Er schüttelte energisch mit dem Kopf. *Manchmal merkte man Jenny ihre Unerfahrenheit echt an!* Sie legte ihren Zeigefinger auf die Lippen. Hansen konnte nicht still stehen blei-ben. Dann schüttelte er wieder den Kopf und wedelte mit der Hand in Richtung des Hörers. »Hängt er ein, ist die Story in der Tonne!«, fasste er das Dilemma zu-sammen, vor dem die beiden in diesem Augenblick standen.

Jenny zuckte mit den Schultern, was Hansen unmit-telbar auf die Palme brachte. Er dachte nach, wägte ab, überlegte, sagte schließlich: »Gib mir den Hörer.« Als Jenny keinerlei Anstalten machte und ihm stattdessen einen Vogel zeigte, riss er ihn unter ihrem Protest einfach an sich.

»Sag mal ...«, fluchte sie in seine Richtung, während Hansen mit einer Handbewegung beschwichtigte und zu sprechen begann. Jenny aktivierte unter leisem Protest die angeschlossene »Spinne«, einen externen Lautsprecher mit Richtmikros in seinen sechs Auslegern. Nun konnte die gesamte Schlussredaktion dem Telefonat folgen.

»Guten Abend, Hansen hier. Chefreporter der ‚Allgemeinen‘. Toll, dass sie uns dabei helfen wollen, guten Journalismus auf die Straße zu bringen.« Jenny rollte mit ihren Augen und einige der Ressortleiter taten es ihr gleich. Das *Phänomen Hansen* ließ sich nicht auf Anhieb erkennen. Er wusste es nicht besser, aber dieser Satz klang so abgegriffen wie das »Nabend, allerseits« eines Heribert Faßbender, damals. »Das Beste ist, Sie lassen mich kurz mal mit dem EB sprechen.«

»Guten Abend, Herr Hansen. Schön, Sie mal persönlich am Telefon zu haben.« Die männliche Stimme klang aufgeräumt und sympathisch. »Ich fürchte, das geht gerade nicht.« Jenny notierte ‚*Kennen wir den?*‘ auf den Notizblock.

»Warum nicht?«, wollte Hansen wissen und verneinte Jennys Hinweis mit einem Kopfschütteln.

»Der EB hat zu diesem Zeitpunkt wichtigeres zu tun. Sie wissen schon.«

»Nein, weiß ich nicht. Was denn, zum Beispiel?«

»Ach so? Das wissen Sie nicht?« Der Mann an der Gegenseite klang verwundert. »Na gut, wie dem auch sei. Wie ich Ihrer freundlichen Assistentin bereits mitteilte«, die in diesem Augenblick den Mittelfinger ihrer rechten Hand in Richtung des Telefons reckte, »hat der Erste Bürgermeister Licher eben ganz offensichtlich dem geplanten Verkauf der Entsorgungsfirma zugestimmt. Endlich, mag man hinzufügen. Ob dieser Verkauf in Gänze oder nur zu Teilen erfolgte, bringe ich noch in Erfahrung. Jedenfalls gehe ich davon aus, dass Sie dies doch pressierend interessieren dürfte, denn die Produktion der morgigen Ausgabe ist doch schon in vollem Gange, wenn nicht sogar in den letzten Zügen, richtig?«

»Das stimmt, Herr ...«

»Wunderbar.«

»Herr Wunderbar. Sind Sie ein Mitarbeiter im Stab des Bürgermeisters?«, fragte Hansen.

Er andere lachte. »Ich freue mich, wenn wir das alle so morgen lesen können.« Er legte auf.

»Halt! Stopp! Verdammt!«, fluchte Hansen und warf den Hörer aufs Jennys Telefon, was ein lautes Poltern nach sich zog.

»Mensch, Hansen! Krieg dich endlich in den Griff!« Jennys war es leid mit ihm und ziemlich wütend, was ihn tatsächlich dazu veranlasste, ein leises »Sorry« hinterher zu schieben. »Nein, Hansen. Du führst dich auf wie der erste Mensch. Bei dir hat man das Gefühl, wir würden noch in Höhlen leben! Das geht so nicht, hörst du!«

Immer, wenn es für ihn unangenehm zu werden drohte, wechselte Hansen flugs das Thema. »Aber es kann trotzdem nicht wahr sein, Jenny! Der Kerl hängt uns Esel die Mohrrübe vor den Karren und während wir freudestrahlend loslaufen, macht er sie wieder ab.«

Sie blickte ihn ernst an und schüttelte den Kopf. Dann atmete sie aus, weil sie wusste, dass sie jetzt mit einer Standpauke ohnehin nichts erreichen würde. *Dieser Dino-Chauvi war, wie er eben war.* Es blieb ihr nichts anderes übrig, als auf das Telefonat einzugehen. »Der Typ hat uns eine Ente serviert, Hansen.«

»Nein, das glaube ich nicht.« Hansen war in den vergangenen Wochen so sehr mit dem Verkauf der stadteigenen Liegenschaft an Longhato beschäftigt, dass es ihm gar nicht auffallen wollte, dass das Informationsangebot dieser vermeintlichen Quelle einfach zu gut war, um wahr zu sein.

»Ein Wichtigtuer, Hansen. Jemand, der heute Abend ganz offensichtlich nichts Besseres vorhat.« Sie lächelte ihn vielsagend an.

Hansen überspielte den Wink. »Dafür war er zu gut informiert.«

»Wieso bleibt er nicht in der Leitung?«

»Keine Ahnung. Vielleicht wollte er uns nur testen.« Hansen dachte nach. »Testen«, wiederholte er dann, und tippte sich mit dem Zeigefinger auf die Lippen. »Einen Test machen«, sagte er dann etwas kryptisch.

Jenny ließ sich mit verschränkten Armen in den Stuhl zurückfallen. »*Chefreporter* Hansen. Nennst du dich so, wenn von uns niemand zuhört?« Sie musste lachen. Das Gelächter wurde im Großraum gespiegelt. Selbst die Kids vor den Instagram-Bildchen prusteten mit.

»Meine liebe Frau Kollegin CvD«, Hansen begann mächtige Holzscheite auf das im Innern sogleich lodernde Feuer nachzulegen, »ich habe für diese Zeitung schon Schlachten geschlagen ...«

»Achtung, Kinder«, brüllte Jenny durch das Großraumbüro, bevor sie ins Sächsische wechselte, »dor Ouba erzähl uns gleisch was vom Griesch.«

Alles lachte und prustete lauthals, worauf Hansen genervt abdrehte. »Vergiss es, Jenny. Ihr könnt es alle vergessen!«

»Nein, ernsthaft, Hansen. Was machen wir jetzt?« Sie lachte noch immer und wischte sich kleine Tränen aus den Augenwinkeln.

»*Ich weiß*, was zu tun ist«, sagte er bestimmt und ging in Richtung Ausgang. Dabei wählte er die Nummer von BKA Fred.

8

Drei Minuten danach war Chefredakteur Dr. Wolfgang Weiß in der Leitung. Wenn er anrief, sollte man ihn tunlichst direkt beim Namen nennen und dringend auf die üblichen Begrüßungsfloskeln mit Aufzählung von Verlagshaus, Redaktion, Ressort und Name verzichten. Deshalb waren der Name Weiß und seine Handynummer in allen erdenklichen Telefonen in den gesamten Verlagsräumen eingespeichert. So begrüßte auch Jenny ihn entsprechend ohne Umschweife.

»Guten Abend, Herr Dr. Weiß.«

»Hallo, Frau Filtz. Wie ist die Lage?«

»Hoffnungslos, aber nicht ernst.«

»Sehr schön.« Weiß schmunzelte. Er liebte diese Wortklaubereien. »Ich bin bereits auf dem Filmball. Frei nach Matthäus, Kapitel zwanzig, Vers sechzehn: Wer früh da ist, der kann auch früh wieder gehen.« Weiß unterdrückte ein Gähnen, was Jenny nicht verborgen blieb. »Wären Sie bibelfest, hätte sich Ihnen jetzt gehörig der Magen gedreht.« Dann redete er weiter: »Die Organisation der Garderobe ist eine Farce, die Warteschlangen länger als bei der Einführung des letzten iPhones und die Zigarettenmädchen haben keine Zigarren dabei.«

»Okay«, sagte Jenny knapp, in Gedanken rief sie sich die eiserne Regel ins Gedächtnis: War »der Alte« schlecht gelaunt, Schnauze halten. Jedes unnütze Wort, vielleicht auch eine lustig gemeinte Anmerkung, würde von ihm falsch ausgelegt werden können, und womöglich drastische Folgen haben.

»Ich will offen zu Ihnen sein: Mir ist langweilig. Mir begegnen in dieser Stadt andauernd die immer gleichen Personen in denselben langweiligen Outfits, mit dem unaufhörlich gleichen Gequatsche über die immerfort selben Themen.« Er unterbrach sich, um jemanden dieser Langweiler auf das Herzlichste zu begrüßen. Dann fuhr er fort: »Mal stehen sie mit fettigen Fingern an einem Büfett, mal mit Dackelaugen an einem offenen Sarg, so geschehen vor einem halben Jahr. Da habe ich die Hälfte dieser Bande auf der Beisetzung von Börnsen sehen müssen. Bin ich das leid! Das Los des Alterns, Frau Filtz. Aber davon haben Sie, Gottlob, keinen blassen Schimmer.«

»Da möchte ich Ihnen gerne beipflichten, Herr Dr. Weiß. Ist denn Ihre Frau Gemahlin nicht bei Ihnen?«

»Apropos ‚altern‘, oder wie kommen Sie auf sie?« Jenny schloss ihre Augen und schüttelte den Kopf. *Doch noch in die Falle getappt.* Der Alte spürte das, lachte leise auf: »Danke für Ihre Nachfrage. Genau das ist es ja. Wäre sie nicht dabei, könnte ich in Ruhe einen Happen essen. Aber sie muss ja wieder mal übers Parkett wirbeln wie Katrina durch New Orleans. – Entschuldigung, der Vergleich war geschmacklos.«

Weiß hatte zweifelsohne Stil. Er war ein Journalist vom alten Schlag, mit solventer Ausbildung in Mainz und einem bunten Potpourri an beruflichen Stationen quer durch die Republik. Die »Allgemeine« dürfte seine letzte offizielle Herausforderung dargestellt haben, bevor er sich in die Welt der gefragten Keynote

Speaker würde verabschieden wollen. Er profitierte noch immer davon, einer der Journalisten gewesen zu sein, die in den Achtzigerjahren ein schier unglaublich weit verzweigtes Geflecht an Vetternwirtschaft in der Materialbeschaffung der Bundeswehr aufgedeckt hatten. In deren Folge wurden zwei Generale und der Bevollmächtigte der Bundesregierung ausgetauscht. Bei der Veröffentlichung der Story knallte es wie auf dem Granatenwurfstand und es machte Weiß über Nacht bekannt. Über die Jahrzehnte erarbeitete er sich viel Ansehen und war zum Inbegriff des Investigativ-Journalisten geworden. Deshalb durfte er bei keinem Seminar an den Journalistenschulen des Landes fehlen.

»Haben Sie wenigstens etwas für mich, womit ich hier im Smalltalk punkten könnte?«, fragte er gelangweilt. »Womit machen wir beispielsweise morgen auf?«

»Nach jetzigem Stand wird es die Story zum Frühlingsanfang.«

Jenny bemerkte die Stille auf der anderen Seite. Deshalb meinte sie, ergänzen zu müssen: »Mit einem Stadtplan zum Herausnehmen, mit den schönsten Grünfl...«

»Herrje«, unterbrach Weiß sie, »ich bin doch nicht der von der ‚Landlust‘.«

»Und wir haben natürlich den Filmball zum Thema«, ergänzte Jenny, »aber nur in Bildern, von denen die ersten gerade über die Agenturen einlaufen. Sieht nett aus bei Ihnen.«

»Ja, ganz nett«, wiederholte Weiß.

Jedes negative Wort zum Filmball hätte als Affront gegen seine Frau missverstanden werden können. Viktoria Weiß mag vielleicht einmal die Klatsch-Kolumnistin »Viki Schick« gewesen sein. Mit den Jahren aber entwickelte sie sich konsequent weiter zur stadtbekannten Charity-Lady, mit nicht zu verachtenden Kontakten zu den Einflussreichen der Hansestadt. So war es auch nicht weiter verwunderlich, dass sie dem Organisationskomitee des Filmballs angehörte. Jenny dachte nach. Es war zwar noch sehr früh – *aber hey, er war der Chefredakteur.* Er hätte es ohnehin wissen müssen. Also entschied sie sich, Weiß über das eben stattgefundene Telefonat zu informieren. »Wir haben da noch etwas anderes in der Pipeline«, sagte sie schließlich. Ihre Stimme klang vielleicht etwas zu zögerlich, was Weiß nicht verborgen blieb.

»Spucken Sie es aus, Jenny Filtz.«

»Ich erhielt einen Hinweis, dass Licher einem Verkauf der Entsorgungsfirma zugestimmt haben soll.«

Der Verkauf, oder besser: der Ausverkauf. Seit Monaten schon gab es in der Stadt kein anderes Thema mehr. Angefangen hatte alles mit dem plötzlichen Ableben des beliebten Ersten Bürgermeisters Karl-Hans Börnsen. Der 72-Jährige stand knapp fünfzehn Jahre der Bürgerschaft vor, und war beliebt wie an seinem ersten Tag im Amt. Kaum jemand verkörperte das Hanseatische so pointiert wie er, diese wohlige Kombination aus weltgewandtem Staatsmann mit einem Hauch an Schlitzohrigkeit, wie sie den hanseatischen Kaufleuten zu Eigen war. Börnsen war noch nicht unter der Erde, da brach bereits der Kampf um sein politisches Erbe aus. Neben seinem Ziehsohn, Licher, machte sich vor allem eine junge Kandidatin Hoffnung, die Hamburg gleich in eine neue Stadt verwandeln wollte. Ihre Plakate trugen Slogans wie »Laubbäume statt Landungsbrücken« oder »Koniferen statt Container« zur Schau. Unterm Strich erschraken die Poster mehr, als dass sie die ohnehin aufgeschreckte Bevölkerung irgendwie erreicht hätten. So war dieser Wahlkampf für Licher ein relativ einfaches Spiel. Dennoch versprach auch er, die Stadt immerhin »fit für die Zukunft« machen zu wollen. Ein »Weiter so« hätte man dem Sechsunddreißigjährigen auch nicht abgenommen. Dafür war er schlicht zu jung. Der gutaussehende Licher punktete aber auch, weil sich viele Frauen zu ihm hingezogen fühlten. Ihn umgab diese reizvolle Melange aus Unantastbarkeit und großer Macht, dazu ein Äußeres, das an einen ungezähmten Naturburschen erinnerte. Natürlich wollte er diese Karte nicht ziehen, alleine schon, um sein Image als sorgender Familienvater nicht zu beflecken. Stattdessen konzentrierte er sich auf die wirtschaftlichen Aspekte seiner Kandidatur – der Gedanke dahinter: Geht es der bürgerlichen Mitte gut, geht es allen gut. Also stellte Licher in Aussicht, den angeschlagenen Haushalt zu sanieren und ließ erkennen, dass er das vor allem durch ein gezieltes Abstoßen von in die Jahre gekommenem Anlagevermögen beabsichtigte. Der Zuspruch war enorm.

Kaum, dass er vor drei Monaten ins Rathaus eingezogen war, löste er sein hehres Wahlversprechen ein und begann mit der Sanierung der maroden Stadtkasse. Ein Großteil der Einwohner fand gut, was der junge Mann da in seinen ersten 99 Tagen auf die Beine gestellt bekam. Er legte wie versprochen einen ausgearbeiteten Maßnahmenkatalog vor, der neben der Schließung mehrerer abgewirtschafteter Betriebe eben auch den Verkauf von interessanterem, stadteigenem Vermögen vorsah. So war es zunächst die Alster-Schwimmhalle in Hohenfelde, die er an einen privaten Investor veräußerte. Nach rund fünfzig Jahren im Dauerbetrieb stand ohnehin eine umfassende Sanierung an, vor allem aber hätte die grundlegende Modernisierung Millionen verschlungen, die die Stadt einfach nicht zur Verfügung hatte. Also, ganz pragmatisch: weg damit.

Kurz darauf folgte die Müllverbrennungsanlage, die für einen mittleren dreistelligen Millionenbetrag den Besitzer wechselte. Seitdem brachte die Hansestadt monatlich zwar ein kleines Vermögen dafür auf, dass der Hausmüll in den ursprünglich eigenen Anlagen weiter verbrannt werden konnte. Was im ersten Augenblick nach einem konzeptlosen Wirrwarr klingen mochte, war politischem Kalkül geschuldet: Licher hatte sich von jungen Umweltaktivisten beraten und überzeugen lassen. Diese waren der Meinung, dass die Menge an Restmüll durch ein Umdenken der Einwohner nach und nach derart deutlich reduziert werden würde, dass sich eine Müllverbrennungsanlage für die Stadt nicht mehr rentieren werde. Nur, wann es soweit gewesen sein sollte, das sagten sie ihm nicht.

Deshalb begann sich nach kurzer Zeit erster Unmut zu regen. Denn es wurde eben nicht allein der angeblich zu kostspielige Betrieb mit seinen Angestellten veräußert, denen auf die letzten Meter Kündigungsschutz zugesichert wurde, sondern auch eine prall gefüllte Pensionskasse wechselte den Besitzer. Weil das in der Höhe außer jeder Konkurrenz laufende Angebot ausgerechnet von einem Hedgefonds aus Übersee vorgelegt wurde, kam der junge Licher prompt in Erklärungsnöte. Die »Allgemeine« in Person von Hansen fragte damals nach und erhielt keine Antworten. Gar keine. Also spekulierte Hansen wild drauf los. Was andere als »fake news« betitelt hätten, tarnte er als Meinungsartikel. »Landet unser Müll jetzt in der Karibik?«, war eine der Schlagzeilen, mit denen sich Hansen im Rathaus keine neuen Freunde machte. Während seiner Recherchen stolperte er über einen ähnlichen Fall in einer anderen Stadt. Hierbei ging es um die Übernahme eines Haushaltsgeräteherstellers durch einen ganz ähnlichen Hedgefonds, dessen Mitarbeiter aus ihren Bürofenstern heraus auch Kokosnüsse pflücken konnten. Hansen erfuhr, dass diese Übersee-Fonds juristisch nicht zu belangen waren. Ob sie nun am Unternehmen Interesse hatten oder lediglich an deren finanziellem Polster, stellte für die deutsche Rechtsprechung keinen Unterschied dar. Prompt blieben bei Hamburgs pensionierten Müllverbrennern erste Pensionszahlungen aus. Im Grunde, so der formulierte Vorwurf Hansens, hatten sich die findigen Geld-Manager den Kaufpreis bis gut zur Hälfte selbst rückerstattet, eben durch das Auflösen übernommener Pensionskassen.

Auch nach Hansens Mutmaßungen blieb das Rathaus weiter Antworten schuldig. Licher machte das, was ihm die Alten vorlebten: aussitzen und schweigen. Hansens weitere, bisher unveröffentlichte Recherchen ergaben dann, dass die Pensionäre der Müllverbrennungsanlage einen Teil ihrer Rente neuerdings aus dem Stadtsäckel bezogen – und nicht weiter von der Betreibergesellschaft ihres ehemaligen Arbeitgebers. Finanzierte Licher also den Verkauf auf Kosten der Steuerzahler quer, in dem er die Pensionen »selbstlos« übernommen hatte? Um das herauszubekommen, saß Hansen an vier Abenden hintereinander im »Sechszehner«, einer Sportkneipe nahe dem Goldbekufer in Winterhude, dem Treffpunkt der betagten Herren von der Müllverbrennung, in der die einzig mögliche zu leistende sportliche Betätigung darin bestand, in den Pissoirs einen kleinen Ball in ein Tor zu bugsieren. Zwischen all den Mittsiebzigern fiel Hansen durch kraftvolle Strafraumarbeit mit viel Pressing auf.

Mittels unbestechlicher Kontoauszüge gaben die Männer Hansen eigentlich das Zeug an die Hand, um Lichers Trick aufzudecken. Aber kurz vor der Veröffentlichung ließen die Pensionäre ihn hängen. Sie hatten schlichtweg Angst, fürchteten um das Ausbleiben weiterer Zahlungen aus dem Rathaus. Also durfte Hansen sie weder als Quelle nutzen noch die ihm gezeigten Kontoauszüge als Beweismittel einsetzen. Hatte Licher sie eingeschüchtert? Oder brauchte er das noch nicht einmal? Und hatte Licher seine Wählerschaft nun mit einem Taschenspieler-Trick getäuscht oder nicht? Wurde die Müllverbrennungsanlage für einen kurzen finanziellen Effekt verkauft, mit dem Folgeschaden, dass nun langfristig aus den Erlösen auch Pensionsansprüche zu begleichen wären? War das der Grund, warum noch mehr verkauft werden musste? Und hatte das alles irgendwie mit dem »Herztod« von Börnsen zu tun? Fragen über Fragen. Hansen recherchierte eine Querverbindung zwischen dem Hedgefonds und einem stadtbekannten Mafioso namens Amerigo Longhato. Sie war hauchdünn, fast so zart wie eine Spinnenweberei. Aber es gab sie. Deshalb holte Hansen die Bazooka aus dem Schrank und schrieb: »Wer sitzt im Rathaus mit am Tisch – außer der Mafia?« Das brachte Bewegung in die Sache. Nun war die Stadtverwaltung durch den öffentlichen Druck angehalten, weitere geplante Verkäufe durch Sachverständige bewerten zu lassen. So wurde es vor etwa einer Woche in der Bürgerschaft entschieden, damit kein Schindluder durch Dritte betrieben werden konnte. Es ging also der Zuschlag nicht länger an den lediglich Höchstbietenden, sondern an den, der auch einer amtlichen Begutachtung standhielt. EB Licher stimmte dieser Änderung zu, notgedrungen. Die Frage war nun, ab wann dieses neue Regelwerk galt, denn über das Wort »künftig« stritten sie sich hüben wie drüben in den politischen Schützengräben. Weil durchsickerte, dass die komplette stadteigene Entsorgungsfirma mit ihren rund 950 Einsatzfahrzeugen und den zwei Dutzend Standorten zur Mülltrennung und -aufbewahrung schnellstmöglich feilgeboten werden sollte, wurde Licher nun schon seit einigen Tagen von ganz unterschiedlichen Interessengruppen belagert.

Die einen wollten, dass er nicht verkauft, weil sie darum fürchteten, die bequeme Müllentsorgung in der Nachbarschaft zu verlieren. Andere, wie Hansen, fürchteten den Aderlass. Er machte Stimmung und schrieb: »Unsere städtischen Kronjuwelen – bald bei Ebay?« Professionell organisierte Umweltschützer vermuteten, dass ein einmal geschlossener Wertstoffhof nicht ersetzt werden würde – was ihrer Meinung nach zulasten der Umwelt gehen würde. Und wieder andere bestanden darauf, dass Licher einem Verkauf endlich zustimmen möge, damit »diesen unsäglichen Schandflecken« auf immer der Garaus gemacht werden würde. Die Stimmung in der Stadt könnte aufgeheizter nicht gewesen sein. Mit einem Verkauf würde sie ihren Siedepunkt erreichen.

»Quelle?«, fragte Weiß knapp.

»Unbekannt.«

»Wie viele?«

»Eine.«

Weiß schwieg, dachte nach. Dann sagte er: »Ohne eine zweite Bestätigung verlässt diese Info nicht das Verlagsgebäude.«

»Herr Dr. Weiß, ich möchte Sie aber dar…«

»Haben Sie mich verstanden, Jenny.« Es war keine Frage.

»Natürlich. Aber …«

»Kein aber. Keine zweite Quelle, keine Story. Journalisteneinmaleins. Der Bürgermeister und ich müssen uns auch nächste Woche noch in die Augen sehen können.«

Jenny meinte durch das Telefon ein Zuprosten und das Klirren von Sektgläsern gehört zu haben. *Wie passend*, dachte sie. »Sicher beim Abschlag am ersten Loch in Oberalster«, hörte sie sich giftig sagen und in demselben Augenblick bedauerte sie es.

»Was meinten Sie? Der Empfang war gestört.«

»Nichts, gar nichts. Ich hatte nur laut überlegt«, entgegnete sie, schob dann hinterher: »Hansen ist übrigens auch dran an der Sache.« Sie mutmaßte es mehr, als dass sie es wusste. Jenny ging davon aus, dass Hansen dabei war, irgendwas wegen des Telefonats von vorhin in Erfahrung zu bringen. Und sie wusste um die Zugkraft seines Namens beim Alten.

»Hansen?!«

»Ja.«

Der Chefredakteur schwieg und überlegte wieder. Im Hintergrund war das Gemurmel anderer Partygäste auszumachen. In diese Lücke preschte Jenny noch einmal vor. »Hansen ist übrigens auch davon überzeugt, dass die Story wirklich von Bedeut...«

»Gleich wird sich Artzinger bei Ihnen melden«, unterbrach Weiß sie bärbeißig. »Ich habe ihn eben irgendwo hier herumschwirren sehen. Wenn ich ihn finde, sage ich ihm, er soll bei Ihnen vorbeischauen.«

Auch das noch, dachte Jenny, *Artzinger. Ausgerechnet!*

»Und, nur fürs Protokoll, mit Politikern golfe ich nicht, Frau Filtz« Der Chefredakteur legte ohne ein weiteres Wort auf.

9

Oh, Mann! Fred.«

»Hansen, alter Knabe. Wie kann ich dir helfen?«

»Wir wurden gerade angerufen und der Typ hat doch glatt aufgelegt, ohne mir seine Nummer mitzuteilen.«

Erst war es ganz still, dann klang Fred mit einem Mal verschwörerisch, flüsterte fast: »Hansen, ich kann nicht jedes Mal, wenn du einen Leser stalken willst, die komplette NSA-Technik auf deinen Redaktionsanschluss knallen. Irgendwann kriegen die das raus. Die sind alles, aber nicht von gestern.«

»Hier geht's um was großes, Fred.«

»Ach, ja? Einsfünfundsiebzig oder größer?«

»Sag mal!«, Hansen war wie vor den Kopf gestoßen, »hast du mit Nicola gesprochen?«

»Gott bewahre, nein! Wie kommst du denn auf das schmale Brett?« Das Verhältnis zwischen Trauzeuge Fred und der Braut Nicola als abgekühlt zu beschreiben, würde nicht im Ansatz dem gigantischen Eisberg gerecht, der seit ihrem auffallend zögerlichen »Ja« seinerzeit vor der Standesbeamtin wankend zwischen ihnen schwamm.

»Sie hatte eben dieselb... egal. Kannst du mir nun helfen oder nicht?

Es war Fred, der den schmächtigen Hansen auf dem Hof der Erziehungsanstalt vor noch mehr Prügel bewahrte, weil er mitbekam, dass Hansens jüngerer Bruder gerade in den Tod gesprungen war. Und es war Fred, der mit Hansen wenige Stunden später von diesem gottlosen Ort westlich von Leipzig türmte. Das war im Sommer 1989. Seitdem waren die beiden beste Freunde und trotz der Entfernung, die zwischen ihnen lag, unzertrennlich.

»Klar, kann ich dir helfen. Ich bin Fred.«

»So, wie du es betonst, klingt es wie ‚Ich bin Batman‘«.

»Das soll es auch.« Er legte auf.

Hansen steckte das Handy in seine Hosentasche. Er schmunzelte und rieb sich siegessicher die Hände. Ja, die Methoden mögen unlauter gewesen sein. Aber bei Batman fragte auch niemand nach, wie er die Schurken zur Strecke brachte. Hauptsache, sie kamen in den Knast. Hansens großes Glück war, in Fred nicht nur den freakigsten aller IT-Freaks zu kennen, der dazu auch noch an der zentralsten Schaltzentrale im innersten Zirkel des Bundeskriminalamts in Wiesbaden arbeitete. Fred *war* das BKA. Er kannte jeden Trick, jeden Kniff, jede noch so obskure Möglichkeit, Daten zu beschaffen – ob digital oder analog, ob legal oder illegal. Von seinem Arbeitsplatz aus konnte Fred vielleicht nicht die westliche Welt regieren, wobei Hansen sich da gar nicht so sicher war, aber er konnte so ziemlich alles präzis unterm Brennglas beobachten. Das war einfach perfekt für den Augenblick.

10

Café Amsterdam« in St. Georg hieß die Institution, die ihre besten Jahre bereits hinter sich hatte. Andere sahen das ganz anders, glaubten an eine glorreiche Zukunft und investierten. Seit jeher galt es als Hofburg der hamburgischen Bohème, sofern es eine solche abseits der Honorarkräfte in den Volkshochschulen überhaupt gab. An diesem Abend waren das Café und seine dem schmucken Altbau vorgezogene Außenterrasse aus gleich zweierlei Gründen ein Besuch wert. Vor einer Woche erst beging man dort nach einer mehrmonatigen Umbauphase feierlich die Neueröffnung. Neue Besitzer hatten sich des staubig linken Filzes der Vorgänger entledigt. Fast alles wanderte dabei in den Abfallcontainer: schwere, tiefrote Brokatvorhänge, von einer Künstlerin gefertigte Putten, die sich an den verzierten Stucksäulen befanden und auffällige Ähnlichkeiten mit Joschka Fischer und Claudia Roth hatten, das Autogramm von Lafontaine, das ihn auf einem Sitzrasenmäher vor seinem mallorquinischen Anwesen zeigte, das Sparschwein, mit dem in den Siebzigern für Chile gesammelt wurde ... Einige Devotionalien wurden gar an Fans verkauft. So fand ein Ölgemälde, das den jungen Ché in lasziver Pose zeigte und in einer dieser VHS-Gruppen entstanden war, seinen neuen Platz in der Praxis einer benachbarten Zahnärztin. Das Café, dem bisher alle drei Monate durch die Gewerbeaufsicht das Aus drohte, war in der geschäftigen Coolness des 21. Jahrhunderts angekommen, mit Sitzmöbeln, die zusammenpassten, mit Servicekräften, die sogar Vorbinder trugen und mit einem übergroßen Foto der Grachten von Amsterdam an der Wand. Dazu gab es Wellness- als Fingerfood und vegane Kaiserschmarrn. Die einen bedauerten, dass die Gemütlichkeit weg war. Andere fanden es großartig, dem Unterricht endlich mal fernbleiben und die freie Stunde hier zu verbringen, ohne dass gleich der Sozialkundelehrer um die Ecke lugte.

Der zweite Grund für einen Besuch lag im Umstand dieses Abends: Der wahrliche Prachtaltbau, im dem sich das »Amsterdam« befand, lag vis-à-vis dem Hotel, in dessen großem Festsaal zum diesjährigen Hamburgischen Filmball eingeladen wurde. Eine Seite der eigens aufgehübschten Außenterrasse ragte sogar bis fast an den roten Teppich heran. Vor Stunden hatten sich deshalb schon unzählige Schaulustige eingefunden und den neuen Betreibern einen soliden Umsatz beschert.

Zu den Gästen zählten auch Patrizia und ihre Freundin Julia, zwei junge Damen, die im vergangenen Sommer ihr Abitur am örtlichen Max-Planck-Gymnasium absolviert hatten. Seitdem verdingten sie sich in ihren ersten nennenswerten Jobs, auch wenn es sich dabei um Praktika handelte. Doch dieses Mal waren es wenigstens solche mit Perspektive. Julia, die auf einen freien Medizinstudienplatz wartete, jobbte als Arzthelferin in einer Arztpraxis für Allgemeinmedizin in Hohenfelde. Patrizia, die schon die Abizeitung verantwortet hatte und als Mitglied des schulischen Literaturclubs mit ausgeklügeltem Poetry Slam von sich reden machte, absolvierte ein Praktikum in der Redaktion der »Allgemeinen«. Sie erhoffte sich, dass ihr dadurch der Start in einer der Journalistenschulen in Hamburg etwas einfacher gelingen sollte. Außerdem, das hatte ihr der Vater mitgegeben, wäre es nie zu spät, solide Kontakte in die Branche zu knüpfen, wenn man sie denn als sein eigenes berufliches Ziel angepeilt hätte. Tatsächlich hatte sich Patrizia als emsige Schreiberin entpuppt. Jemanden wie sie mit Botengängen zu beschäftigen, wäre ihr und ihrem Talent nicht im Ansatz gerecht geworden.

Die beiden Freundinnen nahmen zwei Plätze an einem Hochtisch in der Außengastronomie ein. Patrizia hatte sie vorsorglich schon am Eröffnungsabend für genau diesen Zweck reserviert. Voller Begeisterung starrten sie auf das Geschehen auf dem roten Teppich in der Hoffnung, einen Blick auf die Stars und Sternchen der deutschen Fernsehszene zu erhaschen. In diesem Augenblick fuhr eine lange Stretch-Limousine vor. Ihr entstiegen zwei kongeniale Fernsehmoderatoren, die im normalen Leben in launigen Spielshows die Welt unter sich aufzuteilen gedachten. Sie waren bestens gelaunt und bedachten im Vorbeiziehen auch die beiden Damen mit einem charmanten Lächeln.

Jenny war mit dem Schlusslektorat für die Frühlingsseiten beschäftigt, als ihr Tischtelefon klingelte. In dem Augenblick kam ein gut gelaunter Hansen zurück in das Großraumbüro. Er lächelte sogar, was Jenny irritiert dreinblicken ließ. *Hansen im Glück.* Sie nahm das Telefonat entgegen.

»Hallo, ich bin's, die Redaktionspraktikantin Patrizia«, kam es aus dem Hörer. »Entschuldigung, wenn ich störe. Bin ich richtig beim diensthabenden CvD?«

Jenny konnte sie nur schlecht verstehen. Im Hintergrund schienen mehrere Personen wild durcheinander zu reden. Einige brüllten sogar.

»Ich bin mit meiner Freundin im Café Amsterdam in St. Georg. Hier bricht gerade die Hölle los!«

Jetzt klang es so, als sei ein Stück Holz geborsten. »Finger weg«, hörte Jenny jemanden im Hintergrund sagen. Dann klang es so, als habe irgendwer eine Holzlatte durchbrochen.

»Klar, ich kenne dich. Hier ist Jenny, heute im Dienst. Was ist denn da nur los bei euch?«, fragte sie erschrocken, als sie das Telefonat auf die Spinne legte und so die Aufmerksamkeit der Redaktion darauf lenkte. Hansen nahm sich einen Stuhl und setzte sich zu den anderen an den Tisch. Jetzt hörten die Kollegen das Bersten von Glas, einige erschraken.

»Scheiße! Sorry ... meine Güte!«, brüllte Patrizia in den Hörer. »Hast du das gehört? Das war eine Riesenfensterscheibe, die vom Café! Jemand der Vermummten muss von weiter hinten einen Stuhl geworfen haben!«

»Vermummte?« Jenny glaubte nicht, was sie da zu hören bekam. Sie stellte sich auf, suchte mit ihrem Blick den Raum ab, schnippte dann mit dem Finger in Richtung eines jungen Mannes, der gerade den Foto-Chip seines Apparats checkte. Dann gestikulierte sie, er solle zu ihr rüberkommen und zuhören.

»Wie aus dem Nichts waren sie plötzlich hier«, kam es von Patrizia und ihre Stimme überschlug sich fast. »Sie tragen Spruchbänder und Banner. Versuchen, den roten Teppich zu stürmen, haben sich einen Zugang über die Terrasse des ... was soll denn das? ... Hey!«

»Patrizia, kannst du irgendwas davon für uns mitnehmen?«, fragte Jenny in die Spinne.

»Ja, ich ...«, antwortete sie, »... es ist sehr chaotisch hier. Ich kann vielleicht ein paar O-Töne einfangen ... und ... vielleicht ...«

»Nein, warte. Bring dich nicht in Gefahr! Kannst Du sehen, was auf den Spruchbändern steht?«, wollte Jenny wissen. »Was sind das für Typen?«

»Ja ... sie ... das sind Gegner.«

Jenny und Hansen sahen sich fragend an. Der Geräuschkulisse nach versuchte Patrizia sich in der drohenden Menschenmenge am Teppich ein wenig mehr Platz zu verschaffen. »'Nieder mit den Müll-Millionen – der Wertstoffhof bleibt unser'« kann ich auf einem der Banner lesen«, sagte sie dann.

 »Patrizia, hier ist Hansen. Hast du einen Fotoapparat dabei?«

»Hallo, Herr Hansen. Klar, ich telefoniere doch damit.«

Jenny schüttelte den Kopf und zeigte Hansen einen Vogel, woraufhin er sich schmollend zurück an den Tisch setze. *Lost digital nerd still looking for analogue settings.*

»Mach was draus, Patrizia, und kommt dann schnell zu uns rein! Und vor allen Dingen, pass auf dich auf!«, brüllte Jenny fast in die Spinne.

Bevor das Gespräch beendet wurde, versicherte Patrizia, sich in das Geschehen stürzen zu wollen, um schnellstmöglich mit guten Ergebnissen und guten Fotos in die Redaktion zu kommen. Der Blick auf eine lange und kontinuierliche Karriere in den Medien vermochte zuweilen größte Gebirge in Wattewolken zu verwandeln. Jedes weitere Beschwichtigen hätte ihren Ehrgeiz womöglich noch mehr angestachelt.

»Was ist denn da bitteschön los?«, fragte Jenny in die Runde der entsetzten Kollegen, bemerkte dann den jungen Fotografen neben sich. »Du«, sagte sie, »machst dich sofort auf den Weg und schau, wie du die beiden unterstützen kannst. Und dann schnellstmöglich zu-rück!«

»Geht klar«, sagte er und zog auch schon los.

»Ich gehe mal davon aus, dass die Demonstranten wegen des Bürgermeisters dort sind«, warf Hansen von weiter hinten ein. »Selbst wir hatten ja angekün-digt, dass er den Filmball besuchen wird.«

»Warum hat dieser Verkauf so eine Brisanz, Han-sen?«, wollte Jenny wissen.

Hansen schaute sie verärgert an und verzog das Ge-sicht. Am liebsten hätte er sie an den Armen gepackt und so lange durchgeschüttelt, bis sie wieder auf »Reset« gestellt worden wäre. »Du solltest anfangen, mich zu lesen! Manchmal lohnt es sich sogar«, ätzte er.

Sein Telefon brummte, weswegen er nach Zettel und Stift griff und den Raum in Richtung Eha verließ.

»Das war jetzt aber wirklich das letzte Mal«, sagte Fred und es klang so, als würde er es genauso meinen.

»Ehrenwort, Fred«, antwortete Hansen, wenngleich er wusste, dass er log. Fred wusste es vermutlich auch, denn Hansen legte Werte wie Ehrlichkeit zuweilen je nach Wetterlage aus. Die Freiheit, *seine* Freiheit, war ihm seit jeher wichtiger. Jedes weitere Wort über Freds unbezahlte Dienste, unbezahlbar obendrein, wäre an dieser Stelle kontraproduktiv gewesen. Also hielt sich Hansen knapp: »Was hast du für mich?«

»So, wie es aussieht, war das eine Prepaidkarte, mit der ihr in der Redaktion angerufen wurdet, kein Handyvertrag.«

»Okay. Mist.«

»Stimmt. Aber eben auch kein Krypto-Telefon.«

Hansen wartete, sagte nichts.

»Bei üblichen Ermittlungsmethoden wäre es Mist«, ergänzte Fred.

»Fred, du bist der Hammer.«

»Und leider schon vergeben. Schreibst du mit?«

Während Hansen sich Notizen machte, hörte er, dass ihn eine WhatsApp-Nachricht erreichte. Seine Tochter. Er las sie noch, während Fred weiterredete.

»hi paps, bin zu Hause … mama ist wieder mal unterwegs … kommst gleich heim? ich würde für uns was kochen. knutscher!«

Hansen las die Zeilen noch einmal. Schlagartig hatte er einen Kloß im Hals sitzen.

»Bist du noch dran?«, fragte Fred.

»Alles gut«, entgegnete Hansen. »Großen Dank, mein Bester. Ich muss wieder.«

Sie legten auf.

Hansen spürte urplötzlich Herzschmerz. Er wusste nicht, was ihn an dieser Situation mehr betroffen machte – dass die Kleine wirklich allein zu Hause war oder dass sie ihm so fürsorglich begegnete. Wie konnte es in der Familie nur so weit gekommen sein? Seine Frau, irgendwo unterwegs, die Ehe, marode und am Boden, nur die Kleine glaubte in ihrer kindlichen Unbekümmertheit immer noch, dass sie die nicht vorhandene Glückseligkeit würde retten können. Am meisten Kummer bereitete ihm, dass er nicht wusste, wie er es ihr schonend beibringen sollte. *»Tessa, deine Mama und ich, wir wollen uns mal eine Auszeit nehmen.«* Diesen Satz hatte er sich in Gedanken hunderte Male zurechtgelegt, aber über seine Lippen brachte er ihn einfach nicht. Er tippte aufs Handy: »Hi Kleines. Ich freu mich. Bin bald zuhause, versprochen.«

Ihm war klar, dass er dieses Versprechen an diesem Abend nicht würde halten können. Und er hasste sich dafür.

11

Hamburg-Blankenese. Hier hatten selbst die Häuser Namen. Das herrschaftliche Gebäudeensemble am Ende der Straße zählte zu den herausragenden Bauten der gesamten Stadt. Kein Architekturmagazin wäre ohne einen Bericht über dieses Gemäuer ausgekommen. Ein schmiedeeisernes Doppeltor, flankiert von zwei Kalksandsteinsäulen mit eingearbeiteten bronzenen Löwenköpfen schirmte seine Bewohner gegen Neugierige ab. Der obligatorische Kiesweg, hier besonders schön im Einklang mit der Parkarchitektur verlaufend, bahnte einen etwa hundert Meter langen Weg bis zum Haupthaus. Die akkurate Schneise durchtrennte einen Rasen, der das Herz jedes Hobbygärtners zum Überschlagen gebracht hätte. Der Landsitz war umgeben von einem Grundstück in parkähnlichen Dimensionen, mit Wasserlauf natürlich, einem Trimm-Dich-Pfad und einem Tennisplatz. Einen Pool indes suchte man vergebens, oder aber der Hausherr hatte ihn gegen allzu neugierige Blicke hinter dem Haus anbringen lassen. Für seine erste Neu- und Umgestaltung im 19. Jahrhundert wurde ein Architekt aus der Neuen Welt herbeigerufen. Dabei erhielt das Hauptgebäude viele architektonische Details wie Türme, Vorsprünge oder Erker, die bis heute noch erhalten waren. Seitdem war es der Magnet schlechthin für Interessierte jeder Couleur – für Arme, für Reiche, für Spekulanten, für Wochenendausflügler und auch Einbrecher. Alle blieben sie am Zaun oder vor dem Tor stehen, begutachteten und die Ortsunkundigen spekulierten wie wild, wer dieses Anwesen wohl als sein Zuhause bezeichnen würde. Seinem heutigen Besitzer waren die Geschichte und die historische Dimension um dieses Gemäuer herzlich egal, wenngleich er fast sein gesamtes Leben in dem Haus zugebracht hatte. So verwunderte es dann auch nicht, dass mancher Besucher beim Betreten schlichtweg schockiert war. Die Einrichtung nämlich wollte so gar nicht mit dem korrespondieren, was die Fassade oder das Grundstück versprachen. »Las Vegas trifft auf die Windsors«, hatte einmal die »Gala« geschrieben, als der Hausherr dem Magazin einen der seltenen Einblicke gewährte. Seit dieser Überschrift blieb die Tür, wann immer es ging, für Außenstehende verschlossen.

Das größte Zimmer des Haupthauses als Wohnzimmer zu bezeichnen, wäre dem nicht gerecht geworden. Es glich eher einer Halle, hatte mehrere Emporen, zwei offene Kamine und vier die Decke stützende Säulen. Wandhohe Fensterrahmen ermöglichten einen weiten Blick in den Garten. Vor einer der gemauerten Wände war ein Tresen angebracht, der als architektonische Besonderheit bis zur Hälfte in den Boden eingelassen war. Nach der Getränkeauswahl zu urteilen, die sich in einem halbrunden gläsernen Wandregal hinter dem Tresen befand, hätte es der Besitzer jederzeit und spielerisch mit der ausgesuchten Karte der »Newton Bar« am Berliner Gendarmenmarkt aufnehmen können. Oberhalb der Flaschen hing ein gigantisches Ölgemälde, das bis fast unter die Decke reichte. Darauf zu sehen waren, täuschend echt porträtiert, die Schauspieler Pierre Brice und Lex Barker in ihren Filmrollen als Winnetou und Old Shatterhand, natürlich hoch zu Ross. Das Ölgemälde war in seinen Dimensionen so groß, dass das Stockmaß der beiden Pferde den echten entsprochen haben dürfte. Die weitere Einrichtung der Wohnhalle war ein Sammelsurium aus unterschiedlichen Epochen, Stilrichtungen und den offensichtlichen Geschmacksverirrungen eines Neureichen geschuldet. Ob die Skulptur, die zwei blanke Brüste mit Kirschen auf den Nippeln zeigte, tatsächlich in den Werkstätten von Jeff Koons gefertigt worden war, wie ihr Besitzer gerne beteuerte, sei dahingestellt. Ein Mickey-Mouse-Festnetztelefon mit Wählscheibe auf einem Louis-XIV-Tisch setzte dem Raum die Krone auf.

Oberhalb einer der beiden Emporen war eine Vorrichtung zum Herablassen einer Leinwand angebracht. Per Beamer und Musikanlage (mit mannshohen Lautsprechern) wurden hier oft und gerne Groß-Events aus Sport und Musik übertragen. An diesem frühen Abend zeigte das Livebild allerdings einen eher unspektakulären Mann in einem schlechtsitzenden Anzug und mit kleinteilig gemusterter Krawatte. Er saß in einem schmucklosen Büro an einem Schreibtisch, der sich vor einem Regal mit beschrifteten Ordnern befand. In dieser Kulisse und Aufwartung wirkte er wie der Sachbearbeiter einer Versicherung.

Als Longhato zu sprechen begann, brach er gleich darauf wieder ab, wegen eines Hustenanfalls. Er gab dem Mann auf der Leinwand ein Zeichen, er solle weiterreden, während er aus seiner Liegeposition auf dem Relaxsessel heraus erfolglos nach einem Glas Wasser auf dem Beistelltisch griff. Der dritte Mann im Raum, nicht virtuell, sondern real neben Longhato stehend, reichte ihm schließlich das Wasser.

»Danke«, sagte Longhato knapp und erntete ein wortloses Kopfnicken. Der hoch gewachsene Mann neben ihm trug einen Smoking, klassisch mit schwarzer Fliege und Kummerbund. Seine Lackschuhe waren blank poliert. Offensichtlich war er im Begriff, einen Empfang oder eine Party aufzusuchen, oder er kam gerade von einem solchen Event.

Als der Mann auf der Leinwand zum Ende seiner Ausführungen kam, hob Longhato die rechte Hand. »Das ist doch absoluter Mumpitz«, fluchte er mit leiser, gebrochener Stimme. »Selbst wenn dieser Hansen irgendwas davon mitbekommen haben soll – was soll er denn daraus machen? Der weiß doch nichts! Wie damals. Da hat er mir den Kauf der Müllverbrennungsanlage aus purer Verzweiflung in die Schuhe geschoben.«

»Wenn Sie damit leben können ...«, kam es von der Leinwand.

»Ob ich damit ...«, Longhato richtete sich etwas mehr auf, »...ob ich damit *leben* kann? Du verkackter Sesselfurzer! Ich wurde mein gesamtes Leben lang gehasst! Von Sekunde eins an. So einer wie diese Flachpfeife Hansen ist ... *non me ne frega un cazzo.*« Longhato hustete und krümmte sich auf dem Sessel.

»Ich kann zwar kein italienisch, aber ich kann mir denken, was Sie meinen. Ich weiß es doch auch nicht besser, Herr Longhato«, gab der Mann von der Leinwand zurück. »Das Problem ist: Alle Investoren, ich betone alle, sind sehr besorgt und vor allen Dingen nervös.«

»Mag ja sein«, Longahto zuckte mit den Schultern, »ist aber nicht mein Problem.« Er lächelte bedrohlich in Richtung der kleinen Kamera unterhalb der Leinwand, die sein Bild an die Gegenseite übertrug.

»Ich frage mich, was jetzt noch passieren muss«, mischte sich der Smokingträger ein. Er schien nachzudenken und nippte in dieser Zeit an einem Drink. »Lässt Hansen sich vielleicht kaufen?«

»Nein«, war Longhato sich sicher. »So, wie er schreibt, kann ich mir das nicht vorstellen.«

»Hat er Familie? Kinder?«

»Ist gut jetzt«, unterbrach ihn Longhato. »Wir wissen alle, was auf dem Spiel steht.« Wieder musste er husten. Als er sich gefangen hatte, kam ihm eine Idee. »Können wir nicht an seinen Chef ran und ihm stattdessen Druck machen, damit das ein Ende hat?«

Der Mann auf der Leinwand und auch der im Smoking verstummten. Es trat eine nachdenkliche Stille ein, die in diesem Moment gar nicht zu der schrillen Einrichtung passen wollte.

»Wir brauchen jedenfalls ein Opfer«, sagte schließlich der auf der Leinwand. »Irgendjemand, der jetzt als Ablenkung taugt.«

Longhato wurde in diesem Augenblick von einem schlimmen Hustenanfall heimgesucht. Krämpfe im Unterleib rissen an ihm, weswegen er, auf dem Stuhl liegend, die Beine anwinkelte.

»Was genau haben Sie eigentlich, Longhato?« wollte der Mann auf der Leinwand wissen.

»Einen Scheiß habe ich«, zischte Longhato scharf zurück. »Machen Sie sich auf den Weg und stoppen Sie Hansen, bevor er noch mehr Bockmist bauen kann«, fluchte er mit brüchiger Stimme in Richtung Leinwand, und es klang in diesem Augenblick wie das letzte Aufbäumen eines zum Tode Geweihten.

»Wir sind dran, keine Sorge«, kam es zurück.

Longhato zeigte auf den im Smoking zu seiner Rechten: »Er ist es, der sich sorgt.« Dann griff er zu seinem Smartphone, drückte die Wahlwiederholung, und sprach nur kurz in den Hörer. »Ich brauche einen Arzt, schnell.«

12

Ein Hansen lächelte mitunter, wie nur ein Hansen lächeln konnte. Sein Gesicht nahm dann die Züge eines weißen Hais an, der so aussah, als hätte er zum ersten Mal in seinem Leben an einem Löffel mit Nutella geschleckt.

»Was willst du«, fragte Jenny, ohne den Blick von ihrer Tastatur zu heben, »ich hab zu tun.«

»Ach, dann kann ich ja wieder gehen.«

»Hansen!«

»Ich habe endlich die Nummer.«

»Schön für dich. Kenne ich sie?« Jenny stand auf einem mächtigen Schlauch.

»Mensch, CvD! Die Nummer ... der Anrufer ... von eben ... Dingdong.« Hansen wedelte mit einem Stück Papier in der Hand.

Irritiert und ungläubig starrte Jenny ihn an, sprang vom Stuhl auf und riss ihm den Zettel aus der Hand. *Hansen, gelegentlich auch Kai aus der Kiste.*

»Woher hast du die ...?«

»Ach, du ... Kontakte.«

Jenny verzog ihre Augen zu schmalen Schlitzen. »Dein Freund Fred.«

Hansen lächelte.

»So ein Satansbraten!«

»Und vergeben. Mehrmals schon.«

Das wusste sie. »Lass uns jetzt anrufen«, sagte Jenny, setzte sich und tippte die Nummer ein. Dann stellte das Gespräch auf die Spinne.

Nach zweimaligem Klingeln war die Gegenseite dran: »Ui, das dauerte aber lange.« Es war dieselbe männliche Stimme wie beim ersten Mal.

»Wie bitte?« Jenny konnte ihre Überraschung nicht verbergen.

»Naja, haben Sie es nicht wenigstens *etwas* eilig? Was ist denn der alternative Aufmacher für morgen?«

Jetzt stutzte sie. Hansen, griff nach einem herumliegenden Stift und schrieb ‚Insider?‘ auf den Notizblock. Jenny war indes völlig perplex, wusste gar nicht, was sie dem Mann antworten sollte. »Ich, ähm ... wir hatten ...« Sie schüttelte den Kopf und deutete Hansen an, ihr beiseite zu springen. Hansen sprach direkt in eines der Mikros der Spinne.

»Ohne Umschweife, was haben Sie für uns?«

»Hallo, Herr Hansen. Schön, dass Sie auch wieder dabei sind. Ich habe etwas Großartiges für Sie.« Er betonte den letzten Satz so, als würde er mit einem fünfjährigen Kind reden.

»Ich bin schon ganz aufgeregt«, entgegnete Hansen im selben Stil. Mit dem Zeigefinger drehte er nahe seiner Schläfe Kreise in die Luft.

»Oh, das ist schön!« Der Mann klang fast euphorisch, so wie Silbereisen früher.

»Jaaa!« Hansen stieg voll drauf ein und Jenny war verwundert, wie schnell er die Gefühlswelt eines anderen Menschen begreifen und nachempfinden konnte – *naturbekloppt.*

Der Mann lachte laut auf. Hansen auch. In der Redaktion sahen sie verstohlen auf ihre Arbeitsplätze. Nicht wenige tippten auf Restalkohol.

»Was halten Sie von einer Kopie des Kaufvertrags?«
Der Mann fragte nüchtern und sachlich. Und bevor
Hansen etwas darauf entgegnen konnte, ergänzte er:
»Gegengezeichnet von einem gewissen Herrn Jens
Licher, seines Zeichens Erster Bürgermeister unserer
wundervollen Stadt.«

Hansen kritzelte unleserlich ‚*unserer Stadt?!*‘ auf
das Blatt Papier vor Jenny, unterstrich das Wort ‚*unserer*‘
mehrmals und brachte nur ein knappes »Okay«
hervor.

Prompt reagierte die Gegenseite, wie es zu erwarten
war: »Ach, wenn Sie kein Interesse haben, dann
kann ich damit auch direkt zu den …«

»Nein, nein, warten Sie!« Hansen schlug sich mit
der flachen Hand vor die Stirn. »Natürlich sind wir
interessiert. Aber spannen Sie mich nicht so auf die
Folter. Was hat Licher denn konkret aus dem Fundus
verkauft?«

»Ich dachte schon, Sie fragen nie. Natürlich die Entsorgungsfirma,
Herr Hansen. Alles andere wäre in der
Schnelle der Zeit nicht möglich gewesen. Sie wechselt
den Besitzer mitsamt den innerstädtischen Wertstoffhöfen,
dem Schrottplatz, mit etwa neunhundert Müll-
und Entsorgungsfahrzeugen, der Belegschaft und …«

»Und?«

»Und anderen Kleinigkeiten. Sie werden sehen.«

Jetzt hatte der Anrufer Hansen an der Angel. Die
anderen Kleinigkeiten, da war Hansen sicher, konnten
wieder nur eine weitere prall gefüllte Pensionskasse
sein. Hierfür endlich einen Beweis in Händen zu halten,
wäre der Super-GAU für Licher.

»Wie kommen wir an eine Kopie?«, fragte Hansen.

»Ach, ich find Sie ja klasse, Herr Hansen. Sie sind ein Mann der Tat. Es gibt viel zu viele in Ihrer Zunft, die einfach nur noch ungeprüft bei anderen abschreiben. Aber Sie, Sie sind noch vom alten Schlag. Niemand, der sich damit zufriedengibt, DPA-Meldungen umzutexten.«

»Ja, ich ... ich hörte davon. Aber wie können wir...«

»Und das ist ja so unsäglich. Langweiliges Abschreiben oder gar das Erfinden von Geschichten in Ermangelung eigener Befähigung, der Wahrheit auf den Grund zu gehen. Soll ja vorkommen. Wo doch handwerkliche Recherche viel mehr ans Tageslicht bringen würde.«

»Ja, das ...« Hansen stockte und sah Jenny nachdenklich an. »Wollen Sie mir etwas mitteilen und ich begreife es gerade nicht?«, fragte er dann.

»Oh nein, lieber Herr Hansen! Gestatten Sie mir ein geflügeltes Wort: ‚Ein Journalist hat nicht die Pflicht, geliebt zu werden. Aber er hat die Pflicht, gelesen zu werden.‘ Da darf ich auf Zustimmung hoffen?«

Hansen und Jenny sahen sich fragend an. *Was bezweckt dieser Typ nur?*

»Dürfen Sie«, antwortete Hansen knapp.

»Klasse! Sie machen also Ihren Job, ich den meinen. Dann ist doch allen geholfen. Wo wollen wir uns treffen? Kennen Sie den alten Fischfeinkostladen nahe dem Bahnhof Altona?«

»Ja, den kenne ich.« Es war ein Eckladen in einem bürgerlich großstädtischen Mischgebiet aus Wohnaltbauten und modernen Bürohäusern. Der Bahnhof Altona lag nur einen Steinwurf entfernt in nördlicher Richtung. Hansen meinte sich zu erinnern, dass in der Gegend mal eine Spielhalle einen »Räumungsverkauf wegen Geschäftsaufgabe« beworben hatte. Wie gerne hätte er damals einen einarmigen Banditen fürs heimische Gäste-WC geshoppt. *»Noch so einen zu Hause halte ich nicht aus«,* bemerkte seine Frau dazu.

»Prima. In dreißig Minuten?«

Hansen starrte auf die Uhrengalerie.

Die Zeit schien dahin zu schmelzen. »Geht es vielleicht etwas schneller?«, fragte er.

»Stimmt, ja! Ich bitte vielmals um Entschuldigung. Sie müssen noch alles zu Papier bringen, gegenlesen. Dann der liebe Herr Dr. Weiß, der ganz bestimmt auch noch draufschauen will. Das kostet alles wertvolle Zeit.«

Hansen und Jenny sahen sich wieder fragend an. *Wer ist dieser Typ bloß?*

»Also gut, also gut. Fünfzehn Minuten. Das müsste machbar sein«, sagte er schließlich.

»Okay«, antwortete Hansen knapp, »in fünfzehn Minuten, Herr …?«

»Ich freue mich«, sagte der Mann, und er klang dabei schon wieder wie kurz vor dem Ausblasen der Geburtstagskerzen. Dann legte er auf.

Jennys Körperspannung ließ nach, weswegen sie sich wortlos nach hinten fallen ließ und mit dem Rückenteil des Drehstuhls wippte. Dann verschränkte sie nachdenklich die Arme. »Was war das gerade, bitteschön?« Aus dem Rondell der Ressortleiter kam bestätigendes Gemurmel.

Hansen hatte sich inzwischen die Anschrift notiert, riss den Zettel aus dem Block. »Okay«, sagte er nur knapp, »gehen wir's an.« Er war im Begriff aufzubrechen.

»Sekunde, Hansen.« Jenny rieb sich die Schläfen. »Sollten wir nicht wenigstens einmal kurz in Erwägung ziehen, dass das gerade völliger Quatsch war?«

»Was? Warum denn das!?«

»Ich werde das Gefühl nicht los, dass dieser Mensch bloß ein Wichtigtuer ist. Jemand, der weiß, dass er uns mit so einer Nummer ködern kann.«

»Um dann was zu tun?«, wollte Hansen wissen.

»Das kann ich dir auch nicht sagen.«

Hansen atmete tief ein, dann schwer aus, dann sagte er: »Du hast sicher recht, Jenny. Frühlingsanfang ist ne Top-Story. Bestimmt haben wir sie exklusiv. Wir vergessen es einfach. Ich gehe nicht hin und hol mir jetzt noch ein Bier aus dem Kühlschrank ... und der Typ fährt direkt weiter zur ‚Blitz‘! Ist doch schon Wunder genug, dass er uns anruft!« Hansen wurde wütend.

»So meinte ich das nicht.«

»Wie denn dann?« Er kochte fast.

»Naja – es ist zu gut, um wahr zu sein. Wieso wir? Wieso heute, wo Weiß und Artzinger nicht da sind?«

»Das ist es also! Als könnten wir ohne die beiden nicht arbeiten, willst du damit sagen.«

»So habe ich das nicht gemeint! Dreh mir nicht immer das Wort im Mund! Warum wir und nicht die anderen?«

»Weil wir bisher die Einzigen waren, die Lichers Ausverkauf Aufmerksamkeit geschenkt haben.«

Jenny überlegte. »Nimmst Du jemanden mit?«

»Wen denn mitnehmen?«, Hansen zeigte in den Arbeitsbereich, wo der Lockige saß, »einen von diesen digitalen Weltverbesserern? Die kriegen sich doch ohne Rollen unterm Arsch nicht durchs Leben bewegt!«

»Ist schon gut, Hansen, passt schon.« Jenny war wütend darüber, dass sie ihn überhaupt gefragt hatte. Er würde seine Vorbehalte gegenüber der nachwachsenden Redakteurs-Riege niemals ablegen. Auch machte es keinen Sinn, ihn davon zu überzeugen, dass es nicht nur Unsinn gewesen sein könnte, sondern vielleicht sogar ein Hinterhalt. »Für mich klingt das alles irgendwie zu glatt.«, sagte sie bloß.

»Du bist auch zu glatt, Jenny«, zischte Hansen.

»Halt die Schnauze, Hansen! Und jetzt geh einfach!«

13

Im Großraumbüro saß Jenny gedankenverloren an ihrem Arbeitsplatz. Mit leerem Blick starrte sie auf die Monitorwand, drehte dabei eine Locke ihres brünetten Haars um den Zeigefinger. Sie betrachtete beiläufig das Programm eines Nachrichtensenders, der die Ausschreitungen am roten Teppich des Filmballs zum Thema hatte. *Und wir sind wieder einen Tag zu spät*, huschte ihr durch den Kopf. Der ewige Kampf um die Schnelligkeit im Nachrichtenbusiness erschien ihr zunehmend ungerecht. Wie oft schon hatte sie sich in solchen Momenten nicht verziehen, dass sie zu einer Zeitung gegangen war, obwohl ihr ein handfestes Angebot eines Nachrichtenformats im Fernsehen vorgelegen hatte. Wen sollte das verwundern, bei ihrer sympathischen Ausstrahlung und einem Gesicht, das wie gemacht war fürs Fernsehen? Schmal und gerade die Nase, wohlgeformte Lippen, mit einem Hauch mehr an Intelligenz als an Sexappeal im Ausdruck. Große hellbraune Augen, offen und neugierig der Blick. Das Vorstellungsgespräch hatte sie nicht irgendwo, sondern bei RTL, dem Platzhirsch unter den Privatsendern. Doch sie war gar nicht erst erschienen. Eine Kommilitonin, mit der Jenny während des Studiums die Zeit verbracht hatte, erzählte ihr zwei Tage zuvor und mehr beiläufig von ihren Erlebnissen mit dem Typen beim Sender, der die Einstellungsgespräche leitete. Jenny erfuhr so von einer Art Besetzungscouch und war derart entsetzt, dass sie den Termin kurzerhand unter einem Vorwand absagte. Dass zu ihrem Entsetzen ausgerechnet ihre Kommilitonin den Job bekam und die neue *Anchorwomen* wurde, vor allem auch deshalb, weil Jenny kurz vor dem Vorstellungstermin gekniffen hatte, war eine so herbe Enttäuschung für sie, dass sie noch Wochen danach zweifelte, ob das Metier das richtige für sie war. Als sie zu allem Übel dem vermeintlichen Triebtäter dann auf einem Empfang in die Arme lief, entpuppte dieser sich im Verlauf eines unterhaltsamen Gesprächs als Teil eines sechsköpfigen HR-Teams, das seine Entscheidungen stets im Kollektiv trifft, und obendrein als fürsorglicher Familienvater. Für Monate war Jenny am Boden zerstört. Es konnte sie auch nicht darüber hinwegtrösten, dass sie eine der Grundregeln des Nachrichten-Business aus den Augen verloren hatte: »Auf dem Weg nach oben gibt es keine Freunde.«

Jenny zermarterte sich das Hirn, wie sie die vermeintliche Mega-Story für die morgige Ausgabe würde retten können. Wenn es denn überhaupt eine Story war. Nach dem, was Hansen erleben musste, hätte sie es am liebsten abgeblasen und vergessen. Aber dass man ihm so zugesetzt hatte, war ein eindeutiges Indiz, dass an der Sache etwas dran sein musste. Doch, wie sollte sie jetzt an weitere Infos kommen? Wen hatte sie noch in petto, den sie darauf hätte ansetzen können, jetzt, da Hansen erst einmal lädiert in der Eha lag und eigentlich in ein Krankenhaus gehörte? In Gedanken ging sie das Personaltableau durch, schaute dabei suchend durch die Reihen der konzentriert arbeitenden Ressortleiter. Dass Praktikantin Patrizia noch im Café Amsterdam war, mittendrin bei den Ausschreitungen, war ein Glücksfall. Der junge Fotograf Becker war ihr inzwischen zur Hilfe geeilt. Ob die beiden tatsächlich etwas Handfestes würden abliefern können – abwarten. Jenny erhob sich von ihrem Stuhl, beobachtete die ansonsten ruhig vor sich hin dämmernde Produktion im Raum. Niemand empfahl sich ihr. Niemand sprang ihr vors geistige Auge, niemand, den man damit hätte beauftra ... *Feldkamp!* Mit einem Mal war der Name da.

Martin Feldkamp war jung, drahtig und ein gewieftes Schlitzohr. Als Jahrgangsbester der Nannen-Schule hatte er es früh verstanden, den Fokus auf sich zu lenken. Das ist schon mal nicht die schlechteste Eigenschaft für einen Schreiber, der Eindruck hinterlassen will. Kaum den Abschluss in der Tasche, buhlten die großen Verlagshäuser um seine Gunst. Hansen selbst war nicht unschuldig daran, dass Feldkamp selbst dem Ruf der größten deutschen Boulevardzeitung als Arbeitgeber widerstand und sich stattdessen für die Redaktion der »Allgemeinen« entschied. Denn Feldkamp war draufgängerisch und verrückt genug, viel zu riskieren, soweit hatte sich bei Hansen der Eindruck verfestigt, nach dem die beiden sich mehr zufällig in der Journalistenkneipe »Journal« über den Weg gelaufen waren. Hansen spürte, wie seine längst verschwommenen Erinnerungen an glorreichere Zeiten durch Feldkamp mit Leben gefüllt wurden. Und er war mit einem Mal unerklärlich motiviert, wie bei einem Jungbrunnen. Außerdem war die Aussicht, es »dem ebenbürtigen Kleinen« nochmal so richtig zu zeigen, wie süßer Honig. Mit seinen bald dreißig Jahren hatte Feldkamp inzwischen die halbe Welt bereist, immer mit mehr Enthusiasmus als Wechselwäsche im Gepäck. Er besaß ein angeborenes Gespür für den richtigen Ansatz beim Storytelling und er hatte den nötigen Biss dazu. Im Augenblick jedoch war Feldkamp der Name, der Jenny einfiel, um sie aus der Bredouille zu ziehen. Schon war sie auf dem Weg in die News-Redaktion, wo er, neben Hansen, seinen eigentlichen Arbeitsplatz hatte.

Die Redaktion im achten Stock war bis auf die Position der Müllkörbe im Raum identisch mit dem Großraumbüro im Zwölften. Der Unterschied lag in der zusätzlichen Anzahl an Glaswänden, die einzelne Arbeitseinheiten voneinander trennten. Um den News-Bereich zu erreichen, musste Jenny zunächst an den Kollegen aus der Unterhaltung vorbei, was nicht selten ungeplante und auch langwierige Zwischenstopps zur Folge hatte. Niemand sonst hatte mehr Brisantes, Bedeutsames, Brennendes oder Brandneues zu berichten als die Leute vom Klatsch – und das auch noch beruflich! In einem Regal hinter ihren Arbeitsplätzen stand eine Reihe von unechten BAMBI-Skulpturen, am Sockel jeweils den Namen des Kollegen eingraviert, darunter ein Brett mit einer Armada an Nahrungsergänzungsmitteln jedweder Form – Pülverchen, Protein-Porridges und Pastillen, die das Leben schöner machen oder den idealen Bodymaßindex zu erreichen versprachen. Jenny zog in eiligem Tempo an den wenigen verbliebenen Mitarbeitern vorbei, die dort ihren Dienst verrichteten, grüßte knapp. Die beiden schreibenden Klatsch-Kollegen verdingten sich ohnehin auf dem Filmball. Dann stand sie vor einem halb offenen Kubus aus Glas, den eine übergroße Voodoo-Holzmaske zierte. Die »*Zelle Feldkamp*«. Unschwer zu erkennen an einer schier unglaublichen Anzahl an Postkarten mit freundlichen Landschaftsaufnahmen und mit noch freundlicheren Grüßen aus den Krisengebieten dieser Welt, die Feldkamp sich selbst als Beweis einer rund um den Globus funktionierenden Post immerzu zugesendet hatte. Auf dem Tisch stand ein Globus, der an jenen Stellen kleine rote Punkte aufwies, an denen er schon gewesen war – der Planet hatte die Masern.

Doch der Herr Kosmopolit selbst war nicht an seinem Arbeitsplatz vorzufinden. Enttäuscht und fragend zugleich sah sich Jenny um, bemerkte übereinandergeschlagene, wippende Beine aus einem der mannshohen Besprechungssofas herausragen. Die beigen Sahara-Boots hatten schon bessere Zeiten gesehen und die ausgeleierten grünen Wollsocken darin waren mit Sicherheit aus alten Bundeswehrbeständen.

Freundlich lehnte sich Jenny an das Sofa an, verschränkte ihre Arme, bekam mit, wie Feldkamp in ein Smartphone säuselte. Seine kurzen, braunen Haare zeigten in alle Himmelsrichtungen, das verschmitzte Gesicht war leicht gerötet von der sengenden Sonne Australiens, wo ihn seine Reportage über Waldbrände zuletzt hingeführt hatte. Um die Augen kräuselten sich kleine Lachfältchen und auch sonst wirkte Feldkamp einfach freundlich und aufgeschlossen. Er war der komplette Gegenentwurf zu Hansen. Als er sie bemerkte, richtete er sich perplex auf und räusperte sich. In den Hörer sprach er fast im Ton eines Kadetten: »Ich muss jetzt aufhören. Mein Chef kommt gerade. Ja, zur Tür herein. Und er sieht ziemlich finster aus.« Ohne ein Wort des Abschieds beende er das Gespräch.

»Mein *Chef*?« Jenny sah ihn erstaunt an.

»Nichts Persönliches, du. Aber wenn sie wüsste, dass ich für eine Frau arbeite ... Puh, das wäre ja was!«

Jenny war drauf und dran, den Auftrag zu vergessen und stattdessen eine Grundsatzdiskussion über das Rollenverständnis eines neunundzwanzigjährigen Krisenreporters im Zusammenspiel mit weiblichen Führungskräften vom Zaun zu brechen. Aber sie brauchte Feldkamp, und zwar jetzt und dringend. Und sie wollte nicht riskieren, mit einem teilnahmslosen Schulterzucken abgespeist zu werden. Also atmete sie nur tief ein und aus.

»Was ist los, Jen? Wo drückt der Schuh?«

Sie deutete in Richtung TV-Monitore an der Decke, die dasselbe Bild vom roten Teppich übertrugen wie im Zwölften. Zu sehen war ein unübersichtlich buntes Treiben von Autogrammjägern, Celebrity-Fotografen und einer Handvoll demonstrierender Menschen, die Pappschilder in die Höhe hielten und Parolen in Sprechchören skandierten. Eine Handvoll Polizisten hinderten sie an einem Sturm auf den Teppich. »Das da«, sagte sie knapp.

»Da soll ich für dich hin?«, fragte Feldkamp. »Oje.«

»Wieso ‚oje‘?«

»Na, entschuldige mal, aber haben wir für die Friday-for-Future-Kids nicht irgendeinen unterbeschäftigten Praktikanten im Haus?«

»Jetzt entschuldige du mal, lieber Herr Feldkamp. Es könnte auch dir nicht schaden, wenn du dich einmal mit den drängenden Problemen hierzulande auseinandersetzen würdest. Immerhin geht es dabei auch um deine Zukunft!«

Feldkamp lächelte versöhnlich. »Nichts für ungut, Chefin. Aber wenn du mal ne richtig verschmutzte Stadt gesehen hast, also, ich meine eine, wo du vor lauter Dreck in der Luft die Augen nicht offen halten kannst, dann könnte ich das ja verstehen. Komm einfach mal mit nach Madurai. Dort stellen wir uns an eine hundsnormale Kreuzung und glotzen für eine halbe Stunde einfach nur in der Gegend herum. Wenn du danach noch ohne ärztliche Hilfe Luft bekommst, geht der erste Drink auf mich.«

»So einfach machst du es dir.«

»Sicher nicht«, Feldkamp wurde das Gespräch unangenehm. »Ich wollte damit nur sagen, dass diese Leute da«, er zeigte auf den Nachrichtenmonitor, »aus einem grotesken Wohlstandsdenken heraus Angst haben! Sie bangen um ihren kleinen, sauberen Wohlstand, um ihre bezahlbaren Hoodies, den Sommerurlaub mit Mama und Papa. Sie fürchten, dass ihnen etwas entgehen könnte, wenn die Eisschollen bis nach Othmarschen schwimmen. Ich weiß, wovon ich rede. Ich bin Teil dieser Generation. So ehrbar diese Ziele auch sein mögen, ich finde, es ist eine verdammt andere Motivation als ein Kampf ums blanke Überleben, wie beispielsweise in Indien. Man kann sicher auch bei uns einiges anders, besser oder effizienter machen. Aber uns geht es hier verdammt gut im Verhältnis zu, sagen wir, zwei Drittel der sonst so bewohnten Landfläche auf Erden. Was meinst du?«

Jenny sah ihn für einen langen Augenblick intensiv und konzentriert an. *Er ist noch so jung,* schoss ihr durch den Kopf. Dabei war sie nur wenig älter als er. Aber Feldkamp hatte im Gegensatz zu ihr in seinem bisherigen Leben schon so viel erlebt und gesehen, dass er der Welt nicht mehr mit verheißungsvollem Idealismus begegnen konnte. Es war faszinierend, zu welchen Ansichten man gelangen konnte, wenn man die Welt in ihrer Kompaktheit und die Menschen darin nicht ständig nur aus dem eigenen, moralisch überhöhten Blickwinkel heraus bewertete. Da musste sie ihm beipflichten.

»Lass gut sein, Martin, ich bin nicht zum Streiten gekommen«, entgegnete Jenny schließlich und setzte sich zu ihm auf das Besprechungssofa.

»Wir streiten uns nicht. Wir tauschen Meinungen aus.«

Sie lächelten sich einander an, als Jenny fragte: »Wie bist du denn so mit dem Rathaus verbunden?«

Feldkamp überlegte kurz und musterte sie. Dann antwortete er: »Nicht so gut wie der Artzinger, wenn du das meinst. Wenn du aber nur vom Pförtner sprichst ...«

»Genau das meine ich.« Jenny erwiderte sein Lächeln, das aufrichtig zu sein schien und sie wieder etwas milder stimmte.

Feldkamp stierte auf seine Armbanduhr. Weltzeit-funktion, wasserdicht, Kompass, stoßsicheres Mineral-glas – alles an diesem Kerl war MacGyver. »Du hast echt Glück. Da sitzt um diese Uhrzeit mein Großonkel, der sich ein paar Kröten neben der Rente hinzuver-dient. Cooler Job, denn er weiß immer, wer wann und vor allem mit wem unterw...«

»Super, Martin«, unterbrach ihn Jenny, »das ist ge-nau das, was ich hören wollte.«

Sie sprang wieder auf. »Mach dich direkt auf den Weg dorthin. Ruf mich von unterwegs an.« Jetzt begab sie sich in Richtung Aufzüge.

»Jenny, warte mal!«, rief er ihr hinterher. »Was soll ich denn da überhaupt?«

Sie stockte. »Ach ja. Sorry.« Dann griff sie in ihre Ja-ckettasche und brachte ein Diktiergerät zum Vor-schein. »Ganz vergessen. Bring mir einen O-Ton von Licher«, entgegnete sie. »Am besten so etwas wie ein klares ‚Ja, habe ich so gesagt‘ oder noch besser ‚Ja, habe ich gerade hier unterschrieben‘. Am besten bringst du gleich die Kopie einer Verkaufsvereinbarung mit.« Sie warf ihm das Diktiergerät entgegen.

»Wohow, Chefin«, bremste Feldkamp wieder. »Geht's um den Verkauf der Stadtwerke, oder was? Ist es das? Ich habe eben sowas im Laufband aufge-schnappt.« Er zeigte auf einen der Monitore mit den Nachrichtensendern. »Aber der EB wird doch jeden Moment beim Filmball erwartet! Was also, wenn ich ihn im Rathaus gar nicht antreffe? Wollen wir ihn nicht lieber einfach am roten Teppich interviewen? Da sind doch bestimmt unsere Leute vor Ort und könnten das in einem Aufwasch mitmachen.«

»Streiche Stadtwerke, setze Entsorgungsfirma. Und: Nein, kein Interview! Ist doch super, wenn der EB nicht in seinem Büro ist, während du ihn aufsuchst und interviewen willst«, sagte sie augenzwinkernd. »Dann kannst du noch ungestörter ne Kopie von der Verkaufsvereinbarung machen.« Sie setze ihr umwerfendes Lächeln auf. *Abseits jedes Genderwahns die Waffen einer Frau.*

Feldkamp plusterte seine Wangen auf und lehnte sich zurück. Er wusste, was das für ihn bedeutete: einbrechen, aufbrechen, Unterlagen beschaffen, irgendwie kopieren und alles wieder in den unberührten Ursprung bringen. Nach einer kurzen Weile nickte er ihr wissend zu.

»Feldkamp, weißt du, was ich an dir schätze? Du verstehst es, wenn sich dir eine Sensation förmlich aufdrängt.«

»Wie viel Zeit habe ich für dieses Himmelfahrtskommando?«

Jenny starrte ungläubig auf das digitale Ziffernblatt der übergroßen Wanduhr, die in allen Stockwerken an derselben Stelle angebracht waren.

»Viel zu wenig! Gib Gas und lass die Kneipen links liegen«, befahl sie.

»Alles klar, Boss.«

»Und über den *Chef* am Telefon eben ...«, schob Jenny nach.

»Ja?«

»... Darüber reden wir noch mal, wenn du wieder zurück bist.« Es klang wie eine Drohung.

Nachdem Martin Feldkamp seine sieben Sachen zusammengepackt hatte und kurz darauf in Richtung Rathaus aufgebrochen war, verließ Jenny die News-Redaktion wieder und zog zurück an ihren Arbeitsplatz im zwölften Stock. In ihr machte sich ein Gefühl von Zuversicht breit. Wenn denn Feldkamp jetzt auf etwas Handfestes stoßen würde, dann wäre das Martyrium, das Hansen durchleben musste, nicht umsonst gewesen.

14

Noch einmal war BKA-Fred in der Leitung. »Ich habe dir unseren Sanitäter-Bereitschaftsdienst geschickt. Waren die schon bei dir?«

»Nein«, antwortete Hansen, der sich in der Zwischenzeit auf seinen regulären Arbeitsplatz in der News-Redaktion zurückgezogen hatte. Sein Büro lag etwas abseits von denen der anderen, was Vor- und Nachteile mit sich brachte. Allerdings hatte seine kleine Zelle keinen so umwerfenden Ausblick. Er konnte über die Straße hinweg auf das gegenüberliegende Hochhaus sehen, in dem auf Höhe seines Büros eine Zahnarztpraxis und darunter ein Geschäft für Brautmoden untergebracht waren. Die Umkleiden hatte man in Räume zur Straße untergebracht. An richtig warmen Tagen, wenn die milchig beklebten Fenster für eine Frischluftzufuhr gekippt wurden, hatte Hansen die Qual der Wahl: entweder schlottrig zitternden Patienten zuschauen, die sich auf Zahnarztstühlen verkrampft ihrem Amalgam-Schicksal ergaben oder jungen und enthusiastisch kreischenden Frauen, die ein Stockwerk darunter in viel zu engen Polyesterleibchen von einer rosigen Zukunft träumten. Die Schmerzen in der linken Flanke waren kaum noch auszuhalten. »Bis jetzt war noch niemand hier«, stöhnte er. »Bist du dir sicher, dass du die Koordinaten auch richtig weitergegeben hast?«

Wenn Fred etwas nicht ausstehen konnte, dann war es genau diese Art an subtiler Unterstellung. Entsprechend zickig schoss er zurück: »Klar habe ich das. Großes Haus im Zirkusweg in St. Pauli, der Straßenname ist Programm. Ist eine getarnte Nervenheilanstalt. Den Parkplatz bringt man am besten gleich mit. Patient Hansen, entweder in einer Einzelzelle im achten Stock oder in der Eha im zwölften. Mit größter Wahrscheinlichkeit angetrunken. Hält sich für Wallraff. Sieht dabei aus wie hinterm Deich vergessen. Hat das Rüstzeug zum Chefredakteur. Dafür müsste er aber mal die Schnauze halten und den Schnaps beiseitelassen.«

»So genau?«

»So genau. Hast du in der Zwischenzeit etwas in Sachen Bürgermeister herausfinden können?«, wollte Fred wissen.

»Nein, nichts. Er ist nach wie vor nicht erreichbar, und wohl auch noch nicht auf dem Filmball aufgekreuzt. Ich bin aber auch, ehrlich gesagt, nicht in der Stimmung, nach ihm zu suchen.«

»Okay.« Fred dachte nach. »Seit wann ist er in etwa verschwunden?«

»Ich würde ja nicht gleich behaupten wollen, dass er verschwunden ist, nur weil er gerade nicht erreichbar ist, Fred. Und auch das habe ich nicht überprüft.«

»Du weißt, was ich meine.«

»Der Anruf mit dem gigantischen Tipp erreichte uns vor etwa einer Stunde, also gegen kurz vor sechs. Jenny hatte es danach zweimal bei Licher versucht und niemanden erreichen können. Wieso fragst du eigentlich?«, wollte Hansen wissen.

»Wieso stellst du in deinem Job Fragen?«

»Alles klar.« Bei Fred klein beigeben war für Hansen kein Problem.

»Gebt mir ein paar Minuten, Hansen. Wir werden sehen, was sich machen lässt. In der Zwischenzeit solltest du dir mal die Frage stellen, warum der Bürgermeister in einer solchen Situation für niemanden zu sprechen ist.«

Dann schwieg Fred. Hansen bemerkte, dass er das Telefonat aber nicht unterbrochen hatte. Fred redete wieder, aber nicht mit ihm. Er musste von einem anderen Telefon aus einem weiteren, internen Gespräch gefolgt sein. Es klang so, als würde Fred mit Kollegen reden. Und dann hörte Hansen heraus, dass er eine Polizeieinheit zum Hamburger Rathaus geschickt hatte. *Reine Routine*, gab Fred als Grund an. Die Streife sollte überprüfen, ob vor Ort alles mit rechten Dingen zuging. Dann wandte er sich wieder Hansen zu.

»Übrigens«, sagte er, »wo du gerade so schön in Grübel-Laune bist ...«

»Schieß los.«

»Dein alter Freund Longhato wurde gerade in die Notaufnahme eingeliefert, gleich bei dir ums Eck in St. Georg.«

»Blödsinn.«

»Wetten?«

»Weißt du, was ihm zugestoßen ist?« Hansen besorgter, als er wollte.

»Wie schlimm wird es wohl sein, wenn du dich in deiner Limousine die Einfahrt raufkutschieren lässt und mit einem Drink in der Hand in die Notaufnahme schwankst?«

»Ernsthaft? Mit einem Drink in der Hand?«

»Jedenfalls erzählt man es sich so. Was davon stimmt – keine Ahnung. Aber ist er dort.«

In diesem Augenblick ging im achten Stockwerk des Verlagshauses die Tür auf und ein Team aus drei Nothelfern stand im freien Raum zwischen den Redaktionen von Klatsch, News und Hansens kleiner Enklave. Sie hatten eine Trage bei sich. Eine äußerst attraktive Notärztin, sportliche Figur, die langen blonden Haare zu einem Pferdeschwanz zusammengebunden, sah sich suchend um, kam dabei weiter in den Raum hinein. Dann fragte sie in das halbe Dutzend der anwesenden Mitarbeiter, die sie alle mit ihren Blicken fixierten: »Okay, und wer ist jetzt dieser Hansen? Und wehe, der ist nicht hier.«

Als Hansen seinen Namen hörte, verließ er daraufhin mit Fred am Ohr seinen Verschlag. Kurz darauf erblickte er auf der anderen Seite des Raums die hübsche Notärztin mit ihrem Team.

»Du bist ein wahrer Freund, Fred«, hauchte Hansen in den Hörer, während er instinktiv nach einer roten Rettungsboje in ihren Händen Ausschau hielt.

»Was habe ich getan?«, fragte Fred aus dem Hörer.

»Das Richtige«, entgegnete Hansen und beendete das Gespräch. »Endlich sind Sie da«, hauchte er der Ärztin zu.

»Ja, endlich sind wir da. Man nennt es Verkehrschaos. Mussten Sie lange auf mich warten?«, fragte sie.

»Ach, bloß einundvierzig Jahre.«

15

Einen Augenblick später und auf ihrem Weg zurück in die Schlussredaktion wurde Jenny von Artzinger abgepasst. Er wartete gegenüber den Aufzügen in der zwölften Etage auf sie, stand dort an die Wand angelehnt. Als sie ihren Aufzug verließ und wortlos an ihm vorbei ins Großraumbüro gehen wollte, hielt er sie am Arm fest.

»Jenny, warte.«

Zuerst blickte sie auf die Stelle am Arm, an der er sie gefasst hielt, dann direkt in seine Augen. »Du tust mir weh, Bernd«, entgegnete sie kühl.

»Entschuldige«, antwortete er und ließ sie augenblicklich los. »Ich wollte mich nur mit dir unterhalten. Bitte.« Er zeigte in die andere Richtung, zu den weiteren Büros auf der Etage.

Jenny verschränkte ihre Arme. Bernd Artzinger ging durch eine erste Glastür hindurch, hielt sie offen. Nach einem kurzen Zögern folgte Jenny ihm schließlich. Sie bewegten sich entlang eines schmalen Flurs, der einige Türen zu seinen Seiten hatte, bis sie an dessen Ende vor einem zentralen Büro standen. Es war das von Chefredakteur Weiß, der sich zu diesem Zeitpunkt auf dem Filmball aufhielt. An der Tür angekommen, klopfte Artzinger trotzdem zaghaft an, lugte in das leere Büro, bevor er mit Jenny hinter der Tür verschwand.

Das Büro des Alten war geräumig, durchweg stilvoll mit dunklen Möbeln eingerichtet. Es hätte auch das eines Patriarchen einer jahrhundertealten Unternehmensdynastie gewesen sein können. Möbel im Kolonialstil, Wandlampen, die einmal an echten Kutschen angebracht waren, eine antike Standuhr, deren beharrliches Ticken den Raum erfüllte.

Mitten im Raum befand sich eine Besprechungsinsel mit zwei Sofas, die auf einem runden Teppich ruhten. Durch die Anordnung vis-à-vis erinnerte das Ensemble an das Oval Office im Weißen Haus in Washington D.C. Von diesem Büro aus hatte man einen herrlichen Weitblick in Richtung Norden, über die Innenalster hinweg bis zur Kennedybrücke. Mit an Sicherheit grenzender Wahrscheinlichkeit hatte der Alte hier schon die eine oder andere spektakuläre Abendveranstaltung bei atemberaubender Aussicht erlebt. Seinen Schreibtisch zierte eine Bronzeskulptur, die einen Drahtseiltänzer zeigte. Daneben lag, in einem durchsichtigen Schober, eine goldene Medaille, eine Auszeichnung für besondere journalistische Arbeit. An der Wand hinter dem Schreibtisch hing ein Gemälde, das den Verlagsgründer Theodor Rudolf Freiherr von Brand zeigte. Er schien für das Porträt genau an der Stelle gesessen zu haben, an der Weiß seinen Schreibtisch stehen hatte. Etwas weiter rechts an der Wand war eines dieser berühmten Wimmelbilder von Keith Haring aufgehängt, vermutlich ein Original. Darunter befand sich ein Highboard mit Literatur, Biografien, Nachschlagewerken für Sprache und Enzyklopädien. Auf dem Möbel stand, als optische Verlängerung des

Haring-Bilds »Der Golfspieler«, eine Skulptur von Guillermo Forchino. Mit ihren dunklen Haaren, dem knubbeligen Zinken im Gesicht und dem gummihaft verdrehten Körper stellte sie ein ziemlich gutes Abbild des Alten dar, fast so, als hätte er dafür Modell gestanden. Artzinger setzte sich auf eines der beiden Sofas, ließ dabei ausreichend Platz für Jenny. Sie hätte sich ihm nicht gegenüber platzieren müssen und tat es trotzdem. Er erhob sich daraufhin wieder, teils zum Trotz, teils aus einer inneren Unruhe heraus. Wenn seine Absicht darin bestand, Nähe zu Jenny zu suchen, musste ihm in diesem Augenblick gewahr worden sein, dazu das ungeeignetste Büro im gesamten Gebäude ausgewählt zu haben. Mit langsamen Schritten ging er schweigend um den Schreibtisch des Alten herum, stand dann dahinter und lugte ungeniert in die vorbereitete Unterschriftenmappe.

Jenny wurde unruhig. »Kannst du bitte zum Punkt kommen, Bernd? Ich habe da draußen eine Schlussredaktion laufen und ...«

»Entschuldige, ja.« Gedankenverloren klappte er die Mappe wieder zu. »Ich wollte mit dir über ein Anliegen sprechen, das für mich nicht so einfach ist. Und, wie ich vermute, für dich noch viel weniger.« Nun bewegte sich Artzinger wieder auf Jenny zu, setzte sich dieses Mal zu ihr aufs Sofa. »Das mit Hansen eben war nicht gut. Von mir nicht, von ihm nicht. Aber er provoziert aufs Äußerste, jedes Mal. Nicht nur mich, sondern alle. Er hat schon viel zu oft die Grenzen überschritten, wenn du mich fragst. Das kann so nicht weitergehen.«

Jenny stierte auf den runden Teppichboden zu ihren Füßen, erkannte kleine weiße Kreise im Muster. Sie sagte nichts. Schon lange graute ihr vor dem Moment, in dem sie sich in diesem Augenblick befand. Denn es war absehbar, dass Artzinger sie eines Tages über ihre Loyalität zu Hansen befragen würde.

»Wenn du es genauso siehst wie ich, und davon gehe ich aus, Jenny ...«, Artzinger stockte und suchte nach Worten, was unüblich für ihn war. Er atmete lang aus und sein Oberkörper entspannte sich. Dann rückte er etwas näher zu Jenny auf, so nah, dass er nach ihren Händen greifen konnte. »Ich wollte dich fragen«, begann er aufs Neue und hielt ihre Hände fest in seinen, »ob du mir helfen kannst. Dieses Verhalten, das *muss* Konsequenzen haben. Es kann nicht sein, dass Hansen sich hier in einer Tour herausnimmt, was er will.«

In Jennys Gefühlswelt ging es drunter und drüber. Ihr direkter Vorgesetzter forderte gerade berufliche Loyalität ein, *sein gutes Recht*. Aber er war eben nicht nur ihr Boss, was die Sache verkomplizierte. Und: Sie hatte Hansen gern, trotz allem. Jenny schüttelte den Kopf, riss sich von ihm los und sprang auf, so wütend machte sie die Situation, in die Artzinger sie gebracht hatte. »Was willst du überhaupt? Willst du ihn loswerden?«, zischte sie.

»Ja«, entgegnete Artzinger lakonisch und ohne jede Gefühlsregung, was Jenny sichtlich überraschte. Sie starrte auf ihn mit verschränkten Armen herab. Ihre Augen waren feucht. »Du hast sie doch nicht alle!« Entrüstet wandte sie sich ab.

»Hast du das eben mitbekommen oder nicht?« Jetzt war es Artzinger, der eine andere Tonart anschlug. »Liegt besoffen in meinem Büro. Hat alles vollgereihert. Reißt alles zu Boden, dazu die ...«

»Er hat für die Zeitung Prügel bezogen, Bernd, richtige Prügel!«, unterbrach sie Artzinger, der daraufhin verstummte. »Wir hatten einen Anruf. Wegen des Verkaufs der Entsorgungsfirma. Uns hatte man eine Kopie des Kaufvertrags in Aussicht gestellt. Das wäre es gewesen! Ein Beweis, dass Licher sich den Weisungen der Bürgerschaft widersetzt! Aber es klang alles zu gut, Bernd. Und ich wusste es. Ich habe es kommen sehen.«

»Wieso habt ihr denn nicht mit Weiß ...«

»Weiß ist im Bild. Er bestand auf eine zweite Quelle, wie immer. Hansen ist trotzdem zu dem Termin aufgebrochen, obwohl ich ihn wirklich mehrfach gewarnt hatte. Er ließ sich aber nicht davon abbringen, hatte sich mit dieser Quelle treffen wollen, die absolut nicht koscher war. Das ganze Auftreten von diesem Mann am Telefon ... und die Typen haben ihn dann abgefangen und krankenhausreif geschlagen. Daraufhin kam er auf allen Vieren wieder zurück in die Redaktion gekrochen.«

Artzinger war still. Das hörte er zum ersten Mal. Warum er im Verlag unbedingt nach dem Rechten sehen sollte, klang aus dem Mund von Chefredakteur Weiß vorhin irgendwie anders.

»Dann kam er hier an. Verletzt, blutend, ziemlich am Ende. Ich habe ihn erstversorgt und ihn in die Eha gebracht. Letztlich bin ich es schuld, dass es bei dir so aussieht.«

»Jetzt gehst du aber zu weit, Jenny.«

»Entschuldige, Bernd. Der einzige, der hier zu weit geht, rumschreit und wie ein Idiot die Türen schlägt, das bist du!«

»Ja, aber doch bitte schön, weil ich einen Anlass habe«, sagte Artzinger aufgebracht. Es machte ihn wütend, dass Jenny, *seine* Jenny, das nicht einsehen wollte. War sie überhaupt noch *seine* Jenny? »Wie kannst du nur noch immer zu ihm halten?«, fragte er schließlich mit einem angewiderten Gesichtsausdruck.

Sie sah ihm tief in die Augen und antwortete nicht.

»Jenny, bitte. Dieses eine Mal. Ich brauche deine Hilfe. Wir müssen ...«, er stand auf und stellte sich direkt vor sie. Dann streifte er ihr mit der rechten Hand eine Haarsträhne aus der Stirn und redete mit ruhiger Stimme weiter. »Wir sollten das jetzt angehen. Die Zeit ist reif.« Er legte seine Arme um sie und zog sie an sich. Gedankenverloren und mit feuchten Augen legte Jenny ihren Kopf an Artzingers Schulter.

»Ich weiß, dass Hansen einen Riesenstellenwert in der Redaktion hat. Natürlich kenne ich seinen Ruf beim Alten und bei von Brand. Aber er hat sich einfach nicht mehr in der Hand. Er ist wie eine tickende Zeitbombe, ein Pulverfass, das kurz vor der unkontrollierten Explosion steht. Und die wird heftig werden, das garantiere ich dir. Wenn so jemand eines Tages wirklich hochgehen sollte, reißt er alle Menschen in seinem unmittelbaren Umfeld mit ins Verderben.« Artzinger drückte sie noch fester an sich. »Und ich will nicht, dass du durch ihn in Mitleidenschaft gezogen wirst. Deshalb bitte ich dich inständig, nein, ich flehe dich an

– du musst dich dieses Mal gegen ihn stellen, aus purem Eigennutz! Du kannst seine Eskapaden nicht länger decken. Denn du tust ihm damit keinen Gefallen. Und dir auch nicht.«

Jenny erwiderte noch immer nichts. Artzinger küsste sie auf die Stirn. Nach einigen, weiteren Augenblicken, in denen sie lediglich die Zeit verstreichen ließ, löste sie sich von ihm und nickte ihm wortlos zu. Dann ließ sie gänzlich von ihm ab, wischte sich die Tränen aus den Augen und verließ das Büro.

16

Normalerweise würde ich davon ausgehen, dass Sie eine ziemlich heftige Rippenprellung davongetragen haben«, konstatierte die Notärztin. Sie legte Hansen einen Verband an, direkt um die Rippen. »Deshalb bin ich mir auch gar nicht sicher, ob das, was ich hier gerade mache, Ihnen überhaupt helfen wird. Denn Ihre Atemnot ist doch eher ein Indiz für einen Bruch. Aber es wird auf jeden Fall stabilisieren und Ihnen das Atmen ein Stückweit erleichtern.«

Hansen saß ohne Oberhemd auf dem Stuhl in seiner Zelle, während die Notärztin ihn gemeinsam mit einem der Rettungssanitäter behandelte.

»Gleich schaue ich mir noch mal Ihre Wunden im Gesicht an. Haben ja übel was mitbekommen. Ist das so üblich bei euch Zeitungsleuten?«

Hansen versuchte zweierlei Dinge zeitgleich – cool aussehen und den Bauch einziehen. Das allein ließ ihn kaum noch Luft holen, weswegen er am liebsten gar nicht mehr gesprochen hätte, zumindest so lange er da ohne Hemd saß.

»Ich, ähm ... Berufsrisiko.« *Hansen, die Felsquell-Erzählmaschine.*

»Haben Sie eigentlich mal was gewonnen?«, fragte die attraktive Notärztin und strahlte Hansen aus ihren smaragdgrünen Augen an. Sie musste über vierzig Zähne gehabt haben. Weil er nur lächelte und nicht redete, sprach sie weiter: »Ich meine, es muss doch auch für Reporter Preise geben, die man gewinnen kann, oder?« Sie lächelte noch umwerfender als vorhin, und Hansen verfluchte jede einzelne Tüte Chips, die ihn zu diesem Schwamm hat werden lassen. Nun schaute auch der Arzthelfer besorgt drein, fast so, als würde er sekündlich mit einem Ausfall des gesamten Kreislaufsystems des Patienten rechnen. Offenbar hatte Hansen neben dem Reden auch gleich das Atmen eingestellt. Sein Schädel war rot angelaufen und erinnerte an eine überreife Tomate.

»Sie meinen, ob ich was gewonnen habe?«, fisperte er durch die Lippen hindurch. *Für hyperschnelles Online-Trading war Hansen definitiv der Falsche.*

»Ja, einen Presse-Oscar oder so.«

»Nein«, sagte Hansen knapp und pfiff gleich zwei Kilo Luft hinterher.

Etwas ungläubig schaute sie ihren Patienten an. »Ist alles in Ordnung mit Ihnen?«

»Alles bestens«, entgegnete er mit tiefblauen Halsschlagadern.

»Na, dann«, antwortete sie. »Jetzt können Sie Ihr Hemd auch wieder anziehen.«

So schnell Hansen das Hemd gegriffen und in nur einer einzigen Bewegung übergezogen und zugeknöpft hatte, war das einen Eintrag ins Guinness Buch der Rekorde wert, mindestens.

»Wissen Sie«, sagte er, urplötzlich die Gabe der Phraseologie zurückerlangt, »über seine Auszeichnungen redet man nicht viel. Man zeigt sie, ja, gerne und auch mit Stolz. Wann darf ich Ihnen denn mal meine Trophäensammlung präsentieren?«

»Hoppla, da ist er ja wieder«, lächelte die Ärztin. »Für einen Augenblick dachte ich, wir hätten Sie verloren.«

»Wenn ich nicht solche Schmerzen hätte, würde ich Sie glatt auf ein Bier einladen«, sagte Hansen.

»Das glaube ich Ihnen sofort«, entgegnete sie. »Es wäre ja auch nicht ihr erstes heute.«

Nachdem sie sich Hansens Wunde am Auge näher angesehen hatte, behelfsmäßig abklebte, eine weitere Wunde tackerte und den Helfer bat, dort eine Versorgung mit Vaseline, Mull und etwas Tape vorzunehmen, sagte sie: »Mehr kann ich im Augenblick leider nicht für Sie tun. Und danke, aber Bier trinke ich nicht.«

»Wein?«

»Nein.«

»Schnaps?«

»Nein.«

Es hätte Stunden so weitergehen können. Am Ende hätte Hansen auch noch alle Bols-Sorten aufgezählt. Er suchte nach Alternativen. Ihm wollte bezeichnenderweise nichts anderes mehr einfallen. Dann: »Jägermeister?«

»Ist auch Schnaps.« Nun wurde es zu einem Spiel.

»Herrje, von mir aus auch westafrikanischen Kräutertee mit Minze.«

»Nein, auch das nicht.«

Hansen verstand. Zumindest gab er es vor. »Dann eben nicht. Aber Sie könnten noch was für mich tun«, sagte er, fügte ein verschwörerisches »wetten ...?« hinzu.

»Da bin ich aber gespannt.« Die Ärztin half ihrem Assistenten beim Zusammenpacken, setzte sich dann auf die Tischkante von Hansens Schreibtisch. Dabei entdeckte sie ein gerahmtes Foto von Tessa. »Wow, ist die hübsch! Ihre Tochter?«

»Ja, kann man so sagen.« *Und – zappzarapp – zehn Jahre älter ...*

»*Kann man so sagen?* Wie sind Sie denn drauf?«

Hansen verdrehte die Augen. »So meinte ich das nicht. Ja, es ist meine Tochter. Und ja, sie ist ein wundervolles Wesen, das ich tief und innig in mein Herz geschlossen habe.«

»Och, wie süß er doch ist. Und so knuffig.« Sie zwickte ihn tatsächlich in seine Wange. »Also, was kann ich noch für Sie tun, Herr Hansen?«

»Wie wäre es, wenn Sie mich ins Krankenhaus mitnehmen würden? Ist auch nicht weit. Gleich hier um die Ecke, in St. Georg.«

Die Notärztin sah ihn etwas überrascht an, überlegte einen Augenblick. Als sie dazu mit dem Zeigefinger über ihre Lippen fuhr, stand ihr eine verruchte Unschuld im Gesicht, die Hansen noch nie zuvor in seinem Leben gesehen hatte. Es zog ihm merkwürdig durch die Lenden. In diesem Moment hätte er sein rechtes Bein dafür gegeben, nur um die Tischkante zu sein, auf der sie Platz genommen hatte.

»Warum sollen wir Sie mitnehmen? Die Röntgenaufnahme können Sie auch bei Ihrem Hausarzt machen lassen, und mit dem Cut an der Braue sind Sie ...«

Hansen kam näher auf sie zu, legte sich seine Hand schräg vor den Mund und flüsterte fast, als er sie unterbrach: »Im Krankenhaus steigt gerade die nächste große Story.«

»Im Krankenhaus!« Sie lächelte ungläubig.

»So ist das.« Hansen lachte, irgendwie hämisch. Die Notärztin fühlte sich an einen Hai erinnert. »Da bin ich mir ganz sicher«, schob er nach. Er starrte sie mit seinem Dackelblick an, aus einem Dackelauge und einem triefenden. »Sie werden zum Mittelpunkt einer der größten Enthüllungsgeschichten in dieser Stadt!«

»Ich?«

»Na ja, das Krankenhaus.«

Die Notärztin musterte ihn und schmunzelte, blickte dann zu ihrem Assistenten, der sie bei Hansens Verarzten unterstützt hatte. Der zuckte mit den Schultern. »Wenn ich es mir recht überlege, wäre es ganz gut, wenn sich die Kollegen die Rippenprellung noch mal genauer ansehen«, sagte sie dann.

Hansen applaudierte. »Bravo, bravo.«

Er stand auf und griff nach seinem Mantel, der über dem Stuhl hing. »Den Chefarzt wird es freuen, wenn Sie mich mitbringen«, flötete er.

»Sie kennen Dr. Dickhut?«

»Nein, aber ich bin privatversichert«, gab Hansen zum Besten.

»Aber doch in der Künstlersozialkasse«, erwiderte sie und zwinkerte ihm zu.

Als sie die Auffahrt zum Krankenhauskomplex in St. Georg hinauffuhren, wartete dort den üblichen Abläufen entsprechend ein Team von Bediensteten auf den neuen Patienten. Die Notärztin gab ihren Kollegen zu verstehen, dass sie Hansen selbst hinein begleiten

wolle. Kurz darauf begaben sich die beiden zur Notaufnahme, wo sie für Hansen alle Formalien erledigte
und ihm so eine schnelle und gründliche Folgeunter-
suchung ermöglichte.

Kaum hatte Hansen den überschaubar gefüllten
Wartebereich betreten, war die Notärztin auch schon
wieder im Begriff zu gehen. Sie wünschte ihm alles
Gute bei seinen Recherchen und eine baldige Gene-
sung. Dann steckte sie ihm einen Zettel zu, kaum größer als ein *PostIt*. Ja, man werde sich sicher wiedersehen, und nein, nicht auf ein Bier, auch nicht auf einen
Schnaps, aber vielleicht mal auf einen Kaffee, der fehlte
nämlich in seiner ambitionierten Aufzählung. Hansen
schlug sich mit der flachen Hand vor die Stirn. *Kaffee!
Natürlich! Wie du es auch machst ...*

Die Notärztin war weg und Hansen wagte einen
Blick auf den Papierschnipsel, steckte sich stolz ihre
Handynummer in die Manteltasche. Danach verließ er
umgehend den Wartebereich und ging schnurstracks
auf eine benachbarte Station. Dort sah er, dass das
Schwesternzimmer nicht besetzt war. Augenblicklich
nutzte er die Gelegenheit und setzte sich an den PC,
tippte den Namen »Longhato« in die Sucheingabe ein.
Der Italiener war wahrhaftig und wie von Fred ge-
schildert etwa eine halbe Stunde zuvor in das Hospital
eingeliefert worden. Die Zimmernummer notierte sich
Hansen auf der linken Handinnenfläche. Dann verließ
er das kleine Büro, schlenderte entlang der Wege und
Gänge, immer der Beschriftung zur Intensivstation
folgend.

Mit einem Mal blieb er stehen. Neben ihm befand sich die offene Tür zu einem Mehrbettzimmer. Hansen spähte in den Raum, bemerkte, dass sich darin eine ältere Dame befand. Sie war allein, schien fest zu schlafen und ihr EKG tuckerte ruhig vor sich hin. Zunächst sah sich Hansen in alle Richtungen entlang der Flure um, huschte dann zu der Dame ins Zimmer, griff unbemerkt an den Haken nach ihrem Morgenmantel und riss den noch leeren Müllbeutel aus dem Eimer, der neben ihrem Bett stand. Zurück auf dem Flur machte er sich weiter auf dem Weg zur Intensivstation.

Dort angekommen, suchte er die Toilette auf. Mantel, Anzughose und sein Oberhemd stopfte er in den mitgebrachten Müllbeutel, den er dann behutsam in den größeren Behälter für die Papierhandtücher am Waschbecken hineinlegte. Mit ein paar Einweghandtüchern tarnte er seine Habe. Anschließend griff er nach dem Morgenmantel und warf ihn sich über.

So stand er da und betrachtete sich im Spiegel – die Haare wie nach zwei Nächten im Zeltlager, eine Platzwunde unterhalb des triefenden Auges mit Mull und Tape geflickt, eine Braue getackert, eine fürchterliche Schramme an der Nasenwurzel, im Morgenmantel in der Größe einer Vierzehnjährigen, der mit einem verwaschenen Blumenmuster aus den Siebzigern bedruckt war, darunter die frisch angelegte Bandage, die seine Rippen stabilisieren sollte, dazu Anzugschuhe und schwarze Socken. »Die Kunst der wahren Tarnung« lautete ein Buchtitel im Highboard, zurück im Büro des alten Weiß. Vielleicht hätte Hansen es sich mal borgen sollen.

17

Ein stämmiger Zweimetermann kauerte vor der Tür des Zimmers, in dem sich Longhato aufhielt, auf einem viel zu kleinen Klappstuhl. Zu Hansens Überraschung erhob sich der Riese in einer einzigen Körperbewegung und offenbar ohne jede Mühe aus seiner unbequemen Position. Unmerklich reckte er die eingerosteten Glieder und renkte unter einem knochenbrecherischen Getöse die Nackenmuskulatur zurecht. Dann blickte er auf Hansen in diesem hässlich geblümten Morgenmantel herab. Sein Gesicht blieb ausdruckslos. »Fehlte noch«, murmelte er.

»Was denn?«, fragte Hansen.

»N'lebendiger Blumengruß.«

Hansen wühlte in den Taschen. »Mennö«, es klang traurig. »Ich muss die Grußkarte verloren haben.«

Der Zweimetermann starrte ihn völlig unbeeindruckt an. »Was willst du?«, fragte er.

»Na, zu Longhato.«

»Ausgeschlossen.«

»Wieso denn nicht?«

»Du siehst nicht aus wie Familie.«

»Ich bin der uneheliche Sohn der zweiten Frau des Onkels«, sagte Hansen und lächelte dabei. *Haifisch Hansen.* Keine Reaktion. Daraufhin öffnete er den Morgenmantel, drehte sich, um zu zeigen, dass er unbewaffnet war. Der Riese musste schmunzeln, so dämlich sah Hansen aus.

»Ich will einfach nur herzliche Genesungswünsche loswerden. Wir kennen uns schon eine Ewigkeit, der Amerigo und ich. Schon sehr lange.« *‚Seit dem Kindergarten' fehlte noch.* »Und weil ich hier gerade als Patient bin, wollte ich meinen alten Freund besuchen und ihm alles Gute wünschen.«

»Name.« Es klang wie mühevoll auswendig gelernt. *Bestimmt ein zerrüttetes Elternhaus.*

»Hansen.« *Das getarnte Böse.*

»Warte hier.« Er deutete mit der Pranke auf den Stuhl, und weil er in einer Art Schockstarre verharrte, nahm Hansen schließlich darauf Platz. Erst dann öffnete der Riese für einen Spalt weit die Tür in das Behandlungszimmer, lugte zuerst vorsichtig hinein, dann verschwand er schließlich im Raum und schloss die Tür hinter sich.

Nur kurze Zeit später kam er wieder raus und stellte sich viel- und nichtssagend zugleich vor Hansen auf. Beide sahen sich an, warteten. Der eine wägte ab, ob der andere ein Sicherheitsrisiko darstellte, dem anderen wollte in Gedanken nicht einfallen, warum von ihm ein Sicherheitsrisiko ausgehen sollte. Schließlich nickte der Zweimetermann und brummelte knapp: »Fünf Minuten.« Dann hielt er Hansen die Tür auf.

»Du bist ein Schatz«, hauchte Hansen und zog an ihm vorbei. Die Tür wurde hinter ihm geschlossen.

Dann stand er vor dem Bett und, wenn man so wollte, das erste Mal leibhaftig vor seinem Widersacher.

Doch sein Anblick jagte Hansen einen eiskalten Schauer über den Rücken. Longhato lag mit geschlossenen Augen leicht erhöht auf einem Stahlrohrbettgestell. Rings um das Bett herum waren zwei Dutzend Blumensträuße und Bouquets in Vasen aufgestellt. Das diffuse Licht im Raum, von einer Wandlampe ausgehend, tat sein Übriges. Wäre Longhato in einer Holzkiste gelegen, hätte es nicht weiter irritiert. Hansen, der wie aus einem Reflex die Hände ineinandergelegt hatte, überlegte für einen Augenblick, ob er ihn mit einer Stecknadel stechen sollte. Doch mangels Nadel begnügte er sich mit dem monotonen Aufflackern des seitlich aufgestellten EKG-Monitors, das davon zeugte, dass der Mensch, der dort lag, recht lebendig zu sein schien.

Im Raum fehlte der sonst so penetrante Geruch nach Desinfektionsmittel, der einem bei einem Krankenhausbesuch unweigerlich die Nase emporstieg und sich dort auf ewig festbiss. In Longhatos Blumenladen roch es, im Gegensatz zu dem Eindruck, den man von diesem Menschen dort im Bett gewinnen konnte, sprichwörtlich wie das blühende Leben.

Seitlich des Betts war ein Servicewagen abgestellt, darauf eine halbvolle Teetasse. Sie dampfte. Sein festes, schwarz gelocktes Haar wucherte Longhato unbändig über die Stirn. Buschige Augenbrauen lagen schwungvoll über den Augen. Ein Bartschatten stach aus dem blassen Gesicht hervor. Die tiefen Augenringe wirkten wie aufgemalt. Er trug eine feine Pyjamajacke in weinroten Tönen. Seine üppige Brustbehaarung drängte sich unterhalb eines Feinrippshirts hindurch. Longatho wirkte eindeutig älter als auf den wenigen Fotos, die es von ihm gab. Im Kindergarten wären die sich beiden vermutlich nicht über den Weg gelaufen.

An einem Garderobenhaken an der Wand hing ein Biker-Blouson in Vierfach-XL, eindeutig dem Riesen gehörend, daneben ein Morgenmantel mit einem »AL«-Monogramm auf der Brusttasche. An der graugetünchten Wand war ein Fernseher angebracht, der News-Kanal lief tonlos. Bis auf zwei Stühle für möglichen Besuch war der Raum nicht weiter möbliert. Auf der Intensivstation gab es kein Chichi, selbst für Mafiosi nicht. Wenngleich Hansen ihn in der »Allgemeinen« seit Monaten beharrlich als »Mafia-Papst« oder »Stadthalter der Camorra« betitelte – in diesem Augenblick begegneten sie sich zum ersten Mal.

»Du bist also dieser Hansen«, sagte Amerigo Longhato leise und unaufgeregt. Seine Augen waren noch immer geschlossen. Seine Stimme klang überraschend dunkel und seine Sprache war völlig akzentfrei, hatte sogar einen Hauch an hanseatischer Schärfe. Hansen war überrascht, wie bürgerlich sein Gegenüber wirkte.

»Longhato«, entgegnete er und nickte in dessen Richtung. »Ich hatte Sie mir größer vorgestellt.«

»Ich liege.«

»Ach.«

Longhato starrte Hansen jetzt an und an ihm herab. Seine Augen waren dunkel, sein Blick durchbohrend, gierig. Er bemerkte das Outfit. »Wen hast *du* denn beklaut? *Oma Kasupke*?«

»Ist meine Tarnung. Davon haben Sie keine Ahnung. Und was machen die ganzen Blumen hier? Sind Sie nicht gerade erst eingeliefert worden?«

»Hab ein Fleurop-Abo. Was willst du hier, Hansen?«

»Frieden schließen.«

Keine Antwort.

»Wie geht's Ihnen?«, fragte Hansen und es interessierte ihn wirklich.

»Beschissen.«

»Darf man fragen, was es ist?«

Longhatos Augen wurden kleiner, der Blick stechender. Er traute ihm nicht, das war mehr als eindeutig. »Du kommst nicht wirklich in deinem Miss-Marple-Fummel in mein Zimmer geschlichen, um mich für deine schäbige Zeitung zu interviewen, oder?«

»Nein, Longhato. Ich bin hier im Krankenhaus, weil ich mir offensichtlich eine Rippenprellung zugezogen habe.« Hansen öffnete den Morgenmantel und ließ den Verband zum Vorschein kommen. »Zuerst dachte ich, es ist Liebe und kommt vom Herzen.«

»Ich weine gleich.«

»Wäre ich einer von euch, würde ich jetzt behaupten müssen, dass ich bloß auf irgendwas ausgerutscht war und mich selbst aufs Maul gelegt hätte.«

Longhato sagte nichts. Sein Gesicht zeigte keine Regung.

»Es waren aber zwei ziemlich große Jungs, die mich grundlos vermöbelten. Klingelt da was?«

»Grundlos? Eine Welt ist das geworden.«

Die Tür ging auf, und eine kugelrunde Arzthelferin schob sich rücklings hinein. In der Hand hielt sie ein Tablett. »So, der Herr Longatho. Wollen wir mal nach Ihrem Säckchen schauen«, sang sie. Sie bemerkte Hansen zu spät. »Upps. Das wollte ich nicht«, schob sie hinterher.

»Schon gut. Er wollte sowieso gerade gehen«, sagte Longhato.

»Wollte ich das?«

»Ja.«

»Ich weiß doch, wie gern Sie Besuch haben, Herr Longhato«, sang die Frau fast. »Wenn die Herren noch ein paar Minütchen brauchen ... ich komme gerne später noch mal zurück.«

»Ja.« (Hansen)

»Nein.« (Longhato)

»Okay, bis gleich«, frohlockte die Schwester und verschwand wieder. *Alles schien besser, als nach Säckchen zu schauen.* Die Tür schloss sich.

»Säckchen?« *Hansen, weltberühmt für feinfühlige Empfindsamkeit im Einklang mit bemerkenswerter Diskretion.*

»Stoma.«

»Oh.«

»Mit einem Loch an einer Stelle, wo die Sonne nicht scheint. Anders geht's gerade nicht.« Longhato nahm eine leicht schräge Position ein. »Hätte mir mal einer erzählen sollen, dass ich von einer Handvoll Bakterien im Darm niedergestreckt werde.«

In diesem Augenblick empfand Hansen tatsächlich so etwas wie Mitleid mit Longhato. Die Gedanken verflogen so schnell wie sie kamen. »Bei mir waren es nur zwei ... Bazillen«, sagte er dann. »Ziemlich große aber. Warum, frage ich mich seitdem?«

»Sieh dich an. So einem will man doch ungefragt in die Fresse hauen.« *So viel zum Thema Bürgerlichkeit.*

»Sie kommen damit nicht durch, Longhato. Sie können mich noch so sehr vermöbeln lassen, ich werde ...«

»Genau das ist euer Problem«, sagte Longhato und zeigte in Richtung des Fernsehers. »Das von dir und diesen ahnungslosen Sabbelbüttel. Ihr habt eure Vorstellung von einer Wahrheit. Und wenn da was nicht reinpasst, wird so lange daran gefuhrwerkt, bis es euch passt. Aber ... es wird nicht richtiger dadurch. Das ist für euch dann aber ... *come dire ... non importa*.«

»Nicht wichtig«, antwortete Hansen. »Klingt ja ziemlich philosophisch. Was uns der Absender wohl damit sagen will?«

»Du kriegst eins aufs Maul und schiebst es mir inne Puschen. Ich war's aber nicht.«

Jetzt war es Hansen, der nicht antwortete. Auch weil ihn diese Mischung aus hamburgisch und italienisch irritierte. Es machte Longhato so menschlich.

»Ich habe weder was mit diesem erbärmlichen Zustand zu tun«, Longhato machte eine abwertende Handbewegung in Hansens Richtung, »noch habe ich die Müllverbrennungsanlage gekauft. *Klingelt da was?* Das ist alles gequirlte Scheiße, Hansen. Alles. Aber es ist dir egal. Denn darum geht es nicht.« Longhato unterbrach sich und musste husten. Ein schmerzendes Husten aus seinem Inneren. Dann sprach er weiter: »Dass ich hätte kaufen können, passt ja so gut in dein Bild von mir.«

»Meine Quellen, auf die ich mich recht gut verlassen kann, haben mir ...«

»Hansen, wie plietsch bist du? Ich könnte dich manipulieren, ohne dass du es auch nur im Ansatz mitbekommst. Deine heimlichen Zuflüsterer sind nichts anderes als anderer Leute Lautsprecher. Was bezwecken sie? Was wollen sie erreichen? Was *sollen* sie erreichen? Wer steckt dahinter? Wer will was und von wem? Vielleicht solltest du mal deine Finger von der jungen Kollegin lassen und etwas mehr recherchieren. Aber nicht im ,Journal' abends um halb elf.« *Peng, zwei Schüsse vorn Bug.*

Hansen schüttelte den Kopf. »Sie können die Fakten nicht verdrehen, Longhato. Eines der Geschäftskonten hinter dem Kauf der Verbrennungsanlage lief über zehn Ecken auf eine Ihrer Strohfirmen hinaus. Das habe ich mehr oder weniger Schwarz auf Weiß. So oder so – Sie hängen da mit drin.«

Longhato starrte mit verachtendem Blick aus dem Fenster. Zeitgleich lief im News-Kanal eine Dokumentation über ein Riff. »Ein Fischerboot fährt aufs Meer hinaus«, begann er, und seine Stimme klang so tief und melancholisch wie die eines Märchenerzählers. »Der Fischer wirft sein Netz aus.«

»Ich darf mich setzen?« Hansen nahm sich einen Stuhl, bemerkte einen Kühlschrank unterhalb des Servicewagens und hätte schwören können, dass so etwas nicht zur Grundausstattung eines Zimmers auf der Intensivstation gehörte. In der Doku tauchten sie in dem Augenblick zwischen bunte Fischschwärme hindurch.

Longhato starrte noch immer aus dem Fenster. »Der Fischer dreht stundenlang seine Runden, den gesamten Tag über. Raucht hin und wieder eine Pfeife, trinkt seinen Tee. Am Abend holt er das Netz wieder ein. Was hat er dann, Hansen?«

»Hunger?«

»Fische.«

»Mensch, Longhato. Sie sind ein Naturtalent! Vielleicht kann ich Ihnen in der Wochenend-Ausgabe etwas an Platz freiräumen. Gerade alte Leute lesen sowas gerne. Geht ans Herz.«

»Viele kleine Fische, Hansen ... und mit etwas Glück sind auch ein paar Große darunter. Für die hat sich dann das Rausfahren aufs Meer gelohnt. Aber, nur für die.«

Hansen stutzte. Er legte den Kopf schräg, verschränkte die Arme vor der schmerzenden Brust und starrte Longhato ungläubig an. »Sie wollen mir jetzt nicht ernsthaft weismachen, dass Sie einer der kleinen Fische sind, Longhato? So einen, den man aus Mitleid von der Angel lässt und zurück ins Wasser wirft?« Hansen musste fast lachen.

Longhato verzog keine Miene. Auf dem Fernseher war eine Muräne hinter einem Felsvorsprung zu erkennen. »Hansen, wir sprechen hier über richtiges Geld. Echte Knete. Altes Geld, neues Geld. Ein Schiffscontainer voll, zwei Container. So viel Geld kannst du noch nicht mal machen, wenn deine Miezen zwei Spalten hätten.«

Hansen bemerkte die Muräne, sah Longhato mit seinem Entlarvt-Blick an. »Vielen Dank, dass Sie mich wieder zurück in Ihr Metier geholt haben. Ich war für einen Augenblick wirklich irritiert.«

»Du kannst dich über mich lustig machen, solange du willst, Hansen. *Non mi interessa.* Am Ende des Weges wirst du feststellen, dass die Welt doch nicht so einfach in Schwarz und Weiß zu unterteilen ist, wie du immer denkst.«

»An Ihnen ist wirklich ein Philosoph verloren gegangen, oder ein Fischereiexperte. Ich bin mir da nicht sicher.«

»Hansen, dein Problem ist, dass du nur sehen willst, was du sehen willst. Ich bin der Böse und du gehörst zu den Guten. Ich kann gut damit leben. Es interessiert mich nicht, was ihr aalglatten Intellektuellen von mir haltet. Wenn ihr meint, ihr seid bessere Menschen, weil ihr mehr Bücher gelesen habt, geschenkt. Wenn du glaubst, du bist ein besserer Mensch, weil du Journalist geworden bist, bitte. Aber weißt du, was dein Problem ist? Oder das Problem deinesgleichen? Ihr merkt es noch nicht mal mehr, wenn es jemand gut mit euch meint. So bescheuert bist du schon, Hansen. Ich gehe jede Wette ein, dass du das Laufband nicht gesehen hast, sondern nur diesen verkackten Aal.«

»Es war eine Muräne.« Hansen stierte auf den Fernseher. In der Laufschrift stand »Licher verkauft Hamburgs Müllabfuhr«.

»Ist mir bekannt«, sagte Hansen knapp, »deshalb bin ich ja hier.«

»Für eine Entschuldigung, hoffe ich. Denn ich habe weder das eine noch das andere gekauft. Ein untalentierter Schmierfink in der ‚Allgemeinen‘ behauptet es nur immer wieder. Aber dadurch wird es nicht richtiger.«

»Nicht gekauft?«

Longhato nickte.

»Wer dann?«

»Tja ... denke, einer der größeren Fische.«

Sie sahen sich eine Zeitlang schweigend an. Dann zog ein Lichtwechsel auf dem Fernseher ihre Aufmerksamkeit auf sich. Das laufende Programm wurde für eine Live-Schalte zu einer Pressekonferenz unterbrochen. Hansen und Longhato sahen zu, wie eine Person vor die Mikros trat. Sein Name wurde eingeblendet: Björn H. Mittelstedt, Bankdirektor.

»Kann ich das mal eben ein bisschen lauter machen?«, fragte Hansen und schnappte sich, ohne auf eine Antwort zu warten, die Fernbedienung, die auf dem Servicewagen neben Longhatos Bett lag. Für einen besseren Blickwinkel zum Apparat setzte er sich zu Longhato aufs Bett. Der schaute zunächst verwundert drein, dann löste sich sein Blick wieder.

Die Stimme Mittelstedts erfüllte den Raum: »Wie Sie bereits unserer Presseinformation entnehmen konnten, ist es heute zum langersehnten Verkauf der Anteile der Stadt an der Entsorgungsfirma gekommen. Wir als begleitendes Bankhaus können diesen Schritt nur begrüßen, steht dieser Verkauf doch für die nachhaltige Entwicklung unserer schönen Stadt.«

Über Longhatos Gesicht huschte ein Schatten, den Hansen nicht bemerkte. Dem Italiener wurde gewahr, dass er mit einem Mal ein ganz anderes Problem zu bewältigen hatte. Hansen indes starrte ungläubig auf den Monitor, hörte noch genauer hin.

»Wir sind mit dem Ersten Bürgermeister der Stadt Hamburg, Herrn Licher, soweit verblieben, dass der Verkauf in den kommenden Tagen in eine rechtlich zweifelsfreie Form ...«

Hansen schüttelte es und Longhato blieb nicht verborgen, wie es in Hansen zu brodeln begann, je länger er den Monitor anstarrte. Er musste in dem Bankdirektor irgendwas erkannt haben. »Zeit zu gehen«, sagte Longhato lakonisch.

»Was?«, Hansen bekam nichts mit, vergaß Raum und Zeit. In seinem Kopf drehte sich alles, während sein Hirn zeitgleich auf Hochtouren arbeitete.

»Hau ab, Hansen. Geh ins ‚Journal‘. Das erste geht auf mich«, ätzte Longhato.

Hansen erhob sich von Longhatos Bett, schob wortlos den Stuhl beiseite, auf dem er zuvor gesessen hatte. Seine Gedanken fuhren Achterbahn. Er bewegte sich wie in Trance in Richtung Tür. Als er im Begriff war, die Türklinke zu drücken, sagte Longhato: »Eins noch.«

Hansen stoppte und fixierte die Türklinke.

»Der Fairness halber sage ich es dir. Du solltest wissen, dass du dieses Mal den Bogen überspannt hast. Deine Schmierereien gehen ein paar der richtig großen Jungs mächtig auf den Sack.«

Hansen wollte nichts erwidern, so sehr war er mit dem beschäftigt, was dieser Mittelstedt eben in der Pressekonferenz gesagt hatte, vor allem *wie*. Seine Zunge bemerkte diesen Zustand und führte ihr berüchtigtes Eigenleben: »Jetzt hab ich's irgendwie mit der Angst zu tun«, hörte er sich sagen.

»Das solltest du auch.« Longathos Stimme brummte in Hansens Schädel wie aus einem Albtraum nach. »Das ist das Böse, Hansen. Typen, die nicht davor zurückschrecken, deine Elfjährige in einem Bergarbeiterpuff in Usbekistan anschaffen zu lassen.«

Jetzt starrte Hansen ihn entsetzt an.

Longhato warf ihm einen verächtlichen Blick zu, aus Augen, die sich zu Patronen zu verformen schienen. »Willkommen in meiner Welt, Hansen. Und jetzt, da du sie kennst, verpiss dich.«

18

Charakteristisch für ihn war: Es fehlte ihm an nichts. Er wuchs in einem behüteten Elternhaus auf, hatte keine Geschwister. Er lebte das Leben eines kleinen Prinzen, der mit seinen Wehwehchen und Zipperlein zu jeder Tages- und Nachtzeit auf einen interessierten Zuhörerkreis hoffen konnte. Natürlich knüpfte seine Jugend fast übergangslos und unbemerkt an die Kindheit an, außer vielleicht, dass ihm die Kleidung nicht mehr passte. Seine Eltern sorgten sich um ihren einzigen Spross mit hingebungsvoller Aufopferung. Vermutlich bekam er noch zur Volljährigkeit sein Essen auf dem Löffel rund gelutscht, bevor er ihn sich in den Rachen schob.

Sein Leben zwischen der Ausbildung zum Bankkaufmann und der Imkerei, die einer Leidenschaft des Vaters entsprang und sich über die Jahre zu einer festen Größe des Haushalts der Bönischs weiterentwickelt hatte, plätscherte ohne nennenswerte Höhepunkte dahin. Alles darin war überschaubar, planbar, durchsichtig. Es folgte Rhythmen, die er ohne jede Anstrengung bewältigen konnte. Mädchen (oder auch Jungs) kamen auch nicht darin vor. Es war, mit einem Wort, sterbenslangweilig, erst recht für einen Zwanzigjährigen.

Vermutlich aus diesem Grund allein hatte Felix Bönisch sich eine Eigenart zugelegt, die er nur zu gut vor seinen Eltern zu verstecken wusste. Seiner Auffassung nach konnte man ihm diese heimliche Leidenschaft überhaupt nicht zum Vorwurf machen, war er doch, wie auch in der Bank, so auch hier, ganz dem Vater nach – und dessen geliebten Bienen. Denn: Waren sie es nicht, die jeden Tag durch die Vorgärten zogen, *vorbeistrichen an sich ihnen darbietenden Gelegenheiten*, dazu von Blüte zu Blüte flogen, sich mit dem Blütenstaub benetzten, den Nektar gierig in sich aufsogen, und so einem Urtrieb folgend einheimsten, was nicht ihres war? Nannte Vater ihren Ertrag nicht *Beute*?

Wer also sollte ihm deswegen krumm kommen, nur weil Felix Bönisch aus der erdrückenden Langeweile seiner stoisch durchdeklinierten Existenz heraus den besonderen Kick im Stehlen fand?

Doch Felix Bönisch stahl nicht irgendwas. Keine wertvollen Gemälde, keine Autos. Kein Geld, kein Schmuck, keine Goldbarren. Nein, das hatte ihn nicht interessiert. Ihm ging es bei seinen Raubzügen um das Eintauchen in die Privatsphären anderer. Er war ein Voyeur, benetzte sich mit einer Beute, die nichts anderes als das alltägliche Leben der anderen war.

Deshalb klaute Felix Bönisch digitale Geräte wie Smartphones oder Tablets. In neunzig von hundert Geräten bargen sie einen unfassbar umfangreichen Schatz an Wissenswertem, Aufschlussreichem, Kuriosem oder auch nur Belanglosem über deren Besitzer, aber auch über Freunde und Freundesfreunde. Mit etwas Glück gelangte er durch die Aneignung eines fremden Smartphones in eine Welt, die ganz und gar nicht der seinen entsprach und ihm für immer verschlossen geblieben wäre. Und weil Smartphones inzwischen, wegen der immer besseren Speicherkapazitäten und der ausgeklügelt guten Foto-Objektive, jede andere Art der sonstigen Fotografie ins Bedeutungslose verbannt hatten, war die Auswahl an Bildern, die der Spanner Felix Bönisch auf seinen Streifzügen ergaunerte, von ausgesuchter Schönheit. So waren es Bilder von den An- oder Verkäufen bei Ebay, mal langweiligem Kram wie Babykleidung oder von obsolet gewordenen Gebrauchsgegenständen wie einen Maxi-Cosy-Kindersitz, oder eben solche Fotos von der ans Bett gefesselten Ehefrau, Lustballgeknebelt und fürs Finale drapiert, Fotos von kniehohen Lackstiefeln, die unlängst über Amazon bestellt und anonym verpackt ins traute Heim geliefert wurden – für Bönisch waren diese zusammenhanglosen Sammelsurien Quellen unendlicher Befriedigung. Er stellte sich vor, wie die Kinder des Handybesitzers sich in ihren kühnsten Träumen nicht hätten ausmalen können, wie Mama und Papa es trieben, wenn sie es denn einmal zeitig ins Bett geschafft hatten. Aber er, er wusste davon. Und er konnte es sich nicht nur ausmalen, sondern bewundern, bestaunen, begierig begaffen, aufsaugen, konsumieren, erspüren, *erleben*.

Was Felix Bönisch dabei am meisten Befriedigung verschaffte war es, zu wissen, um wen es sich bei den Aufnahmen handelte. Er griff nämlich nur dann zu, wenn er der Person zuvor mittels unauffälliger Beschattung gefolgt war, wenn er einiges ihrer Gewohnheiten in Erfahrung gebracht hatte und wenn er sich davon restlos überzeugt hatte, dass die zu erwartende Beute seinen Einsatz rechtfertigen würde. Denn das Wissen um anderer Leute Privates, ihr Intimstes, und dieses Wissen dann auch noch mit einer ihm – wenn auch nur flüchtig – bekannten Person in Verbindung zu bringen, das war es, was Felix Bönisch aufgeilte. Er war besessen davon. Und deshalb war der kleine Prinz in seinem zweiten Dasein ein ziemlich gewiefter Drecksack, der Privatsphäre stahl.

In den Nachrichten an diesem Abend hatte Felix Bönisch Wind davon bekommen, dass es entlang des roten Teppichs zum Hamburger Filmball zu Tumulten gekommen war. Er hatte mitansehen müssen, wie unzählige Menschen eng an eng vor dem Teppich ausharrten und sich gegenseitig das Leben schwer machten. Deshalb zog er sich gerade die Sportschuhe über und griff nach einer Requisite, die wie ein Spruchbanner anmutete.

Es war Zeit für einen neuen Beutezug.

19

Schlussredaktion, 20.05 Uhr
– in der roten Phase

Hansen erreichte die Schlussredaktion zu einem Zeitpunkt, als dort deutlich mehr Betrieb war als noch vor einer Stunde. Menschen, die eben noch nicht zu sehen waren, standen nah den Arbeitsplätzen der anderen, sprachen durcheinander. Alles gestikulierte, redete, korrigierte irgendwas oder irgendwen, zeigte auf Monitore, wedelte mit Ausdrucken. Es mutete an wie auf einem orientalischen Bazar, und wie bestellt roch es im gesamten Großraum nach Kurkuma und Curry. Der runde Konferenztisch inmitten des Raums war inzwischen unter Hunderten unterschiedlichster Andrucke der ersten fertigen Seiten verschwunden. Gebrauchtes Besteck lag herum, Servietten. Mülleimer im Raum quollen über, neben ihnen stapelten sich Kartons und Pappverpackungen eines indischen Lieferservices. Hier und dort standen kleine Grüppchen zusammen, diskutierten miteinander, tranken aus Pappbechern. Eine Gruppe Kollegen stand auf dem kleinen Austritt, rauchte.

Mitten im Trubel saß eine zierliche Frau mittleren Alters mit streng nach hinten gekämmten Haaren, vier Klammern hielten sie in Schach. Die Gläser ihrer Brille waren groß und rund wie die Augen einer Eule. Sie hatte einen Hörschutz aus dem Baumarkt übergestülpt, der optisch gar nicht zu ihrem zierlichen Kopf passen wollte und sie war in einen Text vertieft. Seelenruhig saß sie dort im Tohuwabohu, griff langsam nach einer Tasse mit Tee, auf der »*Wir grillen, Oma*« zu lesen stand, und nippte mit spitzen Lippen daran. An einer Seite des Raums hämmerten zwei junge Redakteure wie besessen auf den Snack-Automaten ein. Entweder hatte das Ding ihr Geld verschlungen, ohne etwas dafür auszuspucken, oder aber eine der heimtückischen Spiralen, die die Ware beförderten, hatte sich mal wieder verhakt. Hansen sah sich eine Weile um, konnte Jenny nirgends ausfindig machen. Eine junge Frau auf Inline-Skates zischte durch den Eingang zum Großraum, schob sich blitzschnell an ihm vorbei, nahm messerscharf eine Kurve und hätte fast die beleibte Kollegin aus ihren Schuhen geholt, die gerade im Begriff war, einen Teil ihres *Tandoori Chicken* in der Teeküche zu verstauen, für den zweiten Hunger.

Die Skaterin brachte Ausdrucke mit, warf sie unkommentiert zu den anderen auf den Tisch, und Hansen fragte sich, ob irgendwer in diesem Chaos überhaupt noch den Zweck verstand. Er starrte auf die Fernsehmonitore, die sich über ihren Köpfen befanden und griff gerade nach einer der Fernbedienungen. Endlich hatte der Snack-Automat die Ware der beiden Jungs freigegeben, doch das Fluchen begann von vorn. Sie kamen zurück in die Mitte des Raums, streiften Hansen und einer der beiden bot ihm tiefgefrorene Haribo an: »Hier, Hansen, greif ruhig zu. Eiskalte Gummibärchen. Dieser Apparat ist die Hölle.«

Hansen winkte ab: »In der Hölle gefriert es nicht.«
Da war er wieder, der Lektoren-Lektor.

Noch immer keine Spur von Jenny, während Hansen bemerkte, dass auf den Monitoren eine Wiederholung der Pressekonferenz mit Mittelstedt aus dem Bankgebäude ansetzte. Für einen Augenblick ließ er das Chaos um sich herum auf sich wirken, schüttelte mit dem Kopf, schob dann behände einen Stapel der Andrucke beiseite, hätte dabei fast der konzentriert arbeitenden Eule jenes Blatt weggenommen, das sie gerade akribisch mit roter Farbe versah. Auf der rückwärtigen Seite ihrer Trinktasse stand »Satzzeichen retten Leben!«. Hansen nutze einen der freien Stühle am Tisch, um auf ebensolchen hochzusteigen, stellte sich aufrecht hin, ragte dabei fast bis zur Decke, steckte sich zwei Finger in den Mund und blies einen Pfiff durch den Raum, der jede Signaltröte auf dem Altonaer Fischmarkt das Fürchten gelehrt hätte. Blitzartig war es still. Und ausnahmslos alle Teilhabenden dieses Wahnsinns starrten ihn erwartungsvoll an.

»Vielen Dank«, brüllte Hansen in den Raum, stellte mit der Fernbedienung das Programm lauter und stieg wieder vom Tisch herab. In diesem Augenblick betraten Jenny und Artzinger zeitgleich den Raum und Hansen hatte für den Bruchteil einer Sekunde das Zerrbild vor Augen, das die beiden in einer ziemlich eindeutigen Position auf der Glasoberfläche des Kopierers zeigte. Hansen fokussierte sich, verschränkte die Arme und starrte auf einen der Monitore. Als die beiden ihn erreichen und Jenny etwas zu ihm sagen wollte, legte

Hansen sich den Zeigefinger auf die Lippen, nickte in Richtung des Monitors.

Es dauerte keine fünf Sekunden und Jenny schlug entsetzt die Hand vor den Mund. Sie war mit einem Mal so betroffen, dass sie sich tatsächlich setzen musste. Artzinger wäre ihr fast zur Seite gesprungen, so besorgt war er um sie. Er merkte gerade noch rechtzeitig, dass allein das Andeuten einer solchen Geste nicht unbemerkt blieb. Die Handbremse fest umklammert, brachte er nur noch ein nüchternes »Alles okay bei dir, Jenny?« hervor.

Sie antwortete ihm nicht. Die gesamte Redaktion verharrte noch immer wie in Hypnose, ausgelöst durch Hansens Pfiff, starrte auf die Monitore, ohne wirklich zu wissen, warum sie es tat.

»Das ist er«, bemerkte Hansen knapp und deutete mit dem Kopf in Richtung Mittelstedt auf dem Monitor. »Das ist unser Mann.«

»Wer?«, wollte Artzinger wissen.

»Ich bin … ich …« Jenny rang nach Worten.

»Arschloch!«

»Wer, Hansen, ist hier ein Arschloch?« Artzinger verschränkte die Arme.

»Du ausnahmsweise mal nicht. Sondern der dort.« Er zeige auf Mittelstedt.

»Was ist denn mit ihm? Lass mich hier nicht so blöd herumstehen!«

»Die Stimme«, flüsterte Jenny fast. »Er ist der Anrufer, der sich mit Hansen treffen wollte. Ich kann es gar nicht fassen!« Wut machte sich in ihr breit und mit einem Mal hatte sie Wasser in ihren Augen stehen.

»*Bankdirektor* Mittelstedt?«, fragte Artzinger und schüttelte ungläubig den Kopf. »Ihr seid doch völlig bekifft!« Dann wandte er sich ab.

»Typisch« kam es von Hansen.

»Was ist daran so typisch, Hansen?«, wollte Artzinger wissen und war schon wieder nahe der streitlustigen Hundertachtzig.

Hansen drehte sich ihm zu, beobachtete, dass Jenny noch immer völlig entsetzt auf einen der Monitore starrte. *Er hatte also Recht. Sie hatte ihn auch erkannt.* »Typisch ist«, sagte er zu Artzinger und sie standen sich empfindlich nahe, »dass du über deine Raum- düftchen und handwarmen Lederemulsionen für dein Schwucken-Büro den Geruchssinn eines Reporters gänzlich verloren hast.«

»Den du natürlich hast.«

»Natürlich«, sagte Hansen und sein Blick hatte et- was Unendliches, zumindest von einem Auge ausge- hend. *Der mit dem halben stählernen Blick.*

Jenny fing sich wieder, atmete tief ein, erhob sich von ihrem Stuhl. »Es ist unfassbar«, sagte sie. »Aber er ist es. Kein Zweifel.« Sie wandte sich Hansen zu. »Mein Gott. Was machen wir jetzt? Wir können das wohl kaum ignorieren.« Dann sah sie zur Uhrenleiste, die neben der deutschen auch die aktuellen Uhrzeiten in New York, Moskau und Sydney anzeigte. »Aber wir haben doch gar keine Zeit mehr!«

Hansen lächelte sie an. »Nicht verzagen, Hansen fragen.« Er fasste sie an ihren Schultern. »Wir haben noch unendlich viel Zeit, genau genommen ...«, jetzt schaute auch er auf die Uhr, »... etwas mehr als 90

Minuten. Das kriegen wir hin.« Dann ließ er sie wieder los, klatschte zweimal laut in die Hände und befreite so die Kollegen vom Fluch der Hypnose. Alles ging wieder wie gewohnt seiner Arbeit nach. *Houdini Hansen at its best.*

Er lächelte Jenny zu, freundlich, makrelig. »Wir bräuchten den Feldkamp. Jetzt und hier«, sagte er.

»Den habe ich schon auf die Fährte angesetzt. Der ist auf dem Weg ins Rathaus.«

»Super, Jenny.« Hansen konnte in der Tat großzügig loben, das musste man ihm lassen. Vor allem, wenn es ihm in den Kram passte, was andere machten. »Dann sollten wir prüfen, ob unsere Kaffeehaus-Praktikantin noch unter den Lebenden weilt. Machst du das?«

»Aye«, sagte Jenny knapp und Hansen gefiel, dass er ohne viel Anstrengung im Begriff war, die Redaktionsleitung zu übernehmen. Artzinger konnte sich nur noch wundern.

»Artzinger!«

»Was willst du?«

»Ich brauche dich.«

»Vergiss es!«

»Kannst du Weiß anrufen und ihn auf die neue Titelstory vorbereiten?«

»Die da wäre?« Artzinger war offensichtlich noch nicht so überzeugt von Hansens überfallartiger Tüchtigkeit.

Mit seiner Hand zeichnete Hansen Worte in den Luftraum vor sich: »Headline: Handlanger des Verbrechens – Fragezeichen? Subline: Warum Mittelstedt

Schlägertruppen auf einen Reporter dieser Zeitung hetzt«.

»Das würde ich auch mal gerne wissen.« Artzinger verschränkte demonstrativ die Arme.

»Das, mein lieber Bernd, werden wir in den kommenden«, Hansen schaute wieder auf seine Armbanduhr, »88 Minuten in Erfahrung bringen.«

»Und keine Sekunde länger, Hansen! Du weißt, was uns eine Überziehung pro Minute kostet. Wir sind um punkt halb zehn auf der Rolle.«

Dann wurde Hansen zu Guru Hansen. »Es wäre wirklich hilfreich, wenn du das machst. Da appelliere ich an Dich als Vorgesetzten, als Führungspersönlichkeit, die du bist. Es wäre ausgesprochen gut, wenn du bei Weiß für Rückhalt sorgst. Du hast den direkten Draht zu ihm. Dir vertraut er. Das ist deine Stärke.« *Es fehlte nur noch, dass Hansen seine Hand auf Artzingers Schulter legte.* Dann legte Hansen seine Hand auf Artzingers Schulter.

Artzinger schaute so argwöhnisch auf die Pranke, als gelte es, ein Kompliment von Hansen erst einmal auf Bärenfallen abzutasten. Schließlich nickte er. »Okay, mache ich.« Im Gesagten war einfach zu viel Gutes dabei, was er nicht ignorieren konnte.

Hansen nickte ernst und ging aus dem Raum. Man meinte beim Türschließen das vertraute Zischen von der Brücke des *Raumschiff Enterprise* zu hören.

20

Tatsächlich hatte niemand mit einer solchen Aufmerksamkeit gerechnet, nicht die Demonstrierenden und nicht die Organisatoren des Filmballs. Fast hundert Berichterstatter pressten sich entlang des roten Teppichs und gaben ein merkwürdiges Bild ab: Die Objektive ihrer Film- und Fotokameras fokussierten nicht etwa die Stars auf dem Teppich, sondern waren auf die Zuschauertribüne gerichtet. Dort und vis-à-vis des Café Amsterdam hatte sich inzwischen die Mehrheit der grölend Protestierenden eingefunden und den treuen Filmfans den Spaß an der Autogrammjagd genommen.

Die privaten Sicherheitsleute waren eindeutig am Bedarf vorbei kalkuliert worden. Sie hielten die Krawallmacher zwar so gut es ging in Schach, aber eben nicht davon ab, ihre Sicht der Dinge öffentlich zur Schau zu stellen. Mit gut zwei Dutzend Spruchbändern und Bannern, dazu Reimsprüche, grölend zum Besten gegeben, vermochten sie die Filmschaffenden derart einzuschüchtern, dass selbst gestandene Stars der Branche nur noch mit gesenktem Kopf über den Teppich huschten.

Auch eine Handvoll Kapitalismusgegner hatte sich unter die Protestierenden gemischt, zwei von ihnen vermummt. Etwa sechs Personen taten sich als Umweltaktivisten hervor und gingen gleich auch die Kapitalismusgegner an. Dazu gesellte sich ein junger Mann mit einem einsamen farbenfrohen Schild in der Hand.

Bei genauer Betrachtung entpuppte sich sein Beitrag als Guerilla-Marketing für das Startup einer Pappbecher-Reinigungsmaschine, die den Mehrweg von Einweg-Kaffeebechern zum Ziel hatte. Irgendwann begannen die Kapitalismusgegner, dem Startuper das Schild streitig zu machen, weil er darauf einen Trinkbecher ohne Fairtrade-Logo abgebildet hatte. Jetzt mischten sich die beiden Pro-Asyl-Sympathisanten ein. Es entstand bald ein Handgemenge, das schnell zu einem Flächenbrand hätte führen können, wenn nicht immer wieder auch das halbe Dutzend anwesender Polizisten die lebhaft debattierenden Streithähne auseinandergebracht hätten. Auch hier war bei der Einsatzbesprechung am Vormittag nicht über ein Großaufgebot nachgedacht worden. Vielmehr wollte man sich in der Polizeiführung durch eine besonders ausgewogene und deeskalierende Zurückhaltung einen Namen machen. Wozu hätte es auch eines Großaufgebots bedurft, wenn es bloß die feiergierige Filmbrache zu bändigen galt? Die Streifenbeamten, darunter ein Schlacks wie ein Bambushalm und ein Kugeliger wie ein Brombeerstrauch, hatten keine Chance, das Aufbegehren der Protestler zu beruhigen oder gar den Bereich zu räumen. Womöglich war dieser Teil ihrer Ausbildung einfach zu lange nicht abgerufen worden. Die Stimmung am roten Teppich jedenfalls war im Eimer. Und schuld daran war der junge und jung ins Amt gewählte Erste Bürgermeister Licher und seine öffentlich gewordene Absicht, die stadteigene Entsorgungsfirma zu verkaufen. Julia stand noch immer am Hochtisch in der inzwischen etwas ruhigeren Umgebung des Café Amsterdam. Die Reste der zerbrochenen Glasscheibe waren längst beseitigt, die Stühle wieder an ihren ursprünglichen Plätzen aufgestellt. Gegen den deutlichen Luftzug im Café gab's wie auf Bestellung Fleece-Decken für die zahlreichen Gäste. Der neue Betreiber schien keinen Anlass zu sehen, diesen ertragreichen Abend vorzeitig zu beenden. Julias Freundin Patrizia, Praktikantin bei der »Allgemeinen«, hatte sich indes ohne jede Berührungsangst mitten ins Getümmel gestürzt. Zunächst hatte sie Fotos gemacht, dann Passanten und Gäste des Cafés um kurze Statements gebeten, die sie in das verbaute Mikrophon in ihrem Handy einsprechen ließ. Dann nutzte sie das ständige Chaos entlang des Teppichs und begab sich auf die gegenüberliegende Seite, dort, wo die Demonstrierenden zu finden waren und grotesk laut auf ihre Anliegen aufmerksam machten. Da stand sie nun neben dem jungen Mann mit der Start-up-Werbung und filmte ihren Aufsager in die Kamera ihres Handys. Bestimmt hatte sie eine Verwertung ihres Materials im Internetkanal der »Allgemeinen« im Sinn, als sie statt zu schreiben zu filmen begann. Die Flexibilität dieser Generation würde einem Hansen auf ewig ein Rätsel bleiben.

»Vorhin war noch ein Stuhl der Terrasse in das Schaufenster des Cafés geschleudert worden. Die Situation um die Demonstranten hat sich in der Zwischenzeit etwas beruhigt.« Sie sprach konzentriert und sendetauglich in die Kamera. In dem Augenblick, in dem sie auf die Demonstranten und ihre unterschiedlichen Anliegen zu sprechen kommen wollte, fuhr die nächste

Limousine vor und dieses Mal fand das Gegröle der »Zaungäste« keine Grenzen mehr. Es war der Erste Bürgermeister Licher, der dem Fond des Autos entstieg, ohne Begleitung, wie eine Berichterstatterin von der Klatschpresse sofort bemerkte. Auch Licher blieb es nicht erspart: Er musste am Spalier aus übrig gebliebenen Fans und lauthals demonstrierenden Mitbürgern seiner aufgebrachten Gemeinde vorbei.

»Du Hurenbock packst jeden Rock« reimten daraufhin die Kapitalismusgegner, während sich die Umweltaktivisten der Sache inhaltlich im Sinne Wilhelm Buschs zu nähern gedachten: »Ich will meinen Müll nicht mehr, nein, meinen Müll will ich nicht mehr!« Patrizia filmte, was das Akku hergab und war überrascht, wie gefasst, fast schon relax der Regierungschef dieses Aufgebot an Schande an sich abprallen ließ. *War er so cool oder spielt er bloß den Unantastbaren?* Auch fiel ihr auf, dass Licher in Natura noch besser aussah als auf seinen Wahlplakaten. Den »Kennedy von hier« nahm man ihm glatt ab. Seine Herausforderer wurden deshalb während des Wahlkampfes auch nicht müde, von »Inhalten« und »inneren Werten« zu fabulieren, so als wären schon immer Inhalte Kern hanseatischer Politik gewesen, und beileibe nicht das unwürdige Geschacher um Pöstchen. Umfragen zufolge hatte Licher von den Frauen in der Stadt stolze zweiundsechzig Prozent der Stimmen geholt, was eindeutig an seinen inneren Werten lag. Niemand hätte das Gegenteil behauptet. Hashtag #aufschrei.

Dann ging es plötzlich ganz schnell. Licher besaß die Chuzpe, sich vor die Handvoll jugendlicher Autogrammjäger zu stellen und war gerade im Begriff, seinen Namensschriftzug in ein Ringbuch zu setzen, als von weiter hinten eines der Pappschilder mit der Aufschrift »Du kannst nichts und willst alles« nach vorne geflogen kam. Währenddessen drang etwa ein Dutzend der Demonstranten zeitgleich an den Rand des Teppichs und den halbhohen Sicherheitsgittern, was viele der Umherstehenden nach außen drängte, und Patrizia wie in einer Menschenzange nur noch um ihr Leben bangen ließ. Erst schob die Menge sie von links nach rechts, dann zurück, schließlich verlor sie in der schwankenden Masse das Gleichgewicht und im Fallen ihr Handy. Das sündhaft teure Modell, ein Geschenk ihres Vaters zum bestandenen Abitur und mit eingraviertem Kosenamen auf der Rückseite, segelte im hohen Bogen durch die Luft, flog auf den roten Teppich, rutschte dort entlang der Stöckel- und Anzugsschuhe auf die andere Seite, auf der Julia das Geschehen zwar verfolgte, Patrizias Malheur aber nicht mitbekommen hatte. Währenddessen stürzte sie auf beide Knie, verletzte sich, brüllte unhörbar zu Julia hinüber und zeigte wild gestikulierend in Richtung des herrenlosen Handys. Dann konnte Patrizia nur noch mitansehen, wie einer, der eben doch noch für die Aussöhnung der Völker Afrikas demonstriert hatte, sich nach dem Gerät bückte, es einsackte und in Sekundenschnelle das Weite suchte.

Afrika war in diesem Moment in etwa so weit weg wie Patrizias Aufzeichnungen.

21

Erlauben Sie mir, Sie ins Kaminzimmer zu geleiten«, sagte er mit betont freundlicher Stimme. »Dort gibt es auch eine Bar.« Chefredakteur Wolfgang Weiß folgte ihm wortlos. Diesen übergroßen Raum mit seinen tragenden Säulen als Kaminzimmer zu bezeichnen, sollte vermutlich genau den Effekt erzielen, der sich unmittelbar einstellte: Sprachlosigkeit bei demjenigen, der ihn zum ersten Mal betrat. Weiß meinte, die Räumlichkeiten von irgendwoher zu kennen, vermutlich hatte er darüber gelesen. Er war auch schon ein oder zwei Mal bei einer der legendären spätsommerlichen Gartenpartys des Gastgebers zugegen gewesen, hatte aber nie einen solchen Einblick gewährt bekommen wie an diesem Abend. »Gehen wir gleich rüber zur Bar«, hörte er den Mann sagen, der, wie er selbst, auch Smoking trug.

Sie wechselten die Ebenen innerhalb des hallenartigen Raums und gingen hinüber zu einer Bar, die zur Hälfte im Boden eingelassen war. In die Oberfläche des Tresens war die Original-Signatur eines amerikanischen Sängers gefräst und mit goldenem Metall ausgegossen. Sie glänzte im darüber angebrachten Tresenlicht. Weiß drückte seine Brille in die Stirn, um die Unterschrift genauer studieren zu können. Sein Gastgeber kam unmittelbar darauf zu sprechen: »Haben Sie die Signatur erkannt? Die Bar stammt ursprünglich aus seinem letzten Wohnsitz. Und Sie fragen sich sicher, wie sie hier in mein Haus nach Hamburg gekommen ist.«

Weiß nickte, bemerkte dann: »Das ist schon erstaunlich, ja.«

»Dean Martin hatte sein wunderschönes Familiendomizil in Bel Air dem Sänger Tom Jones verkauft. Und dieser hatte es viele Jahre später an den Schauspieler Nicolas Cage verkauft. Haben Sie das gewusst?« Der Mann stieg einige Treppenstufen hinab und war von nun an nur noch ab dem Kummerbund aufwärts zu sehen. Weiß nahm Platz an einem der in den Boden verankerten Barstühle. »Die Platte ist aus kalifornischer Walnuss gefertigt, eine Rarität«, sagte er und strich von Ehrfurcht erfüllt mit der Hand über das gerundete Holz. »Besonders, wenn man bedenkt, dass der gute Dino an ihr gesessen ist – zusammen mit seinen guten Freunden Sinatra, Lawford, Davis Junior und was weiß ich wem nicht alles.«

»Beeindruckend, wirklich beeindruckend«, gab Weiß zum Besten. Er gedachte sein vorgegaukeltes Interesse am besten zu unterstreichen, indem er mit dem Finger über die in den Tisch eingelassene Fräsarbeit fahren wollte. Dabei hielt er inne und sah sein Gegenüber fragend er, so als würde er ihn um Erlaubnis dazu bitten. Perfekt inszeniert. Zu gerne nickte dieser ihm auffordernd zu, woraufhin Weiß die Stelle zaghaft berührte. *Was für ein Unsinn*, schoss ihm durch den Kopf, wobei es ihn schon interessiert hätte, warum Nicolas Cage den Tresen ausgerechnet an einen exzentrischen Investor nach Deutschl…

»Wollen wir bei dieser Gelegenheit einen Wodka Martini trinken?«, unterbrach der Gastgeber seine Gedanken.

»Gern« sagte Weiß knapp.

»Cage ist wie besessen von Burgen und Schlössern, wussten Sie das?« Er griff nach dem chromfarbenen Messbecher und dem Shaker. Keine Antwort abwartend, ergänzte er: »Und meiner Familie gehörte seit jeher Schloss Neidstein in Etzelwang. Cage wollte es unbedingt besitzen. Unfassbar, oder? Ein Hollywood-Star, der sich für alles Geld alles kaufen kann, will unbedingt ein Schloss in der bayerischen Provinz. Über vierhundert Jahre lang hatten wir es in Familienbesitz. Dann haben wir uns geeinigt.«

Kurz darauf schüttelte er die Drinks im Shaker, gab sie in vorgekühlte Schalen. Er garnierte sie mit einer Olive, die er dazu an einen farbigen Stick aufgezogen hatte. Dann reichte er das zweite Glas an Weiß weiter.

»Und mir gehört jetzt ein Haus in L.A., das ursprünglich einmal von Dean Martin und seiner Rasselbande bewohnt war. Und die Bar, *seine Bar*, steht jetzt hier in Hamburg. Wohl bekomms«, sagte er, ohne seine Position in der Bar zu verlassen.

»Zum Wohl«, antwortete Weiß. Sie prosteten einander zu und nippten an ihren Drinks.

»Tja, Dean Martin«, nahm der Gastgeber wieder den Gesprächsfaden auf. »Wussten Sie, dass er sich nach siebenundzwanzig Jahren der Funkstille mit seinem alten Filmfreund und Partner Jerry Lewis ausgesöhnt hatte? Nach siebenundzwanzig Jahren!«

»Nein, das wusste ich nicht.«

»Doch, doch«, gedankenverloren stierte er in sein Glas, »während einer Live-Sendung im US-Fernsehen. Vor einem Millionenpublikum. Der arme Jerry Lewis war wie vor den Kopf geschlagen. Dabei musste er moderieren. Er weinte sogar, so fertig machte ihn das unverhoffte Wiedersehen.«

»Okay.« Wolfgang Weiß war weit entfernt davon, dass ihn Geschichten von irgendwelchen Showgrößen interessiert hätten, ob steinalt, verstorben oder gerade erst im Begriff durchzustarten. Deshalb machte sich Ungemach in ihm breit. Er hatte den Filmball verlassen und seine Frau beschwichtigend vertrösten müssen. Jetzt saß er hier herum, musste sich dieses sinnfreie Geschwelge anhören, vorgetragen von einem Hitzkopf, der sicher meilenweit davon entfernt war, soweit wusste Weiß es einzuschätzen, auch nur einen Millimeter an das legendäre *Rat Pack* heranzureichen, *echter Tresen hin oder her.*

»Frank Sinatra hatte das eingetütet, und er ...«

»Herr von Brand, ich weiß es sehr zu schätzen, dass Sie mich zu sich nach Hause eingeladen haben.« Weiß hatte es offenbar einiges an Überwindung gekostet, seinen Gastgeber zu unterbrechen. »Aber, wie Sie wissen, habe ich meine Frau auf dem Filmball zurückgelassen. Und sie wird nicht glücklich sein, wenn unser *kurzer Ausflug*«, Weiß hatte die beiden Worte mit spitzen Fingern in imaginäre Anführungszeichen gesetzt, »mehr Zeit als nötig in Anspruch nimmt. Ich kann Ihnen versichern, dass ich mir das noch in einem halben Jahr anhören muss.«

Theodor von Brand nippte an seinem Wodka Martini. Dann schmunzelte er und setzte erneut an: »Frank Sinatra hatte das eingetütet. Er war nämlich die treibende Kraft hinter der Männerfreundschaft von ihm, Dino und Davis Junior. Der, der alles zusammenhielt.« Sturheit schien eine der Tugenden in der Sippschaft derer von Brand gewesen zu sein.

»Das mag alles ganz aufregend sein, für Sie als ... *Fan.*« Es sollte bewusst despektierlich klingen.

»Das ist es.«

»Ich verstehe.«

»Das hoffe ich, mein lieber Weiß.«

»Wie meinen Sie das?«

»Also gut«, von Brand kam wieder aus dem Schützengraben hervor, »reden wir Klartext.«

»Sehr gerne.« Nichts hätte Weiß lieber getan, wobei ihn die Wortwahl irritierte. Er wäre ihm nicht auf Anhieb eingefallen, warum sein jahrzehntelanger Arbeitgeber, der Verlag von Brand, hier vertreten durch den Erben, mit ihm *Klartext* reden musste. Ausgerechnet mit ihm, der mit dem Vater schon Schlachten geschlagen hatte, als der junge Theodor noch Bauklötze stapelte. Die anmaßende Art des jungen Verlagserben piesackte Weiß. Doch von Brand konnte im Grunde nichts dafür. Das Aristokratische war ihm in die Wiege gelegt worden. Dass er nicht mehr alle Tassen im Schrank zu haben schien, was sich vor allem durch diese wirre Einrichtung ausdrückte, war ganz bestimmt das Ergebnis seiner bedeutungsschweren Erziehung. Doch seine Aura, besonders in diesem Smoking, dazu das perfekt gescheitelte Haar, die prägnanten dunkelblauen Augen mit den buschigen Brauen, die Manschettenknöpfe, deren Wappenrelief vermutlich irgendwo im Haus ihren Ursprung hatten – von Brand gab ein in sich geschlossenes Bild ab, das durchaus gut in die Sechzigerjahre gepasst hätte. Was es vermitteln sollte: Hier steht jemand, der dazugehört. *Wozu auch immer.*

»Reden wir von Männerfreundschaften«, sagte von Brand schließlich.

Weiß antwortete nicht. Er ermahnte sich stattdessen, auf der Hut zu sein und begann augenblicklich zu beobachten. Seinen Augen entging fortan nichts mehr, selbst der unscheinbare Schmiss auf der rechten Wange seines Gegenübers nicht. *Paukant von Brand erlebte also eine schmerzliche Mensur.*

»Pflegen Sie solche?«

»Sie meinen Männerfreundschaften?«, fragte Weiß. »Ja, das tue ich.«

»Richtig in echt?«

»Herr von Brand, was wollen Sie mir sagen?«

»Herr Dr. Weiß, ich spreche von echten Freundschaften. Beziehungen, für die man durch Dick und Dünn zu gehen bereit wäre. Unabhängig davon, wie lange man sich kennt. Weil man von innen heraus weiß, dass Vertrauen das all umschließende Band ist.«

Weiß nippte an seinem Drink. Er hatte eine andere Meinung. Sein Kreis an guten Freunden dezimierte sich nahezu monatlich, alters- oder vielmehr krankheitsbedingt. Viele blieben da nicht mehr, denen Weiß bedingungslos vertraut hätte, maximal die berühmte Handvoll. Und die Zeiten hatten sich geändert. Vertrauen wurde mehr und mehr zu einem seltenen Gut. Weil es Weiß interessierte, warum es sich so verhielt, hatte er dem Vortag eines sprachgewaltigen Finanzgurus gelauscht. Seiner Meinung nach war viel zu viel Geld im Umlauf, seit die im Kern vielleicht gute Idee einer europäischen Gemeinschaftswährung auch sämtliches Schwarzgeld ans Tageslicht beförderte. Auch hatte niemand so jemanden wie den »Koste es, was es wolle«-Draghi auf dem Zettel gehabt. Sein billiges EZB-Geld ließ das gegenseitige Vertrauen unter den von Brands und Ihresgleichen auf dieser Welt schmelzen wie die Polkappen. Für einen »guten Deal« rissen sich die Reichsten unter den Reichen mittlerweile nicht mehr nur die Federn aus, sondern schon mal auch die Köpfe ab. Weiß bestärkte sich darin, weiter auf der Hut zu bleiben, ermahnte sich aber zu einem freundlicheren Ton. Denn Theodor von Brand war, so sehr Weiß ihn wegen dessen überschäumenden Dandy-Lifestyle auch verachten mochte, immer noch sein Chef. »Ich habe meine Erfahrungen mit Männerfreundschaften gemacht. Im Guten wie im Schlechten. Mehr kann ich dazu nicht sagen.«

»Aber das ist doch prima!« Von Brand klang fast euphorisch. »Dann fange ich bei Ihnen ja nicht bei null an.«

Weiß dachte sich seinen Teil und lächelte.

»Konkretisiere ich mal mein Anliegen.« Der Erbe schien Gedanken lesen zu können. Weiß blickte weiter freundlich drein.

»Wie Sie als leitender *Angestellter* sicher wissen«, das Wort Angestellter war in einer eigens hierfür zurechtgelegten Betonung gewählt, die die unterschiedlichen Ränge der beiden unmissverständlich zum Ausdruck brachte, »steht die ‚Allgemeine' fast jede dritte Woche vor dem wirtschaftlichen Aus. Die verkaufte Druckauflage ist seit Ihrer Übernahme der Chefredaktion rückläufig. Es wäre aber falsch, Ihnen deshalb den Schwarzen Peter unterjubeln zu wollen. Unsere Verkaufsflaute ist wohl der allgemeinen Situation der Printmedien geschuldet. Aber auch der Ertrag jenseits der Online-Bezahlschranke ist bei weitem nicht dort, wo die Anteilseigner ihn gerne hätten. Das bringt mich zwangsläufig dazu, mich zu fragen, ob das Projekt und seine Protagonisten noch zeitgemäß sind. Und da komme ich nicht zu einer überzeugenden Antwort.«

»So?«, zischte Weiß. *Nicht mehr zeitgemäß. Tischlein, deck dich, Knüppel aus dem Sack.*

»Ja. Und wenn man in einer solchen, ich nenne sie mal *prekären* Lage ist, sollte man es doch tunlichst vermeiden, den letzten verbliebenen Freunden und Förderern frustriert, abgekämpft oder aus niederen Erwägungen heraus – nennen Sie es, wie Sie wollen – permanent auf die Füße zu treten. Gehen Sie da mit?«

Auf die wohlpolierten Lackschuhe eher. »Von welchen Freunden und Förderern reden Sie konkret, von Brand?« Dass er sich den »Herrn« geschenkt hatte, würde Weiß womöglich noch bereuen. Aber der Wodka Martini entfaltete seine Wirkung, davor war auch er nicht gefeit.

»Nun, konkret, lieber Herr Dr. Weiß« – jetzt bereute Weiß es bereits – »spreche ich von Investoren, Investmentbankern, Lichtgestalten der Finanzwelt, die bereit sind, die letzte brennende Fackel an Deck dieses maroden Schiffs immer und immer wieder mit wertvollem Petroleum zu füllen. Aus Eigennutz, sicher, weil es das Fahren auf Sicht erleichtert, aber vor allem aus einem Gefühl der tiefen Dankbarkeit heraus.«

Weiß überlegte. Die Schiffsmetapher gefiel ihm. »Und ich, der auf der Brücke steht, müsste auch dankbar sein«, konstatierte er.

Theodor von Brand machte eine Handbewegung, die erahnen ließ, dass er einen weiteren Wodka Martini zuzubereiten gedachte. Weiß winkte ab. Von Brand verschwand dessen ungeachtet zurück in den Katakomben seiner Dino-Bar. Er tänzelte die Treppenstufen herab und war wieder nur ab Kummerbund aufwärts zu sehen.

»Müssen nicht, mein lieber Weiß. Aber *sollen*. Und zwar dringend.«

Die Prozedur mit dem Shaker begann von vorne.

Weiß stierte auf den Boden seiner Cocktailschale. »Und jetzt lassen Sie mich sicher wissen, wem gegenüber ich mich besonders dankbar erweisen sollte, und wer Ihrer Meinung nach nicht so viel Dankbarkeit verdient hat.« Er war genervt und von Brand beim Schütteln angelangt.

»Sie sind nicht umsonst Chefredakteur, Sie haben es wahrlich drauf, mein lieber Weiß. Alle Achtung.«

Weiß nickte und lächelte. Er wusste, dass es ein vergiftetes Kompliment war.

»Fangen wir mit den undankbaren Zeitgenossen an, den Parasiten unseres Gewerks. Allen voran sind es Sie selbst.«

Jetzt hob Weiß beide Augenbrauen und starrte seinen Chef entgeistert an, entgegnete aber nichts.

»Wenn Sie zulassen, dass jemand wie Hansen schalten und walten kann, wie er will, dass er mit seinem Vorgehen unseren treuesten Soldaten ungeniert das Bajonett in die Seite rammt, dann sind Sie parasitär, mein lieber Weiß. Denn Sie zerstören nichts mehr als das Flaggschiff, dessen Vorräte und Waren Sie nähren.« Von Brand musste so etwas wie eine militärische Marine-Elite-Knaben-Ausbildung hinter sich gebracht haben, war sich Weiß ziemlich sicher. Ganz im Gegenteil zu seiner überbehüteten Schwester, Jeannette von Brand, die wiederum mit Weiß' Ehefrau ganz gut bekannt war. *Flaggschiff!* Er nickte, so als würde er von Brands Gedanken unwidersprochen zustimmen. So abwegig war es vielleicht nicht, was er da vortrug. Weiß musste sich eingestehen, dass er bis zu einem gewissen Grad dem unterschwelligen Charme dieses Jungen erlegen war, da konnte er machen, was er wollte. *Ein mieser Manipulator, dieser von Brand.*

»Sind Sie aber einsichtig und erkennen, dass die jetzige Situation um den Verlag und die Herausgabe der ‚Allgemeinen' die Haltung eines starken Führers bedarf, jemanden, der auch nicht davor zurückschreckt, unrühmliche Entscheidungen zu treffen, selbst gegen ein noch so unbändiges Team, dann gehören auch Sie zu jenem Kreis, deren Mitglieder sich des großen Danks aller sicher sein können.« Er sprach tatsächlich in dieser Art und Weise, ohne sich einmal zu verhaspeln oder ein zweites Mal ansetzen zu müssen. Von Brand erhob seinen Drink und führte ihn ohne weitere Geste an den Mund. Kurz vor dem Nippen nuschelte er ins Glas: »Ich erwarte Ihre Entscheidung, zu welcher Seite gehören möchten, bis zum heutigen Redaktionsschluss.« Dann kippte er den Wodka Martini in einem Zug herunter.

Weiß sah ihn ausdruckslos an. Für einige Sekunden blieben ihre Blicke aneinanderhaften. Dann erhob sich der Alte, nahm die Schale, prostete seinem Gastgeber zu, kippte den verbliebenen Rest auch in einem Zug herunter, bemerkte dabei erstmals das merkwürdig kitschige Gemälde oberhalb des Tresens, das Winnetou und Old Shatterhand zeigte, die *ultimative Männerfreundschaft,* setzte das Glas auf den Tresen ab und nickte von Brand zu. »Sie werden über meine Entscheidung in Kenntnis gesetzt. Vielen Dank für Ihre Gastfreundschaft.«

»Jederzeit, mein lieber Weiß. Jederzeit.«

Dann verließ Weiß den Raum, ging durch das gigantische Entree zur Eingangstür zurück und stieg dort dem Wagen zu, der bereits auf ihn wartete.

22

Nach der ganzen Aufregung hatte sich Hansen in seine Zelle in der News-Redaktion begeben. Der Trubel des Großraums war in den Abendstunden mitunter nicht auszuhalten. Es gab Abende, da machte es ihm nichts aus und er gehörte sicher auch zu den Verursachern. An anderen wiederum war selbst die Eha zu laut gewesen. Manchmal verlangte der Job eben nach konzentrierter Arbeit und Ruhe. Darum ging es auch jetzt, als die Zahl der ungeklärten Fragen jene mit Klarheit deutlich überwog. Hansen wollte Antworten finden, und das vor allem schnell. Die Uhr tickte ohne Erbarmen gegen ihn. Sollte die Geschichte um die Pressekonferenz von Bankdirektor Mittelstedt, seinen Enthüllungen dort und dem Übergriff auf ihn tatsächlich noch für den Folgetag mitgenommen werden, was aus Hansens Sicht selbstverständlich war, musste sie zwingend und absolut spätestens, er blickte auf die Wanduhr, in einer Stunde und zwanzig Minuten auf die Rolle gebracht werden. *Einszwanzig,* dachte er, *das ist verdammt knapp.* Alles danach würde die Herstellung der Zeitung ins Unermessliche verteuern und von der Chefredaktion gnadenlos abgekanzelt werden. Jede Minute an Produktionsstau nach 21.30 Uhr kostete den Verlag ein kleines Vermögen.

Hansen begab noch einmal zum Eingang der News-Redaktion zurück und warf einen Euro in den Snack-

Automaten, der auch hier allerlei kalorienreichen Kram bereithielt. Es sollte ein Snickers werden. Wenig später hielt er einen eisgekühlten Schokobatzen in der Hand, der von Erdnüssen, hart wie Stahlkugeln, durchzogen war. »Na prima«, sagte Hansen und setzte sich mit dem unverhofften Eis an seinen Tisch. Dort griff er nach einem einzelnen Blatt von einem Stapel mit Papier in der Größe A3 und begann, seine Gedanken zu skizzieren – schrieb alles nieder, was ihm zur Geschichte einfallen wollte. Mit Kreisen, Pfeilen und Gleichheitszeichen sorgte er für Querverbindungen zwischen den einzelnen Punkten. So tat er es immer, so gab er seinen Gedanken Struktur und so kam er schlussendlich dem Zentrum seines Anliegens näher, Schritt für Schritt, Pfeil für Pfeil, Punkt für Punkt.

Klar, Longhato spielte die zentrale Rolle. Bei ihm liefen alle Fäden zusammen, davon war Hansen auch nach dem Besuch im Krankenhaus restlos überzeugt. Mochte Longhato das angeschlagene Unschuldslamm gemimt haben, ohne ihn lief nichts. Er war die dicke Spinne in der Mitte des Netzes. Longhato steckte hinter der Übernahme der Müllverbrennungsanlage, folglich, da war sich Hansen sicher, dürfte er auch an weiteren Zukäufen aus dem Potpourri des städtischen Angebots interessiert gewesen sein. Lukrativ waren diese Unternehmen allemal, denn sie hatten ja eine Monopolstellung im Stadtstaat inne. Niemand anderes räumte den Müll beiseite, verwertete, verpackte, exportierte oder verbrannte ihn. Ganz abgesehen von den lukrativen Nebenerträgen, die von den üppig gefüllten Pensionskassen herrührten.

Hansen rief sich Longhatos penetrantes Leugnen und sein Geschwätz von kleinen und großen Fischen ins Gedächtnis. Sollte er deshalb Grund haben, an Loghato zu zweifeln? Hansen musste sich eingestehen, dass er ihm einfach nicht über den Weg trauen *wollte*. Longhato war ein Krimineller, ein Verbrecher. Aber jemand, der noch nie für seine Taten bestraft worden war, geschweige denn einfahren musste. Dafür war er zu clever. Vielleicht mag es aber auch an dieser merkwürdigen Situation im »Sterbezimmer« vorhin gelegen haben – die vielen Blumen, Longhato *wie aufgebahrt*. Seine Äußerungen hätten auch gut und gerne als Beichte verstanden werden können, ging es Hansen durch den Kopf und er, *Aushilfs-Bischof aller Konfessionen*, hätte ihm allzu gerne die letzte Salbung verabreicht.

Aber was war das mit Mittelstedt? Wie passte dieser Mann da rein? Wo waren seine Verbindungspunkte zu Longhato? Ein angesehener, solventer Bankier, der sich als Handlanger des organisierten Verbrechens zu erkennen gab? Als Mittelsmann der Mafia? Gab das einen Sinn? Hansen schrieb den Namen auf das Blatt und setzte gleich drei Worte mit Fragezeichen in Kreise daneben: »Funktion?«, »Auftrag?« und »Ziel?«. Warum hatte Mittelstedt ihn in einen Hinterhalt gelockt? Sollte Hansen ausgeschaltet oder bloß eingeschüchtert werden? Die Typen sprachen von ihrem »Boss«. Mittelstedt machte auf Hansen nicht den Eindruck, als habe er eine Horde wildgewordener Schläger um sich geschart. Auch war ihm der Gedanke suspekt, dass diese Art von Geschäft auf Mittelstedts Mist gewachsen sein sollte. Konnte es sein, dass er schlicht im Auftrag von Longhato handelte, wovon Hansen dann ausging, weswegen er ein fett gezeichnetes Gleichheitszeichen zwischen die mehrfach umkreisten Namen der beiden setzte. Was ihm aber noch immer fehlte, war der eindeutige Beweis für den Verkauf der Entsorgungsfirma an Longhato. Einen solchen hatte Mittelstedt telefonisch zwar in Aussicht gestellt, aber letztlich nicht geliefert. Konnte Hansen in seinem Zeitungsbericht so weit gehen und behaupten, Longhato habe gekauft, ohne es belegen zu können? Bei Recherchen zur Müllverbrennungsanlage stieß er immerhin auf ein Dokument, in dem das Konto einer »Santo-Longhato-Stiftung« erwähnt war. Das musste Amerigo Longhatos Vater gewesen sein. Weswegen der Sohn ihm zum Gedenken eine Stiftung ins Leben rief, konnte Hansen zwar nicht in Erfahrung bringen. Auch nicht, wie die Müllverbrennungsanlage mit dieser Stiftung in Verbindung stand. Das blieb er seinen Lesern schuldig, auf die ureigene Art seines Gonzo-Journalismus eben.

Sein Handy gab einen kurzen Signalton von sich. Gedankenverloren griff er danach, starrte auf das Display, das sein Gesicht in dem relativ dunklen Raum aufleuchten ließ. Was er dann zu lesen bekam, sollte ihn weniger strahlen lassen. Tessa schrieb:

»wann kommst du denn nach hause?«

Hansen fuhr es durch die Glieder. Er hatte sie nicht vergessen, nur verdrängt. Seiner Tochter zu erklären, dass die Story, an der er arbeitete, im Augenblick so heiß war, dass man sie unmöglich einen oder zwei

Tage später abgekühlt servieren konnte, war keine Option. *Ein elfjähriges Mädchen hat kein Verständnis für Erwachsenenprobleme*, dachte er. Im Unterbewussten hörte er die Stimme seiner Frau und wie sie ihn anschrie: *»Immer wird es irgendeine Story für dich geben, Hansen! Daran wird sich nie etwas ändern!«*

»Dauert noch. Was gibt's denn zu essen?«

Eine bessere Idee hatte er nicht. Auf die Antwort musste er warten, vielleicht einen Augenblick zu lang.

»Papa, lasst ihr euch scheiden, so wie semires eltern?«

Hansen stockte. Sofort hatte er einen Kloß im Hals. Nicht nur, weil es ihm unter diesen Umständen unmöglich war, zu Hause zu sein. Wie gerne hätte er seine Kleine tröstend in den Arm genommen, beschwichtigend auf sie eingeredet und von der großen unbekannten Welt des Erwachsenseins gefaselt. Etwas, das in weiter Ferne vor ihr lag und wovor sie sich, bei allem Grübeln der Alten, dennoch nicht zu fürchten hatte. Aber, hätte er es wirklich wollen? Vor noch nicht einmal zwei Stunden saß er ohne Grund und Auftrag mit Dosenbier in der Redaktion, pöbelte herum, piesackte seine Kollegen. Da wäre ausreichend Zeit gewesen, um zu Hause den guten Papa zu mimen. Aber Hansen war Hansen. Er kam nicht aus seiner Haut. Geschichten, davon war er überzeugt, suchten sich die Personen, die sie schreiben sollten. Mit dem initiierten

Überfall auf ihn war die Geschichte ihm quasi vor die Füße gelegt worden. Für Hansen war das ein eindeutiges Zeichen, denn seiner Meinung nach lag der Kern guten Recherchierens, die »*geheime Rezeptur eines grandiosen Reporterdaseins*« in der Gabe zu warten, bis die Story einen fand.

»Nein, Kleines. Das ist nicht der Plan.«

»und wie!«

Mit ihrer prompten Antwort machte sie ihren Vater neugierig.

»Wie meinst Du das?«

Er wartete. Es passierte nichts. Dann zeigte ihm das Handy an, dass seine Tochter noch mit dem Tippen einer Antwort beschäftigt war. Hansen wurde ungeduldig. Sie tippte und tippte. Er wartete. Dann kam die Antwort.

»sie zieht sich ganz schön fummelig an und geht mit diesem Typen im feinen anzug weg.«

Fummelig? Vermutlich einen schicken Fummel. Hansen zögerte keine Sekunde:

»Welcher Typ?«

Schon wieder passierte nichts. Er wartete. Es dauerte eine gefühlte Ewigkeit, aber es kam nichts mehr.

Hansen überlegte, ob er sie anrufen sollte. Stattdessen schrieb er seiner Tochter eindringlich:

»Welchen Typen meinst du? Tessa!«

Etwas später erreichte ihn eine kurze Nachricht, die nur aus einem Wort bestand:

»upps«

23

Hansen zuckte kurz mit dem Oberkörper, als es unverhofft an seiner gläsernen Zellenwand klopfte. Er sah von seinen Notizen auf und gewährte seinem Besuch mit einem Kopfnicken Eintritt.

»Und? Wie weit bist du?«, fragte Jenny interessiert. Sie kannte Hansens Mindmapping-Methode schon von früheren Recherchen. Auch damals erwies sie sich als äußerst effizient.

»Es ist nicht einfach. Mit diesem Mittelstedt ist da ein Spieler aufs Feld gekommen, über den ich mir nicht im Klaren bin.«

»Inwiefern?«

Hansen blieb in der Sport-Metapher und zählte auf: »Welche Position? Welches Ziel? Welche Sponsoren?«

Jenny stellte sich an den Tisch, betrachtete die Notizen. Sie deutete mit dem Finger auf das Gleichheitszeichen zwischen den Namen Longhato und Mittelstedt. »Bist du dir da sicher?«

Hansen schaute sie entgeistert an. »Das ist aber doch das Einzige, das hier glasklar ist«, entgegnete er ihr. »Ohne Longhato läuft gar nichts.«

»Was ist das?« Jenny tippte auf Hansens Notiz zur Santo-Longhato-Stiftung. Davon hatte sie zuvor noch nie gehört oder gelesen.

»Eine der Unbekannten. Ich bin darüber in den Unterlagen zum Kauf der Müllverbrennungsanlage gestolpert. Hatte nach Verweisen gesucht. Ein Geschäftskonto führte über drei Umwege zu dieser Stiftung. In welchem Zusammenhang sie mit dem Kauf steht und welchen Zweck sie selbst verfolgt, weiß ich nicht. Dazu gibt es einfach nichts zu finden. Aber es ist diese Namensgleichheit. Ich wette, sie hat etwas mit dem feinen Herrn Amerigo Longhato zu schaffen.«

»Da kann ich dir vielleicht helfen«, meinte Jenny.

»Okay, und wie?«

»Eine gute Freundin aus Studientagen arbeitet im Stiftungsverband. Dort wird ein Register geführt, hatte sie mal beiläufig erzählt, mit allen Stiftungen, die es in Deutschland so gibt. Hättest du gedacht, dass es über zehntausend sind? Gruselig!«

»Warum ist das gruselig?«

»Weil sie für ein unglaublich großes Vermögen stehen. Geld, das irgendwie geparkt werden muss.«

»Nein, Jen, da irrst du dich jetzt aber. Der Großteil der Stiftungen hierzulande ist gemeinnützig«, wusste Hansen zu berichten. »Mit einem ehrenwerten Hintergrund oder Auftrag. Also das Gegenteil von dem, was Longhato im Schilde führt.«

»Wie dem auch sei«, entgegnete Jenny, »auch wenn Longhato absolute Diskretion zum Ziel hatte – bei denen im Verband ist diese Stiftung und ihr Zweck mit Sicherheit namentlich bekannt und aufgeführt. Ich rufe sie nachher gerne mal an.«

»Du würdest mir damit einen Riesengefallen erweisen«, sagte Hansen.

»Gern geschehen. Und du musst was für mich tun.«

»War klar.«

»Unserer Praktikantin ist ihr teures und fast neues Handy abhandengekommen. Mit allen Fotos, allen Infos, O-Tönen und was sie sonst noch so eingesammelt hat am roten Teppich. Geklaut von einem dreisten Demonstranten.«

»Herrje. Und ich soll ihr jetzt ein Neues kaufen und mich beeilen, weil die Läden gleich dicht machen?«

»Nein, das alte wiederbeschaffen. Vielleicht kann dir ja dein Freund Fred dabei helfen...«, erwiderte sie unschuldig.

Hansen sah sie konzentriert an. Das mit Fred durfte nicht Überhand nehmen. Er wollte die Freundschaft zu ihm auf keinen Fall zu sehr strapazieren. Andererseits war Fred ein erwachsener Mann. Er hätte es klar ausgesprochen, wenn ihm Hansen mit seinen Anliegen auf den Zeiger gegangen wäre.

»Ich werde ihn fragen«, sagte Hansen schließlich. »So als Freundschaftsdienst.«

»Das ist schön«, freute sich Jenny.

»Apropos Freunde. Was läuft da eigentlich zwischen dir und Artzinger?«, wollte Hansen wissen.

Jenny wurde verlegen. »Was meinst du?«

»Tu nicht so. Ich habe euch eben zusammen in die Redaktion kommen sehen. Und meine schmutzige Fantasie zauberte mir schrillste Bilder aus dem Kopierraum auf die Festplatte.«

»Nein, Hansen, nicht im Büro!«

»Nein, aber ja?«

»Nein, aber ... Es ist kompliziert.«

»Wie lange geht das schon mit euch?«

»Ach«, Jenny seufzte, »so richtig hat es noch gar nicht angefangen.«

»Wie ist denn das zu verstehen?«

»Wir sind zu viel mit uns beschäftigt, mit dem Job. Da bleibt nicht viel Zeit für Zärtlichkeiten oder so.«

»Oder so.«

»Liebe, von mir aus.«

»Oh, Liebe! Liebe und Artzinger in Zusammenhang zu bringen dürfte nicht einfach sein.« Hansen musste grinsen. Jenny boxte ihn auf den Oberarm. Daraufhin verzog er theatralisch sein Gesicht, mimte den Verletzten.

»Wie geht es dir eigentlich?«, fragte sie und zeigte auf den Verband, der unter seinem Hemd hervorlugte.

»Ach, das…«, wiegelte Hansen ab, *letzter Ritter der Kokosnuss.* »Ich war in guten Händen. Soll jetzt noch mal einen Hausarzt aufsuchen.«

»Okay.« Jenny fasste ihn an die Schultern, drehte ihn auf dem Stuhl sitzend in ihre Richtung, setzte sich dann auf seinen Schoß und begann, sein Oberhemd aufzuknöpfen. »Lass mal sehen.«

Hansen sagte nichts. Er stierte über ihre Schultern hinweg ins menschenleere Büro, hielt Ausschau nach Kollegen. Insgeheim hoffte er, dass Artzinger um die Ecke geflogen kam – *bitte, bitte, genau jetzt!*

Jenny strich mit ihren zarten Fingern über den Verband, streifte Hansen an der Stelle, an der die Rippenverletzung lag. Ihre sanften Berührungen zogen hinab bis in seine Lenden. Er zuckte unwillkürlich zusammen und war sich nicht sicher, ob das nicht doch mehr aus einer Erregung heraus geschah.

»Du bist ganz schön arg mitgenommen«, hauchte sie ihm ins Ohr.

»Bin ich.«

»Alle wollen dir was Böses.«

»So ist das mit den Harten im Garten.«

»Wollen dir aufs Maul hauen.«

»Wollen sie das?«

»Denke, schon.«

Jenny setzte zu einem leidenschaftlichen Kuss an, berührte seine Lippen mit ihren, zog dann ruckartig den Kopf zurück. »Bäh! Du schmeckst wie ne Hafenkneipe.«

Hansen lachte. »Woher willst du denn wissen, wie eine Hafenkneipe schmeckt?«

»Lieber Herr Hansen«, Jenny knöpfte sein Hemd wieder zu, »es gibt eine ganze Menge Dinge, die Sie über mich nicht wissen.«

»Dann wird's ja mal Zeit, dass sich das ändert.«

»Ich denke nicht.« Sie erhob sich wieder von seinem Schoß und ließ ihn mit diesem wilden Pulsieren zwischen den Schenkeln zurück.

»Wieso denn nicht? Wir wären doch ein Superteam, wir beide. Du und ich«, sagte Hansen.

Jenny sah ihn an, und obwohl er an diesem Abend malträtiert war und eine ziemlich verbeulte Visage hatte, vielleicht auch deswegen, verriet ihr Blick tatsächlich eine gewisse Sehnsucht. »Klar und deutlich: Nein. Und bevor du fragst: Weil du ein verheirateter Familienvater bist.«

»Wir sind im Begriff, uns neu zu orientieren.«

»Alles klar.«

»Ja, und wir w…«

»Lass gut sein. Es würde nicht gutgehen mit uns.«

»Warum denn nicht? Was macht dich da so sicher?«, er dachte kurz nach, »trinke ich zu viel?«

»Das ist es nicht.«

»Es sind die zehn Jahre an Altersunterschied.«

»Nein, auch nicht.«

»Was ist es dann? Doch nicht der Artzinger!«

Jenny lächelte ihn an, freundlich und warm. Sie fühlte sich ertappt, weil Hansen spätestens jetzt wissen musste, dass sie etwas für ihn empfand. *Aber der Hornochse sollte es auch ruhig wissen.* »So gerne ich auch mit dir zusammenarbeite, Hansen, und das meine ich ehrlich, aber es geht wirklich nicht.« Sie holte tief Luft, seufzte, sagte dann: »Ich werde bald weggehen, aus der Redaktion und vermutlich auch aus der Stadt. Und dort, wo ich hingehe, wird es keinen Platz geben für einen kleinen Jungen, der sich gerne balgt und cholerisch mit Süßigkeiten wirft. So, jetzt weißt du es. Und wir beide haben ein kleines, intimes Geheimnis. Denn davon weiß noch nicht mal der Artzinger.« Dann drehte sie sich um und verließ den Raum.

Hansen starrte ihr sprachlos nach.

24

Amerigo Longhatos Smartphone vibrierte. Doch seit seinem letzten Ausflug in den Waschraum vor etwas mehr als einer halben Stunde, bei dem er sich einmal kurz die Beine vertrat und ihm das Wasserlassen heftige Schmerzen bereitete, lag es zu weit entfernt für ihn. Von seinem Krankenbett aus beobachtete er, wie der Apparat auf der schmalen Ablage der Garderobe, an der sein Morgenmantel hing, zu tänzeln begann. Durch die Bewegung drohte es von dem Brett herabzufallen.

Gaetano »Amerigo« Loghato war das zweitjüngste der vier Kinder des italienischen Gastarbeiters Santo Longhato. Er und seine Frau Smeralda hatten Italien Mitte der Sechzigerjahre verlassen, waren nach Deutschland gekommen, weil man hier händeringend nach fleißigen und zuverlässigen Arbeitskräften suchte. Zuhause in Italien war das Wirtschaftswunderversprechen bei weitem nicht so konkret wie in Deutschland. Und ja, arbeiten konnten und wollten sie, die Longhatos. Santo kam eigentlich aus dem Bergbau, fuhr deshalb in den ersten Jahren, die die Familie im Ruhrgebiet zubrachte, regelmäßig in die Grube ein. Smeralda verdingte sich derweil als Schneiderin. Schon in Italien wusste sie durch ihr Geschick im Umgang mit Nadel und Faden gute Aufträge einzuheimsen, so gut, dass ihre Arbeit der Familie ein zuverlässiges Zubrot bescherte. Für ein stolzes Leben aber reichte es nicht. Deshalb schulte Santo um, wechselte in die

Automobilwirtschaft, und es dauerte nicht lange, bis er tatsächlich eine kleine Werkstatt sein Eigen nennen konnte, für italienische Autos, *claro*. Das war dann auch das Fundament für seine drei Söhne Alfredo, Gianni und Gaetano. Die Jungs absolvierten erwartungsgemäß ihre Ausbildungen zu KFZ-Schlossern, während die Jüngste im Bunde, das süße Nesthäkchen Claudia, früh dem Charme eines italienischen Golfspielers verfallen war. Die älteren beiden Brüder lernten und arbeiteten im elterlichen Betrieb, Gaetano bei Ford in Köln, was ihm den Spitznamen *Amerigo* einbrachte. Über Umwege machte es Sinn: Gaetano wurde in Gedenken an *Amerigo Vespucci* so genannt, dem italienischen Kaufmann und Seefahrer, dem man die Entdeckung Amerikas zusprach, wo schließlich das Heimatland eines gewissen Henry Ford beheimatet war, dem Begründer des gleichnamigen Automobilkonzerns. Die Brüder fanden indes immer größeren Gefallen am Handel mit Autos. Es begann klein und überschaubar. Später kauften sie in großem Stil gebrauchte italienische Kleinwagen in Deutschland auf, manipulierten hier und dort die Kilometerangaben und verschacherten die Wagen jenseits der Alpen. Dort wunderte man sich, dass es in Deutschland offenbar üblich war, so wenig gefahrene Autos für einen vergleichbar günstigen Taler abzugeben ... *tedeschi pazzi* ... und die jungen Longhatos verdienten bei jeder ihrer Touren ins heimische, ihnen dennoch unbekannte Italien bares Geld. Wenige Jahre später fuhren sie nicht mehr selbst über die Bergpässe, sondern ließen in ihrem Auftrag Sattelzüge gen Süden aufbrechen. Noch etwas später wurden die Wagen dann in eigenen Autohäusern mit angeschlossenen Werkstätten verkauft, in Bergamo und Treviso. Tiefer hinab trauten sich die Longhatos nicht. Der Einfluss der Mafia südlich von Mailand war schwer einzuschätzen – und in jedem Fall teuer.

Als irgendwann einmal die Frage aufkam, ob sich nicht auch die Lehrfahrten der LKW zurück nach Deutschland versilbern ließen, entbrannte darüber ein heftiger Disput, den die Brüder trotz ihrer Ehrlastigkeit zu Lebzeiten nicht beigelegt bekamen. Erst stieg Alfredo aus, er übernahm stattdessen den elterlichen Betrieb und wollte von Schmuggelware und angedachten Drogenimporten nichts wissen. Kurz darauf verstarb Gianni bei einem illegalen Autorennen. Auf einer kurvigen Strecke in den Höhenlagen des Gardasees hatte es erst seinen kraftstrotzenden schwäbischen Boliden aus der Kurve, und ihn dann etwa dreihundert Meter tiefer aus dem Leben gerissen.

So blieb *Amerigo* als Einziger übrig und den illegalen Geschäften treu, die ihn Ende der Neunziger und in den Nullerjahren zu einem sehr vermögenden Mann machten. In der Folge dachte er über die Gründung einer eigenen Familie nach, heiratete die rund zehn Jahre jüngere Tochter des Bäckers Cavalliere und siedelte mit ihr nach Hamburg um. Sie schenkte ihm einen Sohn, Santo, der jedoch an Leukämie erkrankte. Als Santo Longhato Jr. im Alter von nur acht Jahren starb, beerdigte sein Vater mit ihm ein großes Stück seiner selbst. In der Folge ließ er von den illegalen Importgeschäften ab, sofern es sich dabei um Stoffe handelte, die andere krank oder gar süchtig machen konnten. Und er begründete still und im Verdeckten die Santo-Longhato-Stiftung, in die er einen erheblichen Teil seines Vermögens steckte, um fortan an Leukämie erkrankten Kindern, vor allem solchen aus prekären familiären Verhältnissen, teure ärztliche Untersuchungen zu ermöglichen. Sie sollte ihnen eine Chance auf ein Überleben ermöglichen. Eine Chance, die seinem Jungen bei allem Geld nicht zuteilwurde. Das war vor drei Jahren, als Amerigo Longhato seinen achtundvierzigsten Geburtstag feierte.

Longhato rief nach seinem Aufpasser: »Bazzo!«

Bazzo hörte nicht. Die Tür war verschlossen. Mit anscheinend letzter Kraft brüllte Longhato noch einmal in dessen Richtung: »Bazzo! *Bagnaletto!*« Letzteres war eindeutig nicht dessen Nachnahme.

Ruckartig sprang die Tür auf, und der Riese blickte sorgenerfüllt in den Raum. »Boss! Ist alles in Ordnung? Was kann ich für dich tun, Boss?«

Longhato antwortete ihm ruhig und besonnen. »Gib mir mal bitte das Handy. Es liegt zu weit weg für mich.«

»*Si, claro!*« Er reichte ihm den Apparat, der in der Zwischenzeit verstummt war. Der Riese wollte sich wieder verziehen.

»*Attendere, prego*«, sagte Longhato ruhig, »halte die Tür einen Spalt offen, damit du mich besser hören kannst. Falls was ist.«

»Alles klar, Boss«, antwortete er. Dann ging er raus und ließ die Tür einen Spaltweit offen.

Longhato wählte die Nummer von Matteo.

»Ja, Boss.«

»Du hattest mich angerufen.«

»Wir stehen jetzt vor dem Haus. Wie besprochen«, sagte Matteo.

»Und?«

»Die Kleine ist allein. Von der Mutter keine Spur. Sie ist in der Küche. Kocht irgendwas. Sieht aus wie *deutsche* Pasta.« Er verzog sein Gesicht bei dem Gedanken an Eiernudeln.

»Gut«, sagte Longhato knapp. »Alles wie besprochen.« Dann musste er husten.

Matteo wartete mit seiner Antwort, bis der Boss sich wieder gefangen hatte. Schließlich wiederholte Longhato in den Apparat: »Hast du gehört? Alles wie besprochen. Und keine Extras!«

»Geht klar, Boss«, entgegnete Matteo in den Hörer und beendete das Gespräch. Dann legte er das Handy beiseite, griff an den Knauf des klinisch sauberen Audi und sagte zu dem anderen auf dem Beifahrersitz: »Wir sind dran.«

25

Nur ein wenig Licht flackerte unentwegt auf, als Tommy durchrief. Hansen war derart in die Analyse seiner Aufzeichnungen vertieft, dass er den Anruf erst einmal nicht bemerkte. Doch das unentwegt hektische Aufblinken des Fotos von Tommy irritierte ihn dann doch irgendwann, weshalb Hansen nach dem Gerät griff und auf Grün wischte.

»Was willst du von mir, Tommy?«

»Hansen lebt!«, brüllte Tommy. Im Hintergrund brach Jubel aus. Es klang nach einer größeren Gruppe an Zuhörern. Es war so laut, dass Hansen das Telefon von seinem Ohr weghalten musste. Tommy hatte ihn wohl mit einer dieser Geräusche-Apps auf den Arm genommen.

»Witzig, Tommy. Echt lustig. Du solltest die Redaktion wechseln. Greif mal dem Welke in der ‚heute show‘ unter die Arme. Der baut auf solche aufstrebenden Talente wie dich.«

»Hansen! Lachen! Wir sitzen hier im ‚Journal‘ und trinken einen auf dich. Du bist der Beste!« Tommy hatte offensichtlich schon ein oder zwei Mal am Glas genippt.

Hansen war misstrauisch, bemerkte aber den Hall in seiner Stimme, was auf einen eingeschalteten Lautsprecher schließen ließ. »Vielen Dank, Freunde! Ich werde es euch nicht vergessen«, sagte er deshalb, auch wenn er sich damit zum Affen gemacht hätte, sofern das mit der Gruppe nicht stimmte. Wieder Jubel und Gegröle, das ziemlich authentisch klang. Dann wurde es wie abgeschnitten leiser.

»Hab den Lautsprecher ausgemacht«, sagte Tommy, der jetzt viel aufgeräumter klang. »Wie geht es dir, Hansen?«

»Du rufst mich nicht an, Tommy, um mich zu fragen, wie es mir geht, oder?«

»Nicht?«

Hansen überlegte. »Wenn du um diese Uhrzeit im ‚Journal‘ sitzt, habt ihr die Ausschreitungen vom roten Teppich als Aufmacher. Oder, warte, den verkackten Frühlingsanfang, hab ich recht?«

»Wow, Hansen. Manchmal machst du mir Angst.«

»Was ist es?«

»Die Ausschreitungen. Den Frühlingsanfang feiern wir drinnen ab, mit Tipps für die Gartengestaltung.« Dann überlegte Tommy. »Jetzt sag mir nicht, das sieht bei euch ähnlich aus.«

Hansen hätte es sich einfach machen können. Ganz kurz und sachlich auf die beiden Themenlagen eingegangen, bloß etwas Bedauern vortäuschen, wie wenig in dieser Stadt doch an Berichtenswertem passierte, den netten Kollegen in dem guten Glauben lassen, dass man sich am nächsten Tag mit derselben dünnen Suppe um unterschiedlich Hungrige wird streiten müssen. Aber da gab es noch etwas anderes, tief unten im Seelenleben eines Journalisten, so etwas in der Art einer ungeschriebenen Faustregel, die nicht selten einherging mit einer fast schon an Sadismus grenzenden

Schadenfreude gegenüber Kollegen anderer Medien, wenn sie nicht denselben Kenntnisstand hatten.

»Och, du«, brauchte Hansen lediglich sagen, um zu wissen, dass allein das schon ausreichte, um für Tommy das Feierabendbier in saure Milch zu verwandeln.

»Nein!« Tommys Entsetzen war nicht gespielt.

Hansen konnte förmlich spüren, wie bei seinem Gegenüber die Galle zu brodeln begann. »Was habt ihr?«

Hansen sagte nichts.

»Du hast was, Hansen. Ich weiß es! Was ist es?«

»Genau, Tommy. Räum mal die Gläser beiseite, hol dir bei Kalli Stift und Papier. Ich erzähl dir dann, womit wir morgen aufmachen.«

»Das ist nicht dein Ernst.«

»Stimmt.«

»Mensch, Hansen. Du wolltest mich auf dem Laufenden halten!«

»Nein, Tommy, du wolltest, dass ich dich auf dem Laufenden halte. Das ist was anderes.«

»Hansen, du bist mir was schuldig.«

Das stimmte allerdings. Von einer der zurückliegenden Schlachten um Auflage und Titelstorys war Hansen ihm tatsächlich noch einen Gefallen schuldig. *Aber dafür gleich die ganze Story verraten ...*

»Okay, Tommy«, sagte Hansen schließlich, »ich nenne dir jetzt einen Namen und du sagst mir, was dir dazu einfällt. Und weil du ein feiner Kerl bist und wir uns schon so lange kennen, will ich ehrlich zu dir sein: Ich stehe bei unserer Story mächtig auf dem Schlauch. Deshalb werden es auch bei uns wohl nur die Ausschreitungen am roten Teppich werden.« Aber Hansen hätte alles dafür gegeben, wenn dem nicht so gewesen wäre.

»Schieß los.«

»Björn Mittelstedt, mit einem H für den zweiten Vornamen in der Mitte.«

Tommy schwieg, und es wirkte, als würde er nach einer Kladde suchen. Dann antwortete er: »Dreiundfünfzig Jahre, verheiratet, zwei Kinder. Seit fast zehn Jahren Vorstand der Privatbank Mittelstedt. Vom Vater geerbt. Kennt jeden, hat fast jedem Selbstständigen schon irgendeinen Traum finanziert, auch Albträume, spielt ziemlich gut Golf und ist auch sehr eng mit deinem Chef.« *Tommy, das lebende Wiki.*

»Logisch. Der Alte spielt auch Golf.«

»Den meine ich nicht.«

»Wen meinst du denn?«

»Den Artzinger.«

Hansen erschrak fast, so überraschte ihn diese Info aus Tommys Mund. Aber er ließ es sich so gut es ging nicht anmerkten, überlegte, wog ab, fragte dann zaghaft, um sich zu vergewissern: »Mittelstedt und Artzinger kennen sich?«

»Klar. Irgendein Umstand hat die beiden mal zusammengebracht. Ich weiß nur nicht mehr, was es war. Wird mir wieder einfallen.« Und dann fragte Tommy: »Bevor ich's vergesse: Was ist mit ihm? Also, mit dem Mittelstedt?«

»Gar nichts, Tommy. Ich frage nur nach wegen der Pressekonferenz vorhin. Mich wunderte, dass er als einziger etwas zum Verkauf der Entsorgungsfirma erzählte. Sonst war da niemand dabei. Auch der Licher hatte sich nicht blicken lassen. Mittelstedts Vorpreschen wirkte auf mich wie nicht abgesprochen.«

»Na, ist doch logisch.«

Hansens Blick verlor sich ungläubig in der gegenüberliegenden Fensterscheibe seines Büros, die wegen der Dunkelheit draußen sein Abbild zeigte. »Ach, so?«

»Hansen, manchmal frage ich mich, wie du es so durch den Alltag schaffst.« *Der hätte auch von Nicola sein können.*

»Tommy, nicht unverschämt werden. Sonst komme ich Windeln wechseln.«

»Mit viel Pudern, bitte.«

»Lass die Finger vom Schnaps. Und nun erzähl schon.«

»Das Bankhaus Mittelstedt ist, *nomen est omen*, *Mittler* bei den Verkäufen. Makler, wenn du es so willst. Und die Mittelstedts haben einen Exklusivvertrag über die Liegenschaften der Hansestadt. Kurz: Die verdienen einen Batzen Geld, wenn Licher irgendwas aus dem städtischen Portfolio verschachert. Kannst dir ja an deinen fünf Fingern abzählen, was hängen bleibt, wenn du eine Anlage zur Müllverbrennung für 355 Millionen Euro verkaufst.«

»Interessant.«

»Sicher, aber auch kein Geheimnis.«

»Das stimmt. Mir war es nur entfallen«, log Hansen. Er hatte nie davon gehört. Dann fiel ihm eine List ein: *Frage dein Gegenüber nicht, was er weiß, sondern was er denkt. Denn auch wer nichts weiß, denkt.* »Was denkst du, Tommy, wie konnte sich Mittelstedt diesen Maklerjob sichern?«

Tommy überlegte einen Augenblick, dann hörte Hansen mit an, wie er jemandem zuprostete. Das Aneinanderschlagen von Bierflaschen mit Bügelverschlüssen war eindeutig zu erkennen, typisch fürs ‚Journal', typisch für Journalisten um diese Uhrzeit.

»Boah, Hansen. Was war jetzt noch mal deine Story für morgen?«

Finte gelegt, Stückwild nicht drauf angesprungen, sofortiges Abbaumen, rät die Jägerfibel. Liegt bei Hansens auf der Nachttischkommode.

»Vergiss es, Tommy. So wie es aussieht, wird das nichts. Ich wünsch dir einen schönen Abend.« Hansen beendete das Gespräch.

Tommy ließ sein Smartphone nachdenklich auf den Tresen sinken. Er wurde das Gefühl nicht los, dass Hansen ihm gerade entweder einen ziemlichen Bären aufgebunden oder das letzte Stück eines Puzzles aus der Nase gezogen hatte. *Schmieriger Silberfuchs,* dachte Tommy und entschloss sich, das Bier gegen eine Fassbrause einzutauschen.

Dann griff er wieder nach seinem Smartphone.

26

S ein Smartphone vibrierte schon wieder. Dieses Mal war es BKA Fred.

»Fred, mein Gutster.« Ostdeutscher konnte eine Begrüßung nicht sein.

»Man nennt es Funkmastfahndung, Hansen.« Fred kam wieder mal ohne Umschweife zum Wesentlichen. Das war mitunter befremdlich, aber ein feiner Charakterzug, sofern man einen Minutenvertrag hatte.

»Okay«, sagte Hansen knapp. Er hatte Fred bezüglich des gestohlenen Smartphones der Praktikantin lediglich eine Nachricht via WhatsApp zukommen lassen und Fred um Hilfe in dieser Sache gebeten, oder besser: sie offiziell ersucht. So umging Hansen die Möglichkeit, dass Fred ihm bei einem persönlichen Gespräch am Telefon eine Kooperation verweigert und stattdessen eine Standpauke vom Zaun gebrochen hätte, *von wegen NSA-Technik und so.*

»Nicht Ortung, wie du geschrieben hast. Fahndung.«

»Alles klar, Fred.« Wie diese Technik schlussendlich in Freds Kosmos genannt wurde, war Hansen herzlich egal. Die Hauptsache war, dass sie etwas taugte.

»Nun willst du wissen, wie so etwas abläuft?«

»Ich will dich nicht anlügen, Fred. Mir ist es wurscht, solange es zu einem Ergebnis führt. Was mich interessiert, ist, wann wir mit einem Ergebnis rechnen können. Die Zeit drängt, wie du dir vorstellen kannst.«

»Alles klar«, antwortete Fred, »es ist so, dass wir bereits eine Einheit an dem Kerl dran haben. Denn er war so freundlich, das geklaute Smartphone anzulassen. Vollpfosten. So wissen wir auf vier Meter genau, wo er sich gerade befindet. Die Damen und Herren der Exekutive stehen kurz vor einem Zugriff. Mann, der wird Augen machen!« Fred freute sich.

»Hoffentlich befindet er sich nicht in einem Sonnenstudio. Da wären vier Meter ganz schön unpräzise.«

Fred musste lachen. »Oder in einem Bordell!«, prustete er. Jetzt lachten beide. *Hatte doch Humor, der Gute!* Dann fing sich Fred wieder, räusperte sich sogar. »Aber da würden die Kollegen sicher nicht reingehen und stattdessen einen großen Bogen drum machen.«

Hansen war überrascht. Das war ihm neu. »Order von oben?«

»Wie man's nimmt«, Fred blieb trocken und sachlich. »Euer Polizeichef macht gerade ne Ehekrise durch. Wäre doch peinlich, wenn ihn beim Trösten gleich ne Hundertschaft in flagranti erwischt.« Fred legte auf.

Hansen schüttelte den Kopf. *Und noch eine Story, Tommy, eine interessante obendrein.*

27

Es war wirklich Großonkel Erwin, der sich da an der Pforte des menschenleeren Rathauses ein paar Euro neben der Rente hinzuverdiente. Und er staunte nicht schlecht, als er den Sohn der Tochter seines Bruders auf sich zukommen sah.

»Mensch, Martin! Was machst du denn hier?«, fragte er und seine freudigen Augen verrieten, dass es ihn wirklich fröhlich stimmte, an diesem und um diese Uhrzeit eher einsamen Ort unverhofft in ein vertrautes Gesicht zu blicken. Martin wusste, dass er seinen Großonkel nicht allzu sehr erschrecken durfte. Es war der Familie seit langem bekannt, dass er ein schwaches Herz hatte und deshalb jede Art von Aufregung vermieden werden sollte. Da war der Pförtner-Spätdienst im Rathaus genau das Richtige für ihn. Ruhiger ging es nur noch auf dem Friedhof zu.

»Onkel!«, rief Martin, und auch seine Freude war echt. Weil Erwin schon seinen Posten hinter der Scheibe verlassen hatte und nach vorne ins Foyer gekommen war, drückten sich die beiden zur Begrüßung. Er roch, wie Männer in seinem Alter riechen – eine Mischung aus Moos, kalter Luft und feuchter Erde, merkwürdigerweise. »Wie geht es dir?«, wollte Martin wissen.

»Es geht gut, mein Junge. Ich genieße jeden einzelnen Tag.« Auch wenn Martin sich fragte, wie man einen Tag genießen konnte, den man an einer stickigen oder wahlweise zugigen Pforte zubrachte. Der Nebenjob war eine Alternative zum Vegetieren daheim, was ihm als rüstiger Achtundsiebzigjähriger stattdessen geblieben wäre. »Was machst du hier bei uns? Wolltest du mich besuchen kommen?«

»Ja, Onkel. Und ich habe das hier mitgebracht.« Martin ließ aus seiner Umhängetasche einen Umschlag erkennen, adressiert an den Bürgermeister, persönlich und vertraulich.

»Soll ich ihn entgegennehmen?«

»Das wäre super.« Als er im Begriff war, dem Onkel den Umschlag zu überreichen, stockte er plötzlich. *Jetzt musste gepokert werden.* »Bist du denn auch morgen früh hier, um den Brief persönlich weiterzuleiten?«

Der Onkel dachte kurz nach, sagte dann: »Nein, mein Junge. Ich habe mich für die Abend- und Nachtstunden gemeldet. Tagsüber ist mir hier zu viel Trubel. Um sechs bin ich weg.«

»Oje«, Martin klang besorgt.

»Was ist los, Martin?«

»Kann ich ehrlich zur dir sein, Onkel?«

Der Alte konnte es kaum verhindern, dass ihm alsdann eine Geschichte aufgetischt wurde von der wohl überdachten Entscheidung seines Neffen, der sich vom Journalismus zu verabschieden gedachte, um dem lieben Ersten Bürgermeister künftig als persönlicher Assistent das Wasser, etwas zu Knabbern und auch sonstige Animositäten reichen zu dürfen.

»Du willst für den Bürgermeister arbeiten? Hier bei uns? Dann würden wir uns öfters sehen und könnten mal einen Plausch halten!« Die Freude in Großonkels Erwins Augen ließ Feldkamp sich noch mehr hassen.

»Genau, Onkel. Vor allem will ich deshalb die Unterlagen auf einem direkten Weg abgeben. Nicht, dass das ein anderer etwas davon mitbekommt und mit meinem Chef darüber spricht. Dann wird das sicher nichts!«

»Da gebe ich dir Recht, Junge. Was sollen wir deiner Meinung nach machen?«

Als Martin Feldkamp etwa vier Minuten später vor der verschlossenen Tür zum Vorzimmer des Ersten Bürgermeisters stand, starrte er erst den langen Gang entlang, versuchte, Geräusche aus der Nähe der Aufzugschächte auszumachen. Nichts – das Rathaus war verlassen. Er brauchte noch nicht einmal nach seiner Sammlung an Dietrichen zu greifen, die er stets in einem Schlüsseletui mit sich trug. Wie oft schon hatten sie ihm Tür und Tor geöffnet, wahrhaftig rund um den Globus. Der Generalschlüssel von Onkel Erwin sollte ihm einen spurlosen Eintritt ins Vorzimmer ermöglichen. *Guter Onkel Erwin.*

Dort roch es wie in einem Kräuterbeet, nach Thymian und Rosmarin. Feldkamp entdeckte zwei vergessene Kräutertöpfe in einem durchsichtigen Einkaufsbeutel auf der Fensterbank, hing für den Bruchteil einer Sekunde lang der Möglichkeit nach, dass jemand zurückkommen könnte, um seine Einkäufe noch abzuholen. Aber für zwei, und wie er feststellte, gut gewässerte Kräuterchen nahm in der Regel niemand einen solchen Weg auf sich. Er begab sich durch den Raum hindurch, stand nun vor der Tür, die zum Büro des Ersten Bürgermeisters führte. Großonkel Erwin hatte ihm versichern können, dass der EB nicht im Haus war. Laut seinem *Logbuch*, wie er die Liste mit seinen Einträgen nannte, hatte Lichers Fahrer bereits um 17.20 Uhr die Limousine aus der Tiefgarage geführt, um mit dem Bürgermeister die allabendliche Tortur mit den üblichen Veranstaltungsformaten zu starten. An diesem Abend stand als besonderes Highlight ein Besuch des Filmballs an. Dazu musste Licher sich aber noch einmal umziehen. Das alles klang nach einem späten Dienstende für den Fahrer. Und für den Bürgermeister.

Das flackernde Licht einer Außenreklame erhellte Lichers Büro in einem Dreißigsekunden-Rhythmus. Dazwischen war es recht dunkel. Deshalb überlegte Feldkamp, ob er die kleine LED-Lampe in seiner Armbanduhr betätigen sollte, ließ dann aber davon ab. *Dann eher Komplettbeleuchtung,* ging es ihm durch den Kopf. So verrückt es auch klingen mag – ein heller Raum wäre weniger aufgefallen als das Aufflackern einer vermeintlich hektisch bewegten Taschenlampe. Also ging Licher zurück zur Bürotür, um den Lichtschalter zu betätigen. Die Downlights in der Decke ließen sich dimmen.

Die Arbeitsplatte auf Lichers Schreibtisch war bis auf eine Unterschriftenmappe leer. Selbst die sonst obligatorische PC-Tastatur fehlte. Feldkamp setzte sich auf den Stuhl des Ersten Bürgermeisters, strich mit den Handflächen über das geschmeidige Leder, fuhr dann mit den Händen unterhalb der Tischplatte entlang und blieb tatsächlich an einem kleinen, leicht erhabenen Knopf hängen, den er daraufhin drückte. Zu seiner Rechten sprang eine Schublade auf. *Bingo.*

Sie kamen nicht mit Blaulicht. Deshalb blieben sie für ihn zunächst unbemerkt. Sie parkten ihr Fahrzeug auch so, dass es über die Videotechnik der Überwachungskameras nicht zu sehen war. Als dann aber wie aus dem Nichts zwei Polizisten vor Großonkel Erwins Glasscheibe standen, erschrak er. Blitzartig begann sein Puls zu rasen.

»Guten Abend, was kann ich für Sie tun, meine Herren?«, fragte er aus seinem Pförtner-Unterstell heraus und ließ sich, soweit es ihm gelang, seine Überraschung nicht anmerken.

»Nabend«, sagte der Jüngere der beiden belanglos, und tippte zum Gruß mit dem Zeigefinger an die Schirmmütze. »Reine Routine. Die Zentrale schickt uns. Wir sollen hier mal nach dem Rechten sehen. Ist Ihrer Meinung nach in der letzten Zeit irgendwas Ungewöhnliches vorgefallen?«

Wie ungewöhnlich war es, dass Neffe Martin ausgerechnet an jenem Abend seinen Großonkel aufsuchte, an dem auch noch zwei Streifenpolizisten aus einer reinen Routine heraus vorbeischauten? Großonkel Erwin lächelte milde.

Feldkamp glaubte nicht, was er zu lesen bekam. Er blätterte sich durch ein halbes Dutzend Papiere, allesamt notariell erstellt, suchte nach den Unterschriften, nach Namen. »Das kann doch nicht wahr sein«, flüsterte er und spürte ein leichtes Zittern in seinen Händen.

Diese Papiere hatten es in der Tat in sich. Hatte Hansen, der ausgefuchste Fuchs, dieses Mal wirklich nicht den richtigen Riecher und was ganz anderes im Sinn gehabt? Hansen mit diesen Papieren zu konfrontieren, ließ Feldkamp innerlich einen Purzelbaum schlagen. Eine kleine Rache sollte es werden, das stand für Feldkamp fest, für all die Schmach, die er über sich hatte ergehen lassen müssen, mit all den *guten Tipps*, die ihm die weltgewandte Reporterlegende ungefragt um die Ohren gehauen hatte ... *Na warte, Hansen. Es wird mir ein Fest!*

Er sah auf, suchte nach einem Kopierer, meinte, dass im Vorzimmer nahe der Kräutertöpfe einer gestanden hatte. Feldkamp nahm die Papiere in die Hand, verließ das Büro des Bürgermeisters und ging zurück ins Vorzimmer. Warum er die Tür hinter sich zugezogen hatte, würde er später nicht mehr mit Gewissheit sagen können. Er erspähte den Kopierer unterhalb des Fensters, betätigte einen kleinen Knopf, der das Gerät aus seinem Feierabend holte. Die Aufwärmphase wurde in noch verbliebenen Sekunden angezeigt und das Geräusch, das das Gerät dabei verursachte, erinnerte im Kontrast zu der Stille im Rathauses an fünf Heizturbinen. Feldkamp hätte sich in der Zwischenzeit in aller Seelenruhe einen Kaffee zubereiten können. Doch an Ruhe fehlte es ihm. Dann hörte er plötzlich Stimmen auf dem Flur. Mindestens zwei Personen machte er aus. Das war einer mehr als ihm lieb war. Irritiert starrte er auf die Eingangstür zum Vorzimmer.

Dann ging es blitzschnell. Feldkamp griff nach seiner „Bewerbung", zog sie aus der Umhängetasche und warf sie auf die Tastatur einer der beiden Sekretariats-Arbeitsplätze, stürzte an den Kopierer und riss den Stecker aus der Steckdose, was ihn unmittelbar in einen geräuschlosen Schlummerzustand zurückversetzte, nahm den Generalschlüssel seines Onkels und steckte ihn von innen in das Schloss der Tür des Vorzimmers. Dabei nahm er den mannshohen Aktenschrank seitlich der Tür wahr, öffnete ihn, und stellte mit großer Erleichterung fest, dass es sich dabei um eine Garderobe handelte. Die Stimmen wurden lauter. Sie mussten nun kurz vor seiner Tür gestanden haben. Gerade als er den Schrank betreten wollte, bemerkte Feldkamp ein feines Licht, das unterhalb des Türrahmens aus dem Büro des Bürgermeisters durchdrang. *Die Downlights, verdammt!* Er hatte sie nicht wieder ausgeschaltet. Ohne zu atmen, griff er nach dem Schlüssel im Schloss, versuchte ihn zu drehen, um die Tür von innen abzusperren. In diesem Augenblick sprang sie auf.

»Da wären wir«, hörte er seinen Großonkel sagen. »Das ist das Vorzimmer zum Bürgermeisterbüro.« Sein Onkel sprach so laut und deutlich, als hätte er zwischen Feldkamps Ankunft und jetzt einen Hörsturz erlitten. Er betätigte den Lichtschalter. Mit einem Mal war es taghell in dem Büro. Feldkamp blieb wie angewurzelt hinter dem Türblatt stehen. Er atmete flach und ruhig. Durch die Spalte zwischen Tür und Angel hindurch konnte er erkennen, dass sein Onkel von zwei Polizisten begleitet wurde. *Scheiße, wem habe ich die denn zu verdanken?* Ihm wurde mit einem Mal heiß, und das Wasser lief in einem schmalen Rinnsal entlang seines Nackens. Nun war es zu spät, um sich in der Garderobe zu verstecken.

»Und das Büro des Bürgermeisters ist gleich das hier. Die Tür ist aber verschlossen. So, wie es sich gehört.« Onkel Erwin drückte zum Beweis die Klinke. Die Tür zu Lichers Büro war verschlossen.

Einer der Polizisten stellte sich vor die Tür und klopfte an. Der andere stand mit dem Rücken zu Feldkamp und ließ ihn in seinem Schatten verschwinden.

»Wie ich Ihnen schon sagte, er ist seit etwa halb sechs weg. Und kommt heute auch nicht mehr rein.«

Der Polizist drückte auch die Klinke, abgesperrt. »Können wir mal einen Blick reinwerfen?«, fragte er.

»Jederzeit«, sagte der Großonkel, »wenn hier vorne jemand sitzt. Denn die beiden Damen haben als einzige einen Schlüssel. Wir Nachtportiers nicht.« Dann hatte Erwin einen Einfall: »Soll ich anrufen und sie vorbeikommen lassen?« Feldkamp spürte das Wasser am Steiß.

Der Polizist sah Onkel Erwin wortlos an, ließ nacheinander den Raum, die Person, die Situation auf sich wirken. Dann kam er zu dem Schluss, dass es an Haltung und Antworten des Alten nichts auszusetzen gab. »Nein, keine Umstände bitte«, erwiderte er. »Wie gesagt, es handelt sich um eine reine Routine. Vielen Dank.« Er tippte sich an die Schirmmütze.

»Aber gern geschehen.«

Sie begaben sich aus dem Vorraum. Onkel Erwin löschte das Licht und ließ die Tür ins Schloss fallen.

28

Schlussredaktion, 20.34 Uhr

Noch war die angekündigte MBit-Offensive der Bundesregierung selbst in Hamburgs Innenstadt nicht ganz durchgedrungen. Abseits fehlender Flugtaxen hing das Internet mal wieder und war in etwa so schnell wie zu Zeiten lauthals kreischender AOL-Modems. Weil sich aber irgendwann irgendwer der »Onliner« aus dem zwölften Stock zu fragen begann, warum der digitale Applaus für ihre gigantischen Redakteurs-Leistungen ausblieb, wurde der System-Administrator aus seinem Kabuff gelockt. Mit einer fast warmen Pizza. An diesem Abend hatte Holger Dienst, Mitte fünfzig und nerdiger als Bill Gates es jemals war. Holgers Büro war im Keller untergebracht, in einer Art Räuberhöhle des Verlagshauses, in der er ungebremst seiner Leidenschaft für scharfes Essen und Ballerspiele nachgehen konnte. Er hauste wie der Glöckner von Notre Dame, nur eben unten. Manchmal konnte man seine dystopischen Endzeitdramen oder digitalen Gefechte gegen intergalaktische Mega-Saurier über die Fahrstuhlschächte bis hoch in die Schlussredaktion hören. Nannte sich dann Testspielen fürs Digital-Ressort, klar. Heute trug Holger ein schwarzes T-Shirt mit einem Jack-Sparrow-Aufdruck und kein Deo. Er lag nun schon seit gut fünf Minuten unter Hansens Schreibtisch und Hansen meinte, dass seine Birkenfeige bereits zu welken begann.

»Hab's gleich, Hansen.«

»Hätte nicht gedacht, dass der Knotenpunkt des Netzwerks für den gesamten Verlag ausgerechnet unter meinem Schreibtisch liegt.« *Das war in der Tat ein Irrding, fast so, als hätte man den alten Berlusconi mit der Aufsicht über die Weihwasservorräte im Vatikan betraut.*

»Hier folgt alles einer übergeordneten Logik«, frohlockte Holger.

»Genau.« Sich mit Holger zu unterhalten war für Hansen ein Erlebnis wie im Conrad-Katalog blättern. »Wie geht's dir denn so da unten?«

»Ist okay. Nur der fehlende Ausblick macht mir manchmal zu schaffen.« *Da hatte es Quasimodo besser.*

»Ich sprach nicht von meinem Schreibtisch, sondern von deinem Büro.«

»Ich auch. Ich genieße es, dort allein zu sein. Alleinsein erlaubt es mir, über die wahrhaft wichtigen Dinge des Lebens nachzudenken.«

Die Hansen nicht interessierten. »Die da wären?« *Hansen, verhinderter Talkmaster-Gott, Lanz-Vorlage.*

»Na ja, beispielsweise, dass es ein Geschenk ist, sein Büro im Keller zu haben.«

Hansen nickte, was Holger nicht sehen konnte. »So habe ich das noch nie gesehen.«

»Im Winter ist der Platz nah genug an der Heizungsanlage, damit mir stets warm ist. Und dennoch nicht zu dicht, um ins Schwitzen zu kommen. Im Sommer ist es im Keller angenehm kühl. Außerdem ist mein Arbeitsplatz zu weit weg.«

»Für was?«

»Für eine parallaktische Verzerrung.«

»Alles klar, Holger.« Hansen überlegte, ob er in den Apfel beißen sollte, den Holger eben unter dem Schreibtisch gefunden hatte. Eine innere Stimme riet ihm: *Lass es, Schneewittchen!*

»Hab's gleich, Hansen.«

»Das sagtest du schon.«

Auf Hansens Festnetzanschluss klingelte es. Hansen grinste. Er wartete ein weiteres Klingeln ab, dann sagte er betont überrascht: »Das Telefon geht ja!«

»Ist ja auch analog«, antwortete der Mann von unterm Schreibtisch. Genau *das* wollte Hansen hören. *Falltür und plumps.* So funktionierte sein Humor. Er griente. »CVD« war auf dem Display zu lesen.

»Was gibt's, Jen?«

»Hast du Feldkamp erreichen können? Ich bin bisher nicht zu ihm durchgekommen.«

Hansen schlug sich mit der flachen Hand an die Stirn. »Den hab ich glatt vergessen. Wieso kannst du Feldkamp denn nicht erreichen?«

»Keine Ahnung. Wenn man ihn anruft, springt gleich die Mailbox an.«

»Wenn seine Mailbox anspringt, befindet er sich vermutlich in einem Funkloch. Mich würde es nicht wundern, wenn das gesamte Rathaus ein Funkloch wäre, wenn ich von unserem Internet auf die schließen dürfte.«

»Okay«, sagte Jenny, »vergiss aber nicht, ihn anzurufen. Du meintest ja, dass Fred eine Einheit zum Rathaus geschickt hatte. Nicht, dass die ihn dort auch noch überraschen.«

»Wobei sollten sie ihn denn überraschen können?«
Hansen überlegte kurz, sagte dann: »Wir müssen dringend an unserer Kommunikation arbeiten, Jen. Also, wobei überraschen?«

Sie schwieg, dachte nach. Dann sagte sie: »Beim Recherchieren, Hansen. Muss ich dir erklären, wie das geht?« fragte sie pikiert und legte auf.

»Jungejunge«, rutschte es Hansen heraus, als er den Hörer zurück aufs Telefon legte.

»Der Feldkamp kann sich nicht in einem Funkloch befinden«, kam es von unterm Schreibtisch.

»Wie meinst du das, Holger?« Hansen rollte mit seinem Stuhl zurück, um etwas mehr von Holger zu sehen als nur dessen Beine und die ausgelatschten Spiderman-Sneakers. Nun hatte er freien Blick auf die Halbmondsichel an seinem verlängerten Rückgrat, das seitliche Antlitz seiner weißen Plauze, eingerahmt von einem Hosengürtel aus geflochtenem Flachs. Hansen rollte wieder zurück.

»Das liegt an den Wänden, die alt sind. Wie das Gebäude, in dem sich das Rathaus befindet. Deshalb haben die da überall diametral angebrachte Verstärker, für den Mobilfunk, für das WLAN.«

»Was wären wir bloß ohne unsere Sys-Ads«, sagte Hansen neckisch, und Holger lachte laut auf. Sein Lachen klang mehr wie das Bellen eines geschundenen Terriers. *Der SysAd! Das war es!* Hansen kam eine Idee.

»Sag mal, Holger«, fing er an, »also so ein Systemadministrator, so jemand wie du, mit diesem ausgesprochenen Talent für …«

»Vergiss es, Hansen«, unterbrach ihn Holger.

»Du weißt doch gar nicht, was ich sagen wollte.«

»Ich mag dir vielleicht mit meinen Ansichten etwas seltsam erscheinen ...«

»Ich kann dich beruhigen, Holger. Es sind nicht deine Ansichten.«

»... aber im Keller ist nicht gleich hinterm Mond. Wenn Feldkamp um diese Uhrzeit im Rathaus ist, dann nicht wegen der Verlängerung seines Personalausweises. Dazu sind Schalteröffnungszeiten da. Also, Hansen, Klartext. Wenn ich mich für dich auf den Servern des Rathauses umsehen soll, ist das dann noch Journalismus oder schon Spionage?«

»Junge, du bist aber fix! Und es ist ein böser Vergleich, Holger.«

»Überhaupt nicht!« Holger drehte sich leicht seitlich, um seinen Schraubenzieher durch den Bodentank besser in die vertiefte Anlage einführen zu können. »Ich habe unten ein Game, das du dir unbedingt ansehen musst. Wenn du willst, kannst du es gerne auch mal spielen. Da muss der Protagonist in einen subversiven Konzern eindringen, um an einen interstellar modifizierten Quellcode zu gelangen. Für mich sind da Parallelen erkennbar.«

»Aha.«

»Ja, Hansen, lass es dir gesagt sein. Ist so. Es gibt nur eine bewusstseinserweiternde Droge, die mir Spaß bereitet. Und das ist das Erkennen kausaler Zusammenhänge.«

Hansen stützte seinen Kopf. »Kommst du nun von hier auf die Festplatte vom Licher oder nicht?«

»Was, wenn ich nicht möchte?«

Wenn ich nicht möchte! Hansen überlegte. Womit könnte man jemandem drohen, der sein gesamtes Berufsleben in einem vom Tagesgeschehen abgeschotteten Keller zubrachte? Es muss etwas sein, dass ihm einen Schrecken versetzte, der ihn bis tief ins Mark ... Ihm kam eine Idee.

»Mediamarkt. Handy-Reparaturannahme. Vollzeit. Ab nächsten Montag, neun Uhr. Ich schwöre, das bekomme ich hin.« Hansen reckte theatralisch drei Finger unter den Schreibtisch.

Holger lugte zögerlich unter dem Tisch hervor, rückte seine Brille mit den irgendwie beschlagenen Gläsern gerade. Winzige Augen waren dahinter verborgen, aus denen er Hansen fast schon ängstlich anstarrte. Die beiden Brauen formten sich zu einer Rialtobrücke. Er musste schlucken, fragte dann: »Wie viel Zeit gibst du mir?«

29

Nicht nur bei Dämmerung war es eine bürgerliche Wohngegend mit eher schlichten Einfamilienhäusern. Die meisten von ihnen dürften in der Zeit errichtet worden sein, als Thomas Gottschalk »Wetten, dass...?« übernommen hatte. Das Einsatzfahrzeug der Polizei pirschte sich ohne Blaulicht und Sirene an. Fast geräuschlos parkte es sein Fahrer, Polizeihauptmeister Fritz Bergelsen, schließlich eine Querstraße weiter entfernt. Er wollte kein Aufsehen erwecken, vor allem aber jeden sportlichen Sprint vermeiden. Die Frau an seiner Seite, im Rang zwei unter Bergelsen, war Nancy Jürgens. Sie hätte es jederzeit mit einem Marathonläufer aufnehmen können. Ihr beider Auftrag klang wie eine Lappalie: Sie sollten einem jungen Mann, vermutlich um die zwanzig, ein vermeintlich gestohlenes Handy abnehmen, es sichern und schnellstmöglich zur Redaktion der »Allgemeinen« bringen. Laut eindeutiger Bestimmung mittels der so genannten Funkmastfahndung befand sich der Dieb mitsamt seiner Diebesbeute im oder nahe dem Haus der Familie Bönisch, was ihn aber nicht gleich zu einem Mitglied dieser Familie werden ließ. Bergelsen war über den Punkt hinaus, sich über Dienstanweisungen aus der Zentrale zu wundern. Kollegin Jürgens, jung, ungestüm und lange nicht so eingefahren wie er, musste ihrem Unmut Platz machen. Sie monierte, dass es doch wertvolle Dienstzeit sei, die für diesen besseren Botendienst draufging. Bergelsen war lediglich verwundert, dass die Anfrage zur Unterstützung aus dem BKA in Wiesbaden gestellt worden war. Das war in der Tat ungewöhnlich und es bestärkte ihn in der Annahme, das Richtige zu tun und nicht weiter nachzufragen.

»Na, liebe Frau Kollegin. Wenn der Junge sich das Ding zu Unrecht angeeignet hat, machen wir hier unseren Job.«

»Und unsere Kollegen am roten Teppich? Die brauchen dringend Verstärkung, die wir nicht leisten können. Wegen so einem Blödsinn hier«, entgegnete Jürgens aufgebracht und enttäuscht zugleich.

»Nicht alle haben das Zeug zum roten Teppich«, bemerkte Bergelsen mit spitzen Lippen und klang fast fröhlich. Er öffnete die Autotür, stieg aus. »Komm, lass uns den Typen schnappen, und wenn Zeit ist, fahren wir auch noch an deinem Teppich vorbei.«

Die Aussicht auf Teilhabe an einer der richtig großen Geschichten ließ Polizeimeisterin Nancy Jürgens glücklicher dreinblicken. »Alles klar«, antwortete sie knapp und folgte ihm ins Freie.

Es dauerte keine zehn Sekunden, da war die erste Bewohnerin von ihrer Position hinter der Gardine aufgebrochen und fand sich erwartungsvoll am Gartentörchen wieder. Sie musste dort schon den gesamten Tag verbracht haben, vermutlich auf einem ausreichend bequem gepolsterten Stuhl, den Briefkastenschlitz als Lüftungsschacht missbrauchend. Ihr Haus lag dem Zielort der beiden Polizisten schräg gegenüber.

»Die Polizei? In unserer Straße? Um wen geht es denn?« Sie kam direkt zur Sache. *Alte Leute haben keine Zeit zu verlieren.*

»Guten Abend, gnädige Frau«, Bergelsen griff sich an die Schirmmütze, »das dürfen wir Ihnen leider nicht verraten.«

»Schade. Ich bin doch so neugierig.«

»Soso. Ist Ihnen denn in letzter Zeit irgendwas Merkwürdiges aufgefallen?« Bergelsen, sachlich, kompetent, ruhig, besonnen. Typ Dorf-Sheriff in der Großstadt.

»Gut, dass Sie das ansprechen«, entgegnete die Alte, die jetzt das Tor öffnete und sich zu den Polizisten auf die Straße gesellte. »Der Achenbach von gegenüber«, sie zeigte auf einen Bungalow mit einer großen Fensterfront zur Straße, der sich direkt neben dem Zielort befand, »der ist ja kinderlos. Und ihm geht es ja nicht so gut, wie seine Schwester sagt, die Irene. Die ist von auswärts. Muss jetzt wohl in ein Pflegeheim, also, der Achenbach. Nicht seine Schwester. Und deswegen soll er jetzt sein Haus verkauft haben. An Asylanten! Stellen Sie das nur mal vor!« Die Alte stemmte ihre schmalen Hände in die Hüften.

»Ja, und?«, entgegnete Polizeimeisterin Jürgens.

»Ja wie, *ja und*?!« Die Alte wirkte ungehalten.

»Ja, und?«, wiederholte sich Nancy Jürgens und zuckte mit den Schultern.

»Ich habe Sie schon verstanden«, harschte die Alte sie an, »aber Sie mich anscheinend nicht! Wo kommen wir denn da hin, wenn jetzt auch noch Asylanten hier bei uns im Eigentum wohnen! Das geht doch gar nicht!«

Bergelsen bemerkte, wie es in seiner Kollegin zu brodeln begann. Bevor sie antworten konnte, brachte er sich zwischen den beiden Damen in Position. »Sie werden entschuldigen«, sagte er mit Blick auf die Alte, ihr Gartentörchen öffnend, »aber wir müssen jetzt zu unserem Einsatz. Sonst ist's vorbei mit dem Überraschungsmoment.« Er drängte sie vielleicht etwas zu konsequent zurück auf ihr Grundstück.

»Das glauben auch nur Sie«, entgegnete die Alte und brüllte aus vollster Kehle: »Hilfe! Polizei! Hilfe!«

PHM Bergelsen und PM Jürgens sahen sich entgeistert und fragend zugleich an. Dann drehte sich Jürgens um, beobachtete das Haus ihres Interesses und mögliche Regungen dort. Und tatsächlich: Blitzartig riss die Haustür auf und ein junger Mann, dem Alter und der vagen Beschreibung Patrizias nach der Gesuchte, sprang über einen kleinen Mauervorsprung in den hinteren Teil des Grundstücks. PM Jürgens fasste an ihre Dienstwaffe und sprintete gleich darauf in seine Richtung.

»Bleiben Sie stehen! Hier ist die Polizei!«, rief sie ihm hinterher, so als sei es völlig abwegig gewesen, dass sie und ihr Kollege der Grund für seine Flucht hätten sein können. PHM Bergelsen deutete mit dem Zeigefinger auf die Alte: »Jetzt haben *Sie* ein Problem, das kann ich Ihnen sagen. Sie bleiben, wo Sie sind.« Dann rannte auch er auf das Grundstück zu.

Der Junge schien wie vom Erdboden verschluckt. PM Jürgens entschied sich, die Waffe aus dem Holster zu ziehen, nahm sie aber nicht in den Anschlag. Langsam und sehr behutsam begab sie sich über das weitläufige Areal hinter dem Haupthaus, vorbei an ausgewachsenen Birken, einer schmiedeeisernen Parkbank mit verwitterten Holzbrettern, einem dunklen Schuppen, dessen Eingang mit einer schweren Kette und einem Vorhängeschloss gesichert war. Weiter hinten, zwischen wild wucherndem Holunder, befanden sich etwa zwei Dutzend hölzerne Kisten ... mit Bienenvölkern. Das Brummen und Summen wurden mit jedem Schritt lauter. Hinter den Bienenstöcken befand sich noch ein weiterer hölzerner Schuppen, seine Tür war nicht verriegelt.

Bergelsen hatte Jürgens eingeholt und ihr mit wortloser Gestik zu verstehen gegeben, dass sie sich dem zweiten Schuppen von der Rückseite nähern sollte, während er sich frontal auf die Laube zubewegen wollte.

»Herr Bönisch«, rief Bergelsen laut in Richtung des Schuppens, »hier ist die Polizei. Wir wissen, dass Sie sich in dem Schuppen befinden. Bitte kommen Sie raus. Es gibt keinen Grund für Sie zu fliehen. Wir wollen nur mit Ihnen reden.«

PM Jürgens hatte sich hinter der Laube in Stellung gebracht. An dieser Seite gab es keine Fenster, aber eine schmale Tür, die sich in diesem Augenblick tatsächlich auch bewegte. Der Junge kam wie auf Zehenspitzen aus dem Schuppen geschlichen und lief PM Jürgens direkt in die Arme. Völlig überrascht von ihrer Anwesenheit versuchte er sich dem drohenden Zugriff zu entreißen. Es gab eine kurze Rangelei, bei der der

Junge zu spüren bekam, dass ihre praktische Ausbildung noch nicht allzu lange zurücklag. Wenige Augenblicke später fand er sich bäuchlings im hohen Gras liegend und hatte einen dieser weißen Kabelbinder um seine Handgelenke gebunden. Unzählige Bienen umschwirrten sie.

Als Bergelsen schließlich auch um den Schuppen herum in den hinteren Teil des Gartens lugte, staunte er bei dem Anblick nicht schlecht. »Chapeau, Frau Kollegin«, meinte er anerkennend, während PM Jürgens wortlos grinste.

Jetzt meldete sich auch der Junge zu Wort, brüllte: »Was wollt ihr überhaupt von mir?«

»Tja, wenn jemand vor uns wegläuft«, begann Bergelsen den Satz, den PM Jürgens beendete, »dann wird er dazu auch allen Grund haben.«

Etwa eine halbe Stunde später standen PHM Bergelsen und PM Jürgens in der Spätredaktion der »Allgemeinen« – mit einem Bananenkarton voller Handys, Smartphones und Tablets. Alle Geräte schienen wie von einem dickflüssigen, goldgelben Glibber überzogen. *Harz?* Als Jenny auf sie zukam, bemerkte sie den süßlichen Geruch, den sie in die Redaktion trugen.

»Guten Abend«, sagte sie freundlich, »wie kann ich Ihnen helfen?«

»Wir sind auf Geheiß des BKA bei Ihnen. Fragen Sie bitte nicht, warum wir vermeintliches Diebesgut nach der Sicherstellung zu Ihnen bringen sollen und nicht auf die Wache. Verstehen kann man das nicht.« PHM

Bergelsen konnte kaum seine Lippen bewegen, irgendwas musste ihn gestochen haben.

Dann übergab er ihr die Kiste, mit einem müden Lächeln, sagte: »Eines der Geräte in dieser Kiste ist das ihrer Kollegin. Ich weiß allerdings nicht, welches.«

Jenny roch an der Box, tunkte dann einen Finger in den Glibber, steckte ihn anschließend wie selbstverständlich in den Mund. »Honig?«, fragte sie ungläubig.

»Zwölf Bienenvölker, wenn Sie es genau wissen wollen«, antwortete PM Jürgens und ihr Lächeln wirkte gequält.

Mit der schwulstigen Oberlippe wäre sie aller Wahrscheinlichkeit nach nicht die Einzige am roten Teppich des Filmballs gewesen. »Aber ganz sicher die einzige in Uniform«, wie ihr Kollege PHM Bergelsen später auf dem Weg zum Krankenhaus augenzwinkernd versicherte.

30

Im »Journal« spielten sie Country-Musik, dauernd und ständig. Gerade lief der Klassiker von Garth Brooks aus dem Jahr 1998, in dem der Protagonist zwei Piña Coladas bestellte, eine für jede Hand, weil ihm eine männliche Stimme suggeriert hatte, dass Herzschmerzen vom Meer geheilt werden würden. Später im Song kam die Heilkraft von Captain Morgan zur Sprache, und wie gerade er die Seekrankheit wieder richten würde ... Solche Prosa war ganz nach dem Geschmack von Betreiber Karl, ein im »Journal« arglos gestrandeter Ex-Irgendwas. Den Erzählungen nach soll er selbst mal als Journalist unterwegs gewesen sein. Ein kurzer Blick auf seine handschriftlichen Notizen hätte gereicht, um dieses Gerücht ein für alle Mal aus der Welt zu schaffen. Karl, oder Kalli, wie ihn Insider riefen, war offensichtlich nicht länger als nötig zur Schule gegangen. Bisschen was Militär, oder auch nur eine DVD-Sammlung mit allen Folgen von »*M*A*S*H*«, auch soll er in Hotellerie gemacht haben, München, auch Moskau. Und einige wollten Kalli als Briefträger gesehen haben, was ihn für das »Journal« indirekt qualifizierte. Denn hier unterhielten viele der Stammgäste echte Postfächer. »c/o Journal« war die dazugehörende Anschriftenergänzung, um die jeweilige Postfachzahl erweitert. Wie auch immer, der Zufall, das Schicksal oder auch nur schlechtes Wetter machten Kalli vor etwas mehr als zwei Jahren zum neuen Besitzer der Kneipe, nachdem sein Vorgänger an einer Leberzirrhose verstarb. Für alles gab es Anwartschaften auf eine qualifizierte Nachfolge. Und Kalli gab sein Bestes, an jedem Tag der Woche, außer samstags. Tommy war in Gedanken nicht mehr anwesend. Er lauschte zwar noch den Gesprächen seiner Kollegen, nickte auch hin und wieder, hörte sie aber nicht mehr. In der Abgeschiedenheit an einem der runden Nischentische nahm er die am Tresen nur noch schemenhaft wahr. In seinen Gedanken kreiste er noch immer um das Telefonat mit Hansen und vor allem um dessen Nachfrage nach Björn Mittelstedt. Teilnahmslos rührte Tommy die Kohlensäure aus seiner Fassbrause, die er sich zur Ausnüchterung selbst verabreicht hatte.

Tommy, eigentlich Thomas Pilgram, war der jüngste von zwei Kindern, die in einem journalistisch geprägten Elternhaus das Licht der Welt erblickten. Seine Mutter war Radio-Moderatorin und machte eine dieser *lustigsten und besten Morning-Shows der Welt*. Der Vater hing seine weniger rühmliche Karriere als Redakteur schnell an den Haken, brachte es stattdessen über Umwege zum Geschäftsführer eines der großen Hamburger Verlagshäuser, in dem sich dann auch Tommys ältere Schwester in der Verwaltung verdingte. Er selbst hingegen war ein Journalist mit einer Vitae, wie man sie sich vorstellte: kurz die Springer-Akademie, dann die Nannen-Schule, dann die üblichen Stationen im Gebälk. Tommy hatte ein unbeschreibliches Gespür für Themen und Menschen, und ein fast schon rekordverdächtiges Gehirn, in dem er sämtliche Namen und Biografien abzuspeichern vermochte, selbst die von solchen Personen, die ihm nur flüchtig im Aufzug begegnet waren und nur kurz etwas über sich zum Besten gaben. Einem der Mitfahrenden hätte er noch Jahre später von ihrer Begegnung »damals zwischen dem vierten und sechsten Stock« berichten können, bei Aufzählung sämtlicher Details, von der Krawattenmusterung angefangen. So war Tommy.

Natürlich lernten er und Hansen sich an einem der vielen legendären Abende im »Journal« kennen, an denen Hansen mit allerlei Anekdoten aus längst vergangenen Tagen glänzte, oder von seinen Erlebnissen mit Protagonisten erzählte, die dem Namen nach noch welche waren, wie der mythische Paul Sahner von der »Bunten« zum Beispiel oder auch Michael Graeter, die Klatschkoryphäe aus München, dem sich der Dietl als Vorlage für seinen »Baby Schimmerlos« im Straßenfeger »Kir Royal« annahm. Zu diesen Anlässen wurden gigantische Geschichten zum Besten gegeben. Das »Journal« glich dann nicht selten einem Kinderhort für Erwachsene, nur ohne Bällebad. Hansen hatte erst neulich wieder von der Unterhaltung mit Graeter gesprochen und wie dieser von seiner zufälligen Begegnung mit dem »Winnetou«-Darsteller Pierre Brice in einem Pariser Swingerclub in der Rue d'Italie berichtete, damals, in den wilden Siebzigern. Niemand im »Journal« wäre auf die Idee gekommen, zu hinterfragen, was Graeter denn in einem Swingerclub in Paris zu suchen hatte. *Rechercher, clairment.* Auch Hansen war mal für eine kurze Zeit Klatsch-Reporter gewesen, traf sich oft und rege mit den Schönen, Mächtigen und manchmal auch Reichen, bevor er aus deren Langeweile heraus zu den Investigativen rübermachte.

Tommy versuchte sich zu erinnern, in welcher Beziehung Mittelstedt und Artzinger zueinanderstanden. Er wusste es, doch es wollte ihm einfach nicht einfallen, *verdammt.* Entnervt griff er nach seinem Smartphone, googelte Artzinger und fand dessen biografische Einträge bei Xing. Weil Tommy dort selbst kein Profil hatte, konnte er so nicht allzu viel in Erfahrung bringen. Was verband ihn mit Mittelstedt? *Konzentrier dich, Tommy.* Er rieb sich an den Schläfen. *Artzinger war passionierter Läufer,* erinnerte er sich, stählte seinen Körper bei werktäglichen Runs entlang der Außenalster. Einmal soll ihm dabei sogar facebook-Gründer Mark Zuckerberg begegnet sein, sprichwörtlich über den Weg gelaufen – mit zwei Bodyguards im Schlepptau. Erzählte er selbst, gesehen hatte es niemand ... *Was war es, dass er mit Mittelstedt gemein hatte? Eine Frau, die er womögl...*

Wie aus dem Nichts saß Tommy plötzlich kerzengerade am Tisch und starrte mit weit aufgerissenen Augen ins Leere. Die anderen neben ihm unterbrachen ihren Smalltalk, so überrascht waren sie.

»Alles okay bei dir?«, fragte Fee, die, wenn man genauer hinsah, auch ein bisschen so aussehen wollte, wie sie hieß. Sie war die Kollegin aus der »Kultur«.

»Alles bestens«, flüsterte er fast. Seine Erinnerung war zurück und er im Begriff, das »Journal« zu verlassen.

Dringend!

31

Charmant wie er war, wäre Wolfgang Weiß liebend gerne mit dem unverhofften Limousinen-Service des jungen von Brand gleich zu sich nach Hause durchgefahren. Er hatte genug gehabt von diesem Abend, von den ewigselben Leuten, von dem plötzlichen Gezerre an seiner Person. Langsam begann Weiß zu verstehen, was Ältere damit meinten, wenn sie von einer Lebensmüdigkeit sprachen, ohne dabei gleich an Selbstmord zu denken. *Einfach abschalten, wochenlang, am Stück.* Danach sehnte er sich mit einem Mal.

Stattdessen hielt der Wagen schon wieder am roten Teppich. Schon wieder wurde die Tür von einem Host, einer männlichen Hostess, geöffnet. »Willkommen auf dem Filmball«, schallte es ihm einmal mehr entgegen, und mit einem gequälten Lächeln bugsierte Weiß sich aus dem Fond des BMW. Die Zuschauerränge hatten sich gelichtet. Von den Chaoten, die vor zweieinhalb Stunden an dieser Stelle ihren Budenzauber zelebrierten, war nichts mehr zu sehen. Weiß watschelte entlang des Teppichs, blickte dabei auf eine Hundertschaft behelmter Polizisten, winkte oder nickte dem einen oder anderen Bekannten zu, der ihm aus dem Inneren des Gebäudes entgegenkam. Kurz an der Garderobe vorbei, bei der er seinen Übermantel gegen eine Marke mit einer vierstelligen Nummer eintauschte, begab er sich in Richtung der lauten Musik. Die Preisverleihung war noch in vollem Gange, aber womöglich gerade von einem Show Act unterbrochen. *Was für ein Timing,* dachte Weiß und verzog sein Gesicht. Dann bemerkte er die strahlende Schönheit seiner Frau, und wie sie anderen Menschen zulächelte, ihn entdeckte, und ihm dann zuwinkte. Er hätte sie auf der Stelle noch einmal geheiratet, so sehr hatte das alte Schlachtross noch immer Gefallen an ihr. Seit Jahrzehnten befand sie sich in ihren besten Jahren. Er ging zu ihr herüber, stellte sich neben sie und begrüßte sie mit einem zärtlichen Kuss seitlich aufs Haar.

»Das hat aber ganz schön lange gedauert«, sagte sie zur Begrüßung.

»Meinst du.«

»Na, ja. War schon eine halbe Ewigkeit.«

»Sag mal, Viki«, der Alte klang ernst, »bist du mit den beiden Brand-Erben eigentlich eng verbunden?«

Kurz drehte sie sich ihm zu, um ihn frontal anzusehen. Dann drehte sie sich wieder in ihre ursprüngliche Position zurück, seitlich zu ihm, um das Geschehen im vor ihnen liegenden Hauptraum nicht aus den Augen zu verlieren. Eine Band aus Hamburg, vermutlich schon viele Jahre dabei, für den alten Weiß klang sie neu, drückte ihren Sprechgesang zu brummenden Bässen in den Saal.

»Der junge Theodor ist dein Chef. Wenn einer eng mit ihm und seiner Schwester verbunden sein sollte, dann sicher du.«

»Ich kannte seinen Vater.«

»Und warst dem Sohn ein Mentor.«

»Aber ich duze ihn noch nicht mal.«

»Was ein Fehler ist. Nicht, dass duzen Nähe bedeuten würde. Aber sich siezen entfernt einander.«

Weiß dachte nach. Das Gespräch mit von Brand hatte ihn sehr nachdenklich gestimmt und ihn in eine merkwürdige Stimmung zwischen Niederlage und Aufbruch ins Ungewisse katapultiert. Er wusste noch nicht, wie er mit dieser Laune umgehen sollte. Vielleicht konnte seine Viktoria helfen. Er drehte sich ihr zu. Ihm war es ohnehin egal, was sich diese drei abgehungerten Rabauken da vorne auf der Bühne in hanseatischem Slang an den Kopf warfen.

»Viki, was hältst du davon, wenn wir mal Urlaub machen würden? Ich meine, so richtig. Mindestens drei Wochen am Stück.«

Viktoria Weiß starrte ihren Mann aus ihren großen Augen heraus an. Vor dem Hintergrund der abgedunkelten Halle mit den Lichteffekten leuchteten sie wie das Licht einer einsamen Berghütte in der sie umgebenen Sternennacht. »Bist du krank, Wolfgang?«

»Nein«, antwortete er ruhig.

»Aber mit dir stimmt doch irgendwas nicht.«

»Ach, es ist bloß ...«

»Ja?« Sie griff nach seinen Händen, und bemerkte, dass sie eiskalt waren. »Du brütest doch etwas aus, Wolfgang.« Sie fasste ihm an die Stirn.

Er streckte sich, versuchte ihrer Hand auszuweichen. »Bitte lass das, öffentlich«, raunzte er.

»Ich vergaß«, entgegnete sie nüchtern, zog beide Hände zurück, verschränkte ihre Arme und blickte wieder in Richtung der Bühne. »Verletzte Cowboys lässt man ja zurück. Mit einer Flasche Wasser.«

Er schüttelte seinen Kopf. »Viki, bitte.«

»Bitte, *was*?« Sie wirkte pikiert.

Er zögerte. »Ich weiß auch nicht.« Vielleicht war es der falsche Augenblick für ein Gespräch dieser Art. *Ganz bestimmt war es das.*

Natürlich hätte auch Viki Weiß sich eine gemeinsame Auszeit vorstellen können, nichts mehr als das. Weil Wolfgang Weiß aber nie von seiner »Allgemeinen« lassen konnte, lag der letzte Urlaub der beiden mindestens fünf Jahre zurück. Wenn man die Woche in dieser Ferienfinca auf Ibiza überhaupt einen Urlaub nennen konnte. Ausgerechnet in dem Jahr war der Sommer so unerträglich heiß gewesen, dass ein Marsch durch die Sahara Abkühlung verheißen hätte. Wenn der alte Weiß aber von sich aus mit Urlaub anfing, dann stimmte etwas nicht, war sich Viktoria sicher. Sie wollte es in Erfahrung bringen, aber besser nicht auf dem Filmball. Ein Event dieser Art war nicht der passende Ort.

»Lass es gut sein, Wolfgang«, sagte sie schließlich. »Wir reden morgen noch mal darüber, zu Hause. Beim Frühstück. Einverstanden?«

Er nickte wortlos und blickte dabei fast traurig drein. Aus der sich bewegenden Masse an Körpern schälte sich plötzlich Bankier Björn Mittelstedt heraus. Er kam direkt auf die beiden zu. Als er Viki Weiß erblickte, fühlte er sich zu einem Handkuss hingerissen.

»Meine tiefe Bewunderung, Madame«, sagte er und klang wie ein Bückling zu Hofe. Dann wandte er sich dem Alten zu, reckte ihm die Hand entgegen. »Meine Hochachtung, Herr Dr. Weiß.«

»Guten Abend, Herr Mittelstedt. Schön, Sie zu sehen«, log er. »Sind Sie denn nicht in Begleitung?«

»Ach, lieber Herr Doktor. In Ihnen weiß ich einen Leidensgenossen.« Er jauchzte fast, als er das sagte. »Meine junge Frau lässt sich von dieser Musik mitreißen. Da kann, vor allem aber will ich da nicht mehr mitmachen. Es ist doch die Gnade des Alterns, dass ,Halli Galli' nicht mehr unseres ist, nicht wahr?«

Weiß lächelte, nickte, entgegnete aber nichts. Mittelstedts Frau war mindestens fünfzehn Jahre jünger als seine Viktoria. *Ein Umgarner, dieser Typ, irgendwie klebrig,* ging es Weiß durch den Kopf.

»Hätten Sie vielleicht die Güte, dass ich mich kurz mit Ihnen im Vertrauen unterhalten könnte?« Dann drehte er sich Viki zu. »Ihr Verständnis vorausgesetzt, selbstverständlich.«

»Das haben Sie, lieber Herr Mittelstedt«, antwortete sie. »Nehmen Sie ihn ruhig mit. Aber geben Sie ihn mir unversehrt zurück.«

Theatralisch erhob Mittelstedt drei Finger. »Großes Ehrenwort!«

Dann zogen die beiden Herren ab, begaben sich in Richtung der Bar. Dort angekommen, fragte Mittelstedt den Alten nach dessen Getränkewunsch und Weiß überlegte, ob er eine Finte legen sollte.

»Wodka Martini«, sagte er.

»Eine gute Wahl«, kam es zurück. »Und so edel.«

Die Umgebungsgeräusche zwangen sie zu einem stillen Warten. Als ihnen die beiden Cocktailschalen serviert wurden, prosteten sie einander zu, tranken nur einen kurzen Schluck. Dann gingen sie in Richtung eines seitlich abgelegenen Bereichs, in dem eine ungestörtere Unterhaltung möglich war. Dort setzten sie sich in zwei schwere Ledersessel. Der beauftragte Möbel-Verleiher hatte exzellente Qualität geliefert.

»Ein schöner Abend, nicht wahr.« Mittelstedt liebte Smalltalk. Sein ganzes Leben bestand aus nichts anderem. *Was hatte er eigentlich konkret dazu beitragen, dass es ihm so gut ging*, dachte Weiß. Dass er vor vielen Jahren das Bankhaus von seinem Vater geerbt hatte, war kein Geheimnis. Mittelstedt war Einzelkind. Mehr Qualifikation brauchte es nicht. Dass er vor noch mehr Jahren auf dem Elite-Internat eines der Zimmermädchen geschwängert haben soll, wussten nur noch wenige. Die Weißens gehörten dazu.

»Ja, wundervoll.« Weiß konnte auch smalltalken.

»Sie hatten heute spannende Begegnungen?« Die Frage kam ohne Umschweife, direkt und messerscharf.

»Wie immer, an solchen Abenden.« Weiß ließ sich nicht ins Blatt schauen.

»Ja, ja, diese unverhofften Begegnungen an Abenden wie diesen sind die besten.« Alles an Mittelstedt klang wie auswendig gelernt. Plappereien eines Pubertierenden. Mental schien er zwischen seinem achten und dreizehnten Geburtstag hängengeblieben zu sein. Mit einem Mal tat Weiß die Ehefrau leid, ohne sie näher gekannt zu haben.

Er nickte ihm zu. »Unverhofft kommt oft«, gab er zum Besten und schämte sich irgendwie. Aber etwas noch Platteres wollte ihm so schnell nicht einfallen.

»Darf ich offen zu Ihnen sein?« *Na endlich!*

»Gern..« Weiß hätte sich sonst volllaufen lassen.

»Sie haben meine heutige Pressekonferenz verfolgt?« Mittelstedt schaute ihn erwartungsvoll an.

Denn er war doch der heimliche Star des Filmballs, zumindest meinte er das von sich.

»Nein. Ich habe mir davon erzählen lassen. Worum ging es noch gleich?«

Poker. Sie spielten ein imaginäres Blatt, und Weiß bluffte gerade, weil er nur ein Pärchen aus zwei Zweien in Händen hielt. Aussichtslos.

Mittelstedt wirkte überrascht. »Wir konnten den Abschluss eines weiteren Verkaufs aus dem Stadtfundus verkünden«, entgegnete er für seine Verhältnisse recht sachlich, bevor er dann wieder wie bei einer Kinderzaubershow hinterher schob: »Ist das nicht großartig?« Weiß hatte keine Lust mehr auf ihn. Er nippte nicht mehr an dem Drink, sondern stürzte ihn in einem Zug runter.

»Ja, ganz großartig«, sagte er dann, während er sich über den Mund wischte.

Mittelstedt hielt sein Glas in der Hand, führte es an seinen Mund. Weiß folgte dieser Bewegung wie in Trance.

»Wird die ‚Allgemeine‘ darüber berichten?«

Der Ring. Weiß antwortete nicht.

Mittelstedt lächelte ihn an. »Wird sie?«, fragte er noch einmal erwartungsvoll.

Weiß blickte abwechselnd auf den Siegelring an Mittelstedts Hand, dann in dessen Augen. »Ich denke nicht«, hörte er sich sagen.

Der Flop wurde gelegt, bestehend aus den ersten drei Karten des Dealers. Er zeigte eine Drei, eine Dame und eine Zwei. Schon hatte Weiß mit seinen zwei Zweien einen Drilling auf der Hand. Allerdings hätte Mittelstedt zwei Damen oder zwei Dreien halten können. Dagegen hätte Weiß noch immer verloren.

»Oh«, was nicht überrascht klang, sondern enttäuscht. »Warum denn nicht?«

Jetzt wurde der Turn ausgelegt. Eine weitere Zwei. Weiß hatte einen Vierling und eine Siegchance von etwas mehr als vierundneunzig Prozent. Die fehlenden sechs Prozent waren der Wahrscheinlichkeit geschuldet, dass man vor Erregung einen Infarkt erleiden konnte.

»Wir sind noch nicht so weit. Es fehlen noch einige Details, die zur Darstellung unabdingbar sind«, antwortete Weiß. In seinen Gedanken sortierte er die Eindrücke dieses Abends, vor allem aber die kleinen Details. Von Brands Manschettenknöpfe vorhin zeigten nicht ein Familienwappen, das sich irgendwo im Haus wiederfand. Es war vielmehr das Erkennungszeichen einer Verbindung, einer Bruderschaft! Wie bei den Freimaurern. Und Mittelstedt trug dieses Zeichen auf seinem Siegelring. *Von Brand gehörte dazu, und Mittelstedt auch!*

»Als da wäre?«

All in. »Wir brauchen die Namen der Käufer. Oder zumindest eine Kopie des Kaufvertrags.« Dann stand Weiß auf, *so wie es sich bei einem ‚All in‘ gehörte.* »Aber ich gehe mal davon aus, dass sich dieser bis Redaktionsschluss aus irgendwelchen Gründen einfach nicht auffinden lässt. Habe ich nicht recht, mein lieber Herr Mittelstedt?«

Weiß stellte seine Cocktailschale ab, nickte kurz, und ließ Mittelstedt zurück, der ihm freundlich grienend nachschaute.

32

Schlussredaktion 20.52 Uhr
– noch 38 Minuten bis zum Druck

Honig triefte in klebrigen Fäden aus der Bananen-kiste, mit der Jenny durch das Großraumbüro zog, den suchenden Blick auf Holger fokussiert, der auf seiner Durchwahl nicht erreichbar war. Irgendwer gab ihr den Tipp, dass der Systemadministrator im achten Stock bei Hansen sein könnte. Unter seinem Schreib-tisch sollte sich der Internet-Knotenpunkt des Verlags-gebäudes befinden. »Unter Hansens Schreibtisch! Aus-gerechnet! Beim analogsten Typen neben dem Dalai-Lama?« Jenny musste herzlich lachen, und ihr Lachen wurde im Großraum gespiegelt.

»Hansen, sitzt du?«

»Wie man's nimmt, Fred.« Hansen lag mehr auf sei-nem Stuhl. Er hielt sich eine offene Milchtüte unter die Nase und inhalierte. Die Milch war zwar seit zwei Wo-chen drüber, aber eine Wohltat für die Nasenschleim-häute. »Ich habe Holger unter meinem Tisch liegen. Du wirst ihn nicht kennen, unseren netten Systemadmi-nistrator. Er sucht nun schon seit einer guten halben Stunde nach der Ursache für den Absturz der Netz-werke hier. Aber, warum sollte ich sitzen?«

Fred atmete schwer.

»Fred?«

»Es gibt Dinge, die sind so komplex, dass man sie nicht in einfache Worte verpackt bekommt.«

»Okay.« Sprachlosigkeit gehörte eigentlich nicht zu Freds Stärken. Tatsächlich konnte sich Hansen an keinen einzigen Moment erinnern, in dem seinem Freund Fred die Worte gefehlt hätten. »Geht es dir gut, Fred?« Die Frage war aufrichtig und ernst gemeint.

»Ja, mir geht's gut«, antwortete er geistesabwesend. Dann atmete er noch einmal tief ein und wieder aus. »Die Funkmastfahndung ist kein Allheilmittel«, führte er schließlich aus.

»Mag sein, Fred. Aber effektiv ist sie! Die beiden Polizisten standen wohl eben bei Jenny in der Redaktion. Mit einer Armada an Fundsachen von dieser Elster. Wenn Holger mal hier fertig werden sollte ...«

»Hab's gleich, Hansen«, kam es von unterm Tisch.

»... und meine Milch bis dahin nicht ganz umgekippt sein wird, dann glaube ich, dass wir – Dank deiner Hilfe, mein lieber Fred – das Smartphone der Praktikantin auch ausgewertet bekommen. Gemeinsam sind wir stark.«

»Ich hatte noch eine laufen, Hansen. Bevor du fragst, eine weitere Funkmastfahndung.«

»Ist das jetzt der neueste heiße Scheiß bei euch?«

»Und ihr Ergebnis macht mich ziemlich nachdenklich.« Fred wirkte ausgesprochen neben der Spur. Seine Stimme brach fast. Hansen setzte sich aufrecht hin, stellte die Milchtüte beiseite.

»Fred, lass gut sein. Wenn uns deine Erkenntnisse nicht weiterbringen, dann vergiss ...«

»Nicht weiterbringen! NICHT WEITERBRINGEN!« Der sonst auf Frosta-Tüten-Temperatur herabgeregelte Fred wurde mit einem Mal emotional.

»Mensch, Fred! Dann hau es halt raus!«

»Es geht um Dich, Hansen.«

»Mal wieder.«

»Eigentlich um den Bürgermeister.«

»Um *Licher*? Was habe ich mit Licher zu schaffen? Also, abseits der Story über seinen Ausverkauf, meine ich. Gar nichts!«

Jenny betrat die Szenerie, den triefenden Karton weit vor ihren Körper gehalten. Hansen deutete ihr fragend an, das Ding auf seinen Schreibtisch abzustellen. *Holger darunter, eine Honigkiste darauf, es fehlten eigentlich nur noch zwei Kissenfüllungen Federn.* Hansen drückte auf den Knopf für den Lautsprecher.

»Eine ganze Menge hast du mit Licher zu schaffen, wie mir scheint.« Fred schien tatsächlich nach einem Weg zu suchen, Hansen etwas mitzuteilen.

»Fred, wenn du nicht konkreter werden kannst, dann lass es. Aber dein Herumgeeiere macht einen wahnsinnig.«

Fred schluckte und schien alle Kraft zu bündeln. Sachlichkeit half. »Wir, nein, ich habe das Handy von Bürgermeister Licher orten lassen.«

»Und?«

»Rate.«

»Was? Fred, bist du bekloppt?«

»Hi, Fred«, rief Jenny aus dem Off und wollte die Situation auflockern.

Er erkannte ihre Stimme sofort. »Hi Jenny.« Fred atmete schwer. »Der Erste Bürgermeister der Stadt Hamburg ist bei dir.«

»*Bei mir?*«, fragte Jenny, und Hansen sah sie entgeistert an.

Dann setzte Hansen hinterher: »Wen von uns beiden meinst du?«

»Bei dir, Hansen«, sagte Fred ruhig.

Hansen schwieg und starrte Jenny an.

»Wie, *bei mir?*«, fragte er dann.

»Ja.«

»Bei mir, wo? Hier im Verlagsgebäude? Am Empfang? Oder vielleicht auch noch unter meinem Schreibtisch?« Hansen drehte seinen Zeigefinger neben der Schläfe, sagte dann: »Holger, sieh mal nach, ob der Licher da unten neben dir liegt.«

»Nein, Hansen. Ich bin hier allein«, kam es prompt zurück. *Noch einer von der Sorte ...*

»Nein«, sagte Fred.

»Was?«

»Nein.«

»Fred, du machst mich fertig!«

»Bei dir zu Hause, Hansen.«

»BEI MIR ZU HAUSE?« Hansen erstarrte.

In diesem Augenblick kam Holger hervor. Seine Brillengläser waren beschlagen. Er reckte ein durchgetrenntes gelbes Datenkabel in die Luft. »Wir haben wieder Anschluss an die Galaxien«, frohlockte er, »an friedliche, hoffentlich.«

33

Tommy erreichte die Redaktion seiner Zeitung und warf seine Jacke über den Stuhl an seinem Arbeitsplatz im Großraumbüro. Die Finalisierung der Ausgabe für den kommenden Tag schien abgeschlossen zu sein. Denn es war deutlich ruhiger als noch zu dem Zeitpunkt, als er das Büro verlassen hatte. Die Nachrichtenflaute an diesem Abend ließ sich nicht verleugnen. Vermutlich druckten sie schon. Tommy marschierte zielstrebig in Richtung des Büros von Cem Güçlü, dem Chefredakteur der »Blitz«, der auflagenstärksten Publikation in der Verlagsfamilie. Nun galt es, keine weitere Zeit zu verlieren. Vielleicht konnten sie denen von der »Allgemeinen« doch noch einen mitgeben, je nachdem, wie der Chef gerade drauf war.

Cem, alt-arabisch für König, und Güçlü, das so viel bedeutete wie stark, kräftig, heftig, kraftvoll ... mehr musste man über diesen vierundvierzigjährigen Deutschtürken nicht wissen. Alles Weitere war trotzdem erzählenswert. Als Tommy sein Büro durch die offenstehende Tür betrat, lag Güçlü in einem Muscle-Shirt und einer Trainingshose, beides stilsicher aus dem »Rooobärth«-Universum geshoppt, auf einer Hantelbank, barfüßig. Er presste siebzig Kilogramm in die Luft, auf jeder Seite der Hantelstange, und stöhnte dabei wie ein Stier, dem man ein halbes Dutzend williger Kühe hingestellt hatte.

Cem Güçlü war der absonderlichste Typ im gesamten Boulevard-Orbit. Er *lebte* den Boulevard wie kein

Zweiter. Er *war* der Boulevard. »Russen-Peitsche«, »Klima-Killer«, »Terror-Hacker«, »Sahara-Glut«, oder auch: »Ganz Deutschland Balla-Balla«, dazu die Horror-Liste, auf der sich alle Worte befanden, die man an Horror ansetzten konnte, wie Bienen, Eltern, Stau, Oma, Opa, Crash, Regen, Viren und selbst Amöben. Oder als Alliterationen: Horror- Hai, Haus, Hausmeisterpaar, Hure, Hüpfburg. In seinem Wortschatz gab es nichts, das nicht ohne Bindestrich geschrieben worden wäre. Vermutlich gab es deswegen auch nur Ex in seinem Leben, weil es so schön las: Ex-Frauen, Ex-Geliebte, Ex-Karren, Ex-Mitarbeiter, Ex-Titelstorys …

Neben Cem Güçlü, da bestand kein Zweifel, morphte selbst Hansen zu einer steinernen Heiligenfigur, wie man sie von den Eingangsportalen großer Kirchen kannte. Güçlü lebte in seiner eigenen Welt und ließ sich hin und wieder darauf ein, über die andere, ihm verhasste zu schreiben. Mit seinen dunkelbraunen Haaren und der olivfarbenen Haut wirkte er auf Menschen, die ihm zum ersten Mal begegneten, wie das Ergebnis eines fehlgeschlagenen Experiments, das zum Ziel hatte, Mr. T und Sylvester Stallone zu einer Person zusammenzufügen. Sein Haar kämmte er nach vorne, was ihm bei seinen spätrömischen Gesichtszügen etwas Cäsareskes verlieh. Mit seinen stechenden Augen wirkte er wie ein Mann, dem es gelang, allein durch die Kraft seines Blickes Gewitter zu vertreiben. Alles an ihm war lauter als bei anderen. Beim Essen grunzte er. Trank er, schnappte er nach Luft. Beim privaten Fußballfernsehen fluchte er so derbe, dass die Nachbarn nicht selten nach der Polizei riefen, mit Verdacht auf häusliche Gewalt. Dabei kam das hysterische Gekreische von seiner Blaukronenamazone, einer seltenen Papageienart, die bloß auf ihn reagierte. Wenn er einen Anruf aus der Türkei erhielt, bekamen das alle in der Straße mit, aber niemand verstand, was er da überhaupt redete. Aber! Er war der einzige im Straßenzug, der sein Geld nicht im öffentlichen Dienst verdiente. Er war studiert, mit Abschluss. Noch während der elterlich aufgezwungenen Sanitärausbildung war er stoisch zur Abendschule gerannt, hatte sein Abitur nachgeholt, biss sich anschließend per Fern-Uni durch die Studiengänge für Germanistik, Publizistik und Sportjournalismus. Seine noch junge Karriere als Fußball-Kommentator musste er dann allerdings zeitnah beerdigen, weil zu oft sein Temperament mit ihm durchging. Den Schiri wegen einer allzu offensichtlichen Fehlentscheidung live und in der Konferenz als »hampelige unfähige Schwuchtel« zu bezeichnen, hätte ihm fast ein Berufsverbot eingebracht. Aber nur fast. Cem segelte daran vorbei, haarscharf und wie von Zauberhand auf der Karriereleiter weiter gen Norden. Heute war er Chefredakteur der »Blitz«, dem einzigen namhaften Konkurrenten der »Allgemeinen« im Kampf um Auflage und Gunst der Leser. Bei der Auswahl der Waffen zum Erreichen dieses Ziels war er beileibe nicht so zimperlich wie die anderen. Denn wo Dr. Wolfgang Weiß und seine aufgehübschte Persil-Truppe mit dem Florett um die Ecke lugten, standen Güçlüs Jungs tarnbefleckt, mit gewetzten Macheten und der Donnerkugel des schrecklichen Sven.

»Hi Chef, alles gut?«

»Tommy, du Sau!«, stöhnte er. An Bord der *MS Güçlü* herrschte auch stets ein Ton wie beim Kanonenpolieren. »Komm rein. Schmeiß dich hin.«

Tommy nahm auf einem der beiden Stühle Platz, die vor dem monumentalen Schreibtisch seines Chefs platziert waren. Erst jetzt bemerkte er Kemal, Güçlüs Staffordshire Bullterrier, der an einer Kette unter dem Tisch lag, die mit einer massiven Öse in der Wand verankert war. Er döste. *Bei dem Gestöhne, wie beruhigend.*

Betrachtete man Güçlüs Tischplatte genauer, zeigte sie im Umriss Ähnlichkeiten mit einem menschlichen Herzen. Auf den Fluren der »Blitz« erzählte man sich, dass Güçlü vor Jahren dem alten Weiß eigenhändig das Herz herausgerissen und es so lange mit einem Nudelholz gewalzt haben soll, bis er daraus diese Tischplatte formen konnte. *Ein freundliches, umgängliches Kerlchen.* Tommy drehte sich auf dem Stuhl in seine Richtung.

»Was hast du auf dem Herzen, Junge?«

»Ich war gerade im ,Journal', als ich einen Anruf von Hansen erhielt.« *Eine Notlüge, klar. Alles andere hätte Güçlü nicht verstanden und Tommy seinen Job kosten können.* Als Güçlü den Namen hörte, unterbrach er augenblicklich das Training und ließ die schwere Hantelstange behutsam in die Arretierung rutschen. Dann sprang er blitzartig hoch, baute seine vor Kraft strotzenden Einssiebenundneunzig mitten im Raum auf und begann zu brüllen. Tief aus seinem Innersten heraus. Wie Tarzan auf Speed. Oder wie dieser Löwe aus dem MGM-Vorspann, weil man ihn fälschlicherweise an eine Melkmaschine angeschlossen hatte. Wild, irre, brutal, reißerisch, hungrig, und dämlich.

»HANSEN! DIESA BETTNESSA!« *Dass er aber auch immer den richtigen Ton fand.*

Tommy sah fast schon mitleidig zu Boden. Er fragte sich in diesem Augenblick, warum man in Deutschland eigentlich nur im Straßenverkehr als Idiot dingfest gemacht werden konnte, wo es doch so viele andere Möglichkeiten gab, auf wahre Verrückte zu treffen. »Ja, Chef, genau. Hansen«, schob er nach und riskierte einen weiteren Ausraster bei Güçlü. Vielleicht hatte er aber auch eine verlagsinterne Wette auf einen baldigen Schlaganfall laufen, wer weiß das schon. Stattdessen kam nichts. Güçlü stand mit offenem Mund im Raum, laut atmend. Ein Rinnsal aus Spucke lief entlang des Kinns aufs Muscle-Shirt. *Wenn das der Geiss wüsste…* Dann reckte er seine Hand in den imaginären Luftraum vor sich.

»Hansen – ist die Reporter-Legende dem Tode geweiht?«, diktierte Güçlü in die Luft. Und dann: »Hansen – Mettwurst oder Hackepeter?«

»Fast, Chef.« Tommy blieb sachlich. »Er hat tatsächlich eins aufs Maul gekriegt, und dabei …«

»Er hat *was?*« Güçlü glaubte nicht, was er da zu hören bekam. Mit einem Mal begann er sich zu drehen. Eine muskelbepackte Ballfee.

»Ja. Man hat ihn in einen Hinterhalt gelockt, und ihm ordentlich eins mitgegeben. Auf facebook laufen Fotos davon.«

Güçlü konnte sich kaum noch halten. Wäre er kein Moslem gewesen, hätte es jetzt Champagner und nack-

te Weiber geregnet. Stattdessen rannte er völlig aufgebracht, grölend und mit angespannten Armmuskeln
durch sein Büro, drehte eine Runde nach der nächsten
um seinen Schreibtisch und wirkte dabei wie ein de-
hydrierter Jogger, dem die letzten Lebenssäfte durch
den Körper pochten. Kemal schien zu grinsen.

»Das ist ja unfassbar! Einen Hinterhalt! Hansen, du
verkackter Hühnerficker!« So klang es, wenn Güçlü
einen besonders gern hatte. Er war so unendlich beseelt, dass er zu schnauben begann. »Woher weißt du
das, Sohn?« Güçlü hatte keine eigenen Kinder. *Wie viel
Glück Ungeborenen doch zuteilwerden konnte.*

»Die ganze Branche redet über nichts anderes
mehr, Chef.« *Untertrieben. Sie zerrissen sich das Maul.*

Der Chefredakteur ging um seinen Schreibtisch
herum, griff nach einem Handtuch, breitete es aus und
ließ Tommy in das aufgerissene, blutbeschmierte Maul
eines riesigen T-Rex blicken. *Ästhetisch, wirklich ästhetisch.* Er rieb sich das eingewebte Dino-Blut über den
Oberkörper, seinen Kopf und das Gesicht. Dabei stöhnte er, beschwingt und zufrieden.

»Hansen-Pansen, ich glaube es nicht! Der alte Weiß
wird heute noch einen Eimer Erbeerbowle kotzen, das
garantiere ich dir! Stell dir das vor, Tommy: Das beste
Pferd im Stall des Alten hat Hafer-Allergie!« Dann
krachte er los. Güçlüs Lachen tönte wie das Bellen seines unter dem Tisch angeketteten Egos.

»Aber da gibt es noch was, Chef.«

Güçlü wischte sich Freudentränen aus dem Gesicht.
»Herrlich! Was denn noch? Spuck es aus.«

Tommy holte ihn in den Film, erzählte ihm, wie das bei Hansen abgelaufen sein musste. Dann kam er darauf zu sprechen, dass Hansen ihn anrief, was gelogen war, um nach Björn Mittelstedt zu fragen, dem Privatbankier. Seitdem hatte er, Tommy, an nichts anderes mehr denken können. Güçlü hörte fokussiert zu. Hansen war an etwas Großem dran, das spürte Tommy, wie er seinem Boss versicherte.

»Ah, einsfünfundsiebzig oder größer?«

»Ähm«, Tommy wirkte verblüfft, »weiß nicht, Chef.« Er wollte lediglich verhindern, dass Hansen dieses Große allein auf Seite Eins bringen wird. Also, sagte Tommy, zermartere er sich seitdem das Hirn auf der Suche nach dem kleinen Detail, das Hansen übersehen haben musste. Ein Detail, das er, Tommy, aber zu kennen meinte.

»Nach wem hatte er dich gefragt?«

»Nach Mittelstedt.«

»Ist das nicht dieser grottenlangweilige Sesselfurzer von der Bank? Fährt der nicht diesen verkackten Smart, den er mit einem Foto von einer offenen Tresortür beklebt hat?«

»Richtig, genau der. Er hatte die Pressekonferenz eben selbst einberufen.«

»Was will Hansen von Mittelstedt?« Güçlü dachte nach und man glaubte, das gigantische Rathaus-Turmuhrwerk rattern zu hören.

»Die Frage ist viel mehr«, Tommy legte sich nachdenklich den Zeigefinger auf den Mund, »was *will* Mittelstedt?«

»Bitte?« Güçlü schüttelte den Kopf, und schlug sich mit der flachen Hand an die rechte Schläfe. *Das Uhrwerk ging offenbar nach.* »Was soll der denn wollen? Wen interessiert es, was der Kerl will!«

»Na, ja. So ganz ohne ist der nicht.«

»Junge, du hast zu viel Fantasie. Schau dir den doch mal genau an. Wenn da nicht ‚Tank‘ auf seinem Deckel stehen würde, hätte er die Öko-Plörre längst in den Lüftungs-Schacht auf der anderen Seite reingepumpt.«

»Mit Verlaub, Chef. Etwas mehr an Fantasie werden Sie jetzt haben müssen.«

»Spann mich nicht so auf die Folter! Sag, was los ist!« Während des Gesprächs tigerte Güçlü durch den Raum, den Handtuch-T-Rex wie eine zusammengequetschte Trophäe um den Hals gewickelt. Es wirkte so, als bereitete es ihm körperliche Schmerzen, nicht zu wissen, worum es ging. Dieses erodierte Schmerzempfinden war eine Laune der Natur, die eine stringente Karriere im Boulevardjournalismus versprach.

»Interessant ist in diesem Zusammenhang«, sagte Tommy, der sich überhaupt nicht beirren ließ, »wie die Olle vom Artzinger mit Mädchennamen hieß.«

»*Die Olle vom Artzinger?* Womit kommst du denn um die Ecke! Tommy, was hast du im ‚Journal‘ getrunken? Ich habe dir schon hundertmal gesagt, du sollst dir lieber ein paar frische Möhren auspressen.« *Genau, und wie sein Boss mit bloßen Händen!*

»Sorry, Chef. Hatte ich vergessen: Es gibt ein Bindeglied zwischen Mittelstedt und Artzinger von der ‚Allgemeinen‘.«

Jetzt schaute Güçlü drein, als stünde er völlig überfordert in der Kulisse von »Eins, Zwei oder Drei«. Dann begann er, am Nagel seines rechten Mittelfingers zu kauen. Zeitgleich durchströmten knappe zwölftausend Volt seine Füße, zumindest wirkte es so auf Beobachter.

»Die jetzige Frau Mittelstedt«, sagte Tommy, »die war mal die Frau Artzinger. Vier Jahre lang. Hatte dann den einen mit dem anderen betrogen. Das ist mir eben siedend heiß wieder eingefallen. Obwohl es schon ein starkes Stück an sich ist, ist es aber noch nicht mal die ganze Tragik. Die liegt woanders.«

Güçlü sagte nichts, hatte aber an einer Hand gleich keinen Mittelfinger mehr.

»In ihrem Mädchennamen nämlich.«

»Tommy, siehst du nicht, wie ich leide? Wie es mir die Eingeweide dreht? Nun rede endlich, du Bastard einer streunenden Hündin, sonst *boğazına siç*.« Das war sehr deutlich und hätte bei Durchführung eine massige, stinkende, und explosionsartige Verstopfung seines Schluckreflexes zur Folge gehabt. Das wollte Tommy nicht riskieren.

Eingeschüchtert antwortete er: »Sie ist eine geborene von Brand.«

Güçlü war blau angelaufen.

34

Schussredaktion 20:59 Uhr

Etwa dreißig Sekunden nachdem er aufgelegt hatte, stand Hansen in der Eingangstür zur Eha, in der inzwischen ganz offensichtlich ein thailändischer Massagetempel eröffnet worden war. Jedenfalls roch es so und von irgendwoher drangen sanfte Töne wie aus Klangschalen zu ihm. Artzinger saß an seinem Schreibtisch, *wie der Buchhalter im Laufhaus,* arbeitete sich durch eine Unterschriftenmappe. Hansen wollte bei der Dringlichkeit seines Anliegens keine Zeit verlieren. Doch er musste vorsichtig vorgehen, weswegen sich die Situation ihm darbot wie das Schälen eines rohen Eies. Das Mauerwerk in seiner Beziehung zu Artzinger zeigte unter dem erschreckend dünn aufgetragenen Rauputz noch allzu frische Risse. Außerdem wollte er von Artzinger nicht weniger als sein Heiligstes. Also übte Hansen sich in Contenance, wozu er tief Luft holte, um daraufhin an die seitlich angelegte Glastür zu klopfen. Artzinger sah nur kurz von seinen Dokumenten auf. »Hau ab, Hansen.«

Eigentlich hatte er bei Hansen etwas gut zu machen, das wusste er nur zu gut. Schließlich waren ihm die wahren Umstände um Hansens Verletzungen nicht bekannt gewesen. Erst Jenny hatte ihm davon erzählt und ihn so in den Film geholt. Es war ihm klar, dass er auf Hansens vielleicht sogar nachvollziehbares Ausrasten zu überhitzt reagiert hatte. Aber Hansen nahm sich ständig diese und andere Frechheiten heraus, während er, Artzinger, immerzu zurückstecken musste. Dieses Mal aber wollte er Hansen nicht davonkommen lassen, war sich Artzinger sicher. Vor allem nicht so billig. Auf der anderen Seite war er jedoch auch in seiner Funktion als stellvertretender Chefredakteur gefordert. Denn, so sehr er ein Großkotz gewesen sein mochte: Wenn es gegen einen aus dem eigenen Rudel ging, *seinem* Rudel, dann konnte Bernd Artzinger zum Werwolf mutieren, und das ganz ohne Mondesschein.

»Sorry, Bernd, dass ich störe, aber ich wüsste nicht, zu wem ich sonst gehen sollte.« Der Staub, in den sich Hansen warf, verwandelte den Massagetempel in die Sahelzone.

»Mhm.« Artzinger blieb schmallippig, ließ aber von der Mappe ab und schaute Hansen direkt an.

»Ja, ich ... », Hansen erblickte das Sofa, *das* Sofa, »... kann ich mich setzen?«

Artzinger schien merklich darüber nachzudenken, welche Konsequenzen es haben könnte, wenn er zustimmte. Er nickte zögerlich und beobachtete Hansen mit Argusaugen, jede einzelne seiner Bewegungen. Hansen spielte mit und setzte sich wie auf einen mit rohen Eiern vollgepackten Karton. Flüchtig bemerkte er, dass selbst die hässliche Schramme von Artzingers Lackschuh entfernt worden war.

»Ich will direkt zur Sache kommen, denn ich habe vermutlich schon zu viel Zeit verloren.«

»Raus damit.«

Hansen atmete tief durch, fragte dann: »Kannst du mir deine Autoschlüssel leihen?«

»Was willst du mit meinen Autoschlüsseln, wenn du nicht das Auto willst?« *Sind die bei den Medien alle so ‚korrekt‘?*

»Darum geht es.«

Wie vom Blitz getroffen saß Artzinger gerade wie ein Zinnsoldat in seinem Stuhl. Dann brüllte er: »Für meinen Benz? Damit der nach ner halben Stunde genauso aussieht wie das Büro eben?« Er schnappte nach Luft. »Du bist doch völlig übergeschnappt, Hansen, wenn du glaubst, dass ich so besch...«

»Es ist wirklich wichtig, Bernd«, unterbrach ihn Hansen ruhig. Er stand auf. »Glaubst du, ich würde sonst hier auf Knien reingerutscht kommen, wenn es nicht so pressierend wäre? Also, gibt mir die verdammten Schlüssel!« *Herrlich, diese Contenance.*

»Du hast sie doch nicht mehr alle!« Artzinger winkte ab, und wendete sich der Unterschriftenmappe zu.

»Bernd, da spielt sich gerade irgendwas bei mir zu Hause ab, und ich weiß nicht, was.«

»Ich hörte davon.«

Wie bei einer Vollbremsung auf dem Testgelände des ADAC hielt Hansen inne. Er legte den Kopf schräg, betrachtete Artzinger genauer. Jetzt nahm er zum ersten Mal den *»feinen Anzug«* wahr, den Bernd Artzinger da trug, so, wie er von Hansens Tochter Tessa vorhin beschrieben wurde. Er weitete seine Augen, presste die Lippen zusammen, spürte, wie die Wut in ihm hochkochte, kam gefährlich nah an den Schreibtisch heran und stützte sich mit beiden Händen auf die Platte. Artzinger sah auf und Hansen scheuerte ihm eine.

»Du verdammter Hurenbock«, brüllte Hansen. »Wenn du noch ein einziges Mal meine Frau anfasst, dann hau ich dir ...«

»*Wen?*« Artzinger sprang auf und rieb sich die Wange. »Dir hat man doch im Krankenhaus das Resthirn rausgesogen!«

»Gib mir die Scheiß-Schlüssel!«

»Leck mich, Hansen! Nimm dir ein Taxi.«

»Meine Tochter ist in Gefahr! Dein Patenkind, Bernd!«

»Ich fahre.«

35

Rechtssicher abgewogen war Artzinger der bessere Autofahrer von beiden, eindeutig. Vor allem
aber wollte er bei Hansen wiedergutmachen, was Jenny ihm vorwarf, Schlechtes getan zu haben. Also fuhr
er, nein, raste er mit Hansen als Beifahrer durch den
ruhig fließenden Abendverkehr der Stadt auf dem Weg
zu Hansens Haus. Das mag er ihm vielleicht schuldig
gewesen sein, aber es war auch dem Umstand geschuldet, dass er Patenonkel von Hansens Tochter
Tessa war.

Zuerst schwiegen sie sich an, denn die Situation
konnte aufgeladener kaum gewesen sein. Zwei Männer
wie Öl und Wasser, im Kern sich vermutlich ähnlicher
als eineiige Zwillinge es waren, jagten durch die Stadt,
um das Kind des einen, das der andere nie hatte, zu
retten, wovor auch immer. Außerdem kannten sie sich
eine Ewigkeit, könnten sich deswegen blind vertrauen,
was sie niemals zugegeben hätten. Denn ihre Fehde
bestand schon seit dem gemeinsamen Volontariat, das
sie zeitgleich in einem Hamburger Verlagshaus absolvierten. Dann trennten sich ihre Wege und liefen wieder zusammen, als Hansen, nicht gerade geschlagen
mit guten Freunden, zur anstehenden Taufe seiner
Tochter sich des »Mitstreiters« aus gemeinsamen Tagen erinnerte. Das Wiedersehen hatte zur Folge, dass
Hansen als »Wiedergutmachung«, wie Artzinger es
nannte, als Trauzeuge für die Ehe zwischen ihm und
Jeanette von Brand herhalten musste. Denn auch bei

Artzinger standen *gute* Freunde nicht gerade Schlange. Als die Ehe schließlich in die Brüche ging, weil *Jeanny* alles andere als eine treusorgende Ehefrau war, hatte Hansen fast Mitleid mit Artzinger. Der aber hatte sich so eine fette Mitgift ausgehandelt, dass diese Emotion so schnell wieder verflog, wie sie gekommen war.

Teil seines Deals war, dass Artzinger, ganz ausgebufft, sich von seiner Ex-Gattin schriftlich hatte versichern lassen, dass sein Engagement im Verlag durch die Scheidung nicht in ein schlechtes Licht gerückt werden würde. Das Gegenteil war der Fall: Zur Überraschung aller wurde er zum Stellvertreter von Weiß ernannt. Als Hansen dann eines Tages auf Jobsuche war, weil er einen Arbeitgeber hatte, der seine temperamentvollen Ausbrüche nicht als kreative Ergüsse zu bewerten bereit war, war es Bernd Artzinger, der ihm den Job in der »Allgemeinen« besorgte. So schloss sich der Kreis.

Hansen rekapitulierte in Gedanken, was ihn zu Hause erwarten könnte. Sollte der Bürgermeister tatsächlich bei ihm sein, wie BKA Fred behauptete? *Was zur Hölle wollte er dort?* Seine Frau war unterwegs, seine Tochter allein zu Haus. Was um alles in der Welt sollte ein Mann wie Licher bei ihm zu Hause? Hatte er nicht gerade erst auf einem der Monitore in der Redaktion gesehen, wie Licher vor dem roten Teppich am Filmball vorgefahren kam? Es musste eine technische Störung bei dieser Funkmastfahndung vorgelegen haben. Oder aber das Handy des Ersten Bürgermeisters hatte auf unerklärliche Weise seinen Weg in das Haus der Hansens gefunden. Nur wie? Das alles war hanebüchen und Hansen wusste nicht mehr ein noch aus. Wieso sollte Lichers Handy bei ihm zu Hause herumliegen? Er drehte fast durch, so beschäftigten ihn diese Fragen. Dann lugte er aus den Augenwinkeln rüber zu Artzinger und wie er in seinem perfekt sitzenden Smoking das Fahrzeug durch den Verkehr steuerte. Dem *feinen Anzug*, wie Hansens Tochter Tessa per WhatsApp schrieb. *Was für ein doppelzüngiger Schmierbolzen!*

Wann hatte die Entfremdung mit seiner Frau Nicola eigentlich begonnen? Hansen war sich nicht mehr sicher, ob es *den einen* Auslöser gegeben hatte, oder ob es nicht doch ein schleichender Prozess über all die Jahre gewesen war. Unbemerkt linste er wieder zu Artzinger. *Was findet Nicola an diesem aufgeblasenen Pfau? Das ist doch ein Waschlappen!* Und wieso hat er, Hansen, es nicht kommen sehen? Wie bei Longhato im Hospital sprangen seine Gedanken wild umher. Und dass dieser ein so durchtrieben böses Spiel mit ihm spielen konnte! Alles nur für die Rache? *Usbekischer Bergarbeiterpuff*, schoss ihm durch den Kopf, *so eine Scheiße!* Mit den Gedanken bei seiner Tochter stand Hansen mit einem Mal kalter Schweiß auf der Stirn und die rasante Fahrweise von Bernd Artzinger setzte seinem Kreislauf mächtig zu. In diesem Augenblick klingelte sein Smartphone. Die Nummer kannte er nicht.

»Hansen«, sagte er.

»Du ausgegossene Schnapsflasche!«, kam es aus dem Hörer. »Heute würge ich dir einen rein, von dem du dich in drei Monaten nicht erholen wirst!«

»Wer ist denn da?«

»Pah! Du erkennst die Stimme deines Leitwolfs nicht? Hier ist Cem.«

»Wer?« Hansen bluffte. Das Bellen kannte jeder.

»Cem Güçlü.«

»Ach du meine Güte. Du hast mir gerade noch gefehlt.«

»Du mir auch Hansen. Ich schwöre.«

»Ich dachte, dich hätte man schon längst weggesperrt. Was willst du, Güçlü?«

Güçlü lachte, bellte, knurrte, kläffte, was auch immer. »Starte schon mal ne Sammlung, Hansen, und kauf dir morgen die ‚Blitz‘. Nimm dir aber gleich zwei aus dem Automaten. Eine geht auf mich.«

»Blitz? Ist das nicht das, was man in den Arsch bekommt, wenn man bei Gewitter auf einem Möhrenfeld herumsteht, um sich frischen Saft zu pressen?« *Man erzählte sich, dass Güçlü einst ebensolches im Herzen von Niedersachsen genauso zugestoßen sein soll.*

»Hör zu, Hansen, noch lachst du. Aber die erste der beiden Zeitungen morgen früh wirst du klatschnass beweinen, das garantiere ich dir. Die ganze Zeit über wirst du dich fragen: Wie hat dieser ausgekochte Fuchs von Cem das nur hinbekommen? Wie hat er es gemacht, dieser Houdini? Soll ich es dir verraten?

Nein, doch lieber nicht. ‚Fragt nicht nach Dingen, die, so sie euch kund würden, euch wehe täten.‘ In der zweiten, trockenen Zeitung liest du dann weiter.«

»Du machst mir Angst, Güçlü.«

»Ich weiß um meine Überlegenheit, Hansen, ich weiß es einfach. Den Koran kenne ich auswendig. Solltest du dich auch mal dran versuchen.«

»Cem, offenes Wort. Du könntest vor mir stehen und brennen wie dieser Busch im Alten Testament. Es würde mich nicht interessieren. Heute Abend schon gar nicht.«

»Das kann ich mir vorstellen! Kriegt erst eins bei der Buchhandlung in die Fresse, und morgen gleich noch mal«, prustete Güçlü wieder laut los. Dieses Mal hing sich sein kleiner angeketteter Kemal mit rein. Das Dröhnen aus dem Smartphone war unerträglich.

»Ich lege jetzt auf, Cem. Greif in ne Steckdose.«

Der lachte noch immer. Dann sagte er: »Das ist es, was uns am Leben hält. Spürst du da nicht auch diese Energ...«

Hansen hatte das Gespräch beendet. Es war ihm einfach zu viel. Neben dem Stress wegen Tessa musste er Hirnschmalz aufbringen, um wenigstens kurz über Tommy und seine Info nachzudenken. Was hatte er dabei übersehen? *Herrje, Hansen, konzentrier dich! Du bist ein Profi, kein Anfänger!* Er hätte sich ohrfeigen können. »Wo sind deine Instinkte, wenn du sie mal wirklich brauchst«, brüllte er plötzlich ins Auto.

Artzinger erschrak fast. »War das eine Frage?«

»Konzentrier dich gefälligst auf den Verkehr, wie du es sonst immer tust, Arschinger.«

36

Schlussredaktion 21.03 Uhr

Slowmotion, bitte. Ein Schritt nach dem anderen«, bat Holger und wischte sich in aller Ruhe das Kondenswasser von den Gläsern. Warum bei ihm ständig die Brillengläser beschlugen – selbst Fielmann hatte keine Antwort darauf finden können. Auch nicht mittels einer Laborüberprüfung des womöglich physikalisch begründeten Zusammenhangs zwischen der Krümmung des Brillenglases im Verhältnis zum Erdtrabanten, worauf Holger getippt hatte. »Große Wissenschaftler«, war er nach dem negativen Testergebnis überzeugt, »werden an ihrem Umgang mit kleinen Niederlagen gemessen.« Stephen Hawkings Sprach-Festplatte hätte es nicht trefflicher säuseln können. Er schob die Bananenkiste beiseite, die so intensiv nach Honig roch und ihn unweigerlich an seine Kindheit erinnerte, deren überwiegende Zeit er in einem enger werdenden Winnie-Puh-Kostüm zubrachte. Jetzt ging es erst mal um den Auftrag von Hansen: einbrechen auf die Festplatte des Ersten Bürgermeisters, dort herumstöbern, was finden! *Schnell, schneller,* spornte Holger sich an. Denn nichts war für ihn schlimmer als die Aussicht auf ein berufliches Engagement in einem dieser Technikmärkte. Da hatte Hansen ihn kalt erwischt. Und Hansen hatte Einfluss, dass wusste Holger nur zu gut. *Conrad, das wäre was gewesen*, ging es ihm durch den Kopf. Aber in einem Konsumtempel, *zwi-*

schen diesen Konsumenten? Holger brachte einmal einen »Saturn«-Mitarbeiter zur Verzweiflung, als er ihm in einem einundzwanzigminütigen Monolog die exakte Arbeitsweise einer Mikrowelle erläuterte. Der junge Mann, so erzählte man sich, soll sich im Nachgang dieses außergewöhnlichen Customer-Relationship-Erlebnisses freiwillig für die experimentelle Medikamentenforschung gemeldet haben.

Inzwischen hatte Holger in seinem Kellerverschlag für etwas Ordnung gesorgt. Dazu hatte er tatsächlich die herumstehenden Pizzakartons auf einen Stapel zusammengeschoben. Was aussah wie ein Design-Sitzmöbel aus dem Ikarus-Katalog, war Holger pur. Jenny nahm darauf Platz und schaute ihm dabei zu, wie er auf einem Bildschirm, der entfernt an die »Matrix« erinnerte, Codes eingab und auf Antworten zu warten schien. Holger sprach dabei nicht, er schnappatmete und biss hin und wieder in den Apfel, den er aus Hansens Büro hatte mitgehen lassen. Den säuerlichen Geschmack ignorierte er. Das war, so erklärte er es sich gedanklich, lediglich der 2-Hydroxybernsteinsäure geschuldet, da der Apfel nicht ganz ausgereift war, als er gepflückt wurde. Und weil es sich dabei nur um L-Äpfelsäure und ihre Salze handelte, die nach einem biochemischen Verfahren durch die Arbeit des Enzyms Fumarat-Hydratase aus Fumarsäure beziehungsweise als Stoffwechselprodukt von Bakterien und Pilzen heraus... ach, was soll's. Holger jedenfalls schmeckte es. Hörbar.

Es verwunderten Jenny und ihn keine Sekunde lang, dass er sich ohne allzu großen Aufwand in den

Hauptrechner des Rathauses gehackt bekam. Genauso wenig Verwunderung darüber dürfte in russischen Hacker-Höhlen vorgeherrscht haben. Holger wusste, dass viele administrative Einrichtungen in Deutschland von einer fast noch an kindlicher Naivität grenzenden Unvoreingenommenheit gegenüber dem Internet beseelt waren. Das machte die handelnden Personen unvorsichtig und deshalb waren deutsche Einrichtungen für die lieben Hacker ein leichtes Spiel.

»Ich bin jetzt auf seiner Festplatte«, sagte Holger nach einer kurzen Weile. »Es wäre mir möglich, sie für dich zu spiegeln.« Hätte Licher zu diesem Zeitpunkt vor dem Rechner in seinem Büro gesessen, dann hätte er mit ansehen können, wie sein digitaler Mouse-Cursor sich wie von Geisterhand bewegte.

»Geh mal bitte in sein Outlook«, dirigierte Jenny.

»Alles klar, Boss.« *Hier unten im Verlag funktionierte die Welt noch, Herr Feldkamp!*

Holger öffnete das Outlook-Programm und brachte eine Vielzahl an ungelesenen E-Mail-Eingängen und den Kalender zum Vorschein. Genau darin erhoffte sich Jenny weiterführende Infos.

Sie erhob sich einer inneren Anspannung folgend und tippte auf dem Monitor auf das Kalender-Icon. Holger folgte ihr mit dem Mausanzeiger. Dann bat sie ihn auf selbe wortlose Weise, den heutigen Tag zu öffnen. Holger öffnete den heutigen Tag. Und scrollte hinab bis zu den Terminen am Abend.

Was sie dann zu lesen bekamen, sollte ihnen die Sprache verschlagen.

37

Chirurgisch präzis kam die lange Limousine langsam die enge Auffahrt heraufgefahren und schließlich nur knapp vor der geschlossenen Garage zum Stehen. Den Mann im Fond des Autos beschlich kein gutes Gefühl. Die anderen waren schon da, parkten seitlich seines Wagens. Kam er zu spät? War es ihm so überhaupt möglich, noch etwas zu bewirken? Er wusste, dass es ihm eigentlich herzlich egal gewesen sein konnte, welches Drama sich dort in diesem Reihenhaus abspielen dürfte. Darüber konnte auch der gepflegte Vorgarten mit seiner aufgesteckten Gute-Laune-Deko aus dem Discounter nicht hinwegtäuschen. Aber es war ihm nicht egal. Aus für ihn rational vielleicht nicht nachvollziehbaren Gründen fühlte er sich verpflichtet, das Richtige zu tun. Durch seine Anwesenheit erklärte er die Angelegenheit zur Chefsache. Das allein würde die anderen nicht nur nachdenklich stimmen, sondern womöglich auch die Sachlage von seinem Standpunkt aus beleuchten. Da war er sich sicher.

Er stieg aus dem Auto, ging den schmalen Kiesweg zum Haus hinauf, dann die Treppenstufen zur Haustür hoch und drückte den Klingelknopf neben dem aus Salzteig gebackenen Schild, das »die Hansens« hinter der braunen Holztür vermuten ließ.

Augenblicklich wurde ihm geöffnet.

38

Hamburgs City mit einigem Abstand hinter sich gelassen, befuhren sie gerade eine der vielen Brücken raus aus der Stadt und weiter in Richtung Bergedorf, wo Hansen, seine Frau Nicola und die gemeinsame Tochter Tessa wohnten. An der Straße neben ihm zeigte ein übergroßes Werbebild eine junge Familie beim Urlaub in einem dieser Ferienbungalow-Parks. Sie fuhren mit ihren Rädern, kurvten glücklich durch viel Grün. *Wenn es doch nur so einfach wäre,* dachte Hansen.

In diesem Augenblick klingelte sein Handy, schon wieder. Es sah nur kurz auf das kleine Display, und erkannte seine CvD-Kollegin aus der Redaktion.

»Hi, Jenny«, sagte er in den Hörer und war sich direkt der ungeteilten Aufmerksamkeit Artzingers bewusst. Dieser rutschte mit einem Mal nervös in seinem Sitz und richtete sich sogar auf. »Warte mal«, ergänzte Hansen dann, »ich stelle dich auf den Lautsprecher.« Er wollte in dieser Situation keine weitere Provokation riskieren.

»Wir hören dich jetzt beide.«

»Wie du willst«, zischte Jenny eisenhart.

»Was ist los, Jen?«

»Hansen, was spielst du für ein mieses Spiel?«

»Bitte?«

»Ich meine es bitterernst!« Ihre Tonlage verriet, dass sie mit sich kämpfte. Sie kochte vor Wut, zumindest klang sie so. Dabei war sie emotional derart aufgeladen, dass ihr der gewaltige Kloß im Hals anzumerken war. Hansen sah zu Artzinger hinüber, der das Geschehen mit einem Schulterzucken quittierte. Er hatte keine Ahnung, was in sie gefahren sein könnte.

»Jenny, bist du von allen guten Geistern verlassen? Du hast doch mitbekommen, wie BKA Fred mir gesteckt hat, dass der Licher bei mir zu Hause ist. Wo soll ich denn da ein mieses Spiel spielen? Kannst du mir das mal verraten?«

»Hansen ...«. Er spürte, dass sie nach Luft rang, schlucken musste und gegen den Drang ankämpfte, zu weinen.

»Jenny, was zur Hölle ist los?«

»Hansen, du elender ...«, sagte sie nur und legte dann auf.

Artzinger lächelte wissend. »Ich sag's doch. Du bleibst deinem Sternzeichen treu – *Arschloch*.«

39

Über Hansens Kopf formierte sich eine digitale
Eieruhr. In seinem Hirn darunter ratterte es so
zuverlässig wie der Vierzylinder unter der Haube von
Artzingers E-Klasse. Der Wagen war aber eindeutig
sparsamer im Unterhalt. Hansen ging sämtliche Ver-
knüpfungen und Querverweise durch, auch solche, die
er womöglich übersehen hatte. Seine Synapsen arbeiteten auf Hochtouren und stellten in einer imaginären
Liste die drängenden Fragen zusammen: Wieso hegte
Jenny einen Groll gegen ihn? Wieso war Licher bei ihm
zu Hause, allein bei seiner Tochter? Wo war seine
Frau? Was hatte dieser Mittelstedt mit alldem zu tun?
Wieso lockte er ihn in einen Hinterhalt? Und was fand
seine Frau bloß an diesem *Arschinger*?

Hansen rief sich das Gespräch mit Tommy von der
»Blitz« in Erinnerung. Tommy war, was Mittelstedt
anging, auskunftsfreudig, gab aber eigentlich nur wieder, was bei Wikipedia hätte recherchiert werden
können. Gut, dass Mittelstedts Bankhaus für die Verkäufe aus dem Rathaus als eine Art Makler tätig war,
das hatte Hansen nicht auf dem Schirm. Aber war es
überhaupt von Bedeutung? Dann fiel ihm wieder die
besondere Formulierung von Tommy ein. Es war nicht
er, der Tommy auf dem Laufenden halten wollte, sondern Tommy, der wollte, dass Hansen ihn auf dem
Laufenden hielt! *Wozu?* Das musste etwas mit Cem
Güçlü zu tun gehabt haben, der Hansen prognostizier-
te, dass er sich am nächsten Tag die Augen ausweinen

würde, wenn er die »Blitz« lesen würde. Was wusste Güçlü und was führte er im Schilde? Was hätte ein möglicher Aufmacher sein können? Hansen wurde in einen Hinterhalt gelockt – neue Erkenntnisse gab es doch keine! Hatte Tommy vielleicht ein ganz anderes Ziel verfolgt und Güçlü vielleicht manipul...

Unversehens knackte etwas in Hansens Schädel und er glaubte einen Augenblick lang, seine Amygdala hätte sich endgültig vom Temporallappen verabschiedet. Das Aufbersten hatte ihn urplötzlich verunsichert, so sehr, dass er tatsächlich »Test, Test« sagte.

»Bei dir noch alles okay?« fragte Artzinger gelangweilt.

»Ja.«

»Dann ist ja gut.«

»Hast du das Knacken auch gehört?«, fragte Hansen und drehte mit dem Zeigefinger im rechten Ohr.

»Was für ein Knacken?«

»Vergiss es, Artzinger«, entgegnete Hansen und dann: »Ich hab's!«

»Was hast du?«

»Es ist unfassbar. Dieser Vollpfosten von Güçlü hat es eben heraus posaunt.«

»Was denn?

»Er sagte im Sinn, dass er uns morgen mächtig etwas überbraten würde, wenn wir erst die ,Blitz' gelesen hätten.«

»Und weswegen?«

»Wegen deiner Ex.«

»WAS?« Artzinger hätte fast einen an der Seite abgestellten Kleinlaster gerammt, konnte in letzter Sekunde noch ausweichen.

»Sie nach vorne, Mensch!«, brüllte Hansen ihn an, und zeigte mit ausgestrecktem Arm in Richtung des Sterns auf der Motorhaube.

»Schon gut. Sorry.«

Hansen sammelte sich wieder. »Ich bin noch nicht ganz dahinter gestiegen. Aber, dass ich heute eins aufs Maul bekommen habe, da in der Seitengasse von der Buchhandlung, das konnte Güçlü beim besten Willen nicht wissen.«

»Warum nicht?«

»Ich hatte bisher niemandem erzählt, wo es war!«

»Läuft das nicht auf facebook?«

Hansen sah Artzinger nachdenklich an, griff dann zu seinem Smartphone, aktivierte die App. Scrollte sich Sekunden später durch die Fotos, die mittels eines anonymen Profils online gestellt worden waren und seinen Namen getaggt hatten. Die Bilder entlarvten ihn, stellten ihn bloß, zeigten ihn als Geschlagenen, Geschundenen. Ein Verlierer, im abgeranzten Mantel, mitten in irgendeinem Papiermüll. Er überflog die gehässigen Kommentare seiner »geschätzten« Kollegen. Beiträge wie *»Endlich trifft es mal den Richtigen«* und *»Auffe Schnauze«* waren noch die der freundlicheren Sorte. Aber auch das: Viele schienen ihm beizustehen, ihn für seine Standfestigkeit zu feiern. Vereinzelt sprachen sie ihm sogar Mut zu! *Verkackte Online-Welt*, dachte Hansen. Aber der Hashtag, der ihm jemand verpasst hatte, war wirklich cool. Hansen war einen Augenblick lang geneigt, ihn zu liken.

»Nein, Artzinger. Auf keinem der Bilder ist zu erkennen, dass es bei der Buchhandlung war. Man sieht nur meine zerbeulte Visage vor einer roten Backsteinwand. Texte gibt's keine.« Hansen überlegte einen Augenblick, sagte dann: »Jetzt muss ich erst mal was anderes klären.«

Es blieben ihnen noch etwa sechs Minuten, bis sie das Haus der Hansens erreicht hatten. Er rief seine Frau an, die auch prompt ans Telefon ging.

»Na, fertig mit ‚*Arbeiten*‘?«, fragte sie spitzfindig.

»Wann hat das mit uns beiden begonnen?«

»Bist du betrunken?«

»Ich meine, wann hat das begonnen, auseinander zu gehen? Was war der Auslöser?« Artzinger blickte verstohlen auf die Straße.

»Sitzt du in einem Auto?«, fragte sie.

»Ja, zusammen mit einem gewissen Herrn Artzinger. Er fährt.«

»Also doch betrunken.«

»Nein, es ist sein Auto.«

»Wohin bist du denn unterwegs?«

»Nicola, du weichst mir aus.«

»Hansen, bitte. Was soll das?«

»Ich will einfach wissen, warum du unsere Beziehung wegen diesem Idioten hier aufs Spiel gesetzt hast.« Mit einer abwertenden Handbewegung zeigte er auf Artzinger.

»*Wegen WEM?*«, sagten sie zeitgleich.

Artzinger bremste daraufhin so abrupt, dass Hansen die Hände vors Gesicht riss, weil er glaubte, die Airbags würden jeden Augenblick losgehen.

Jetzt starrte Artzinger argwöhnisch Hansen an: »Ich glaube, du solltest dich mal von Grund auf checken lassen. Irgendwas stimmt nicht mit dir!«

Und Hansens Frau ergänzte aus dem Hörer: »Wenn du es genau wissen willst, wann es losging: Schau in den Spiegel, Hansen und verrate mir, wann du begonnen hast, dich zu hassen.« Sie legte auf, wandte sich an ihr Gegenüber: »Ich glaube, er ist auf dem Weg zu uns. Wir sollten uns darauf gefasst machen, dass es knallt.«

»Damit hatte ich gerechnet«, antwortete die Stimme in einem besonders freundlichen Ton.

»Hansen, du bist so seltendämlich. Ich habe doch nichts mit deiner Frau! Gott nochmal!« Artzinger war entsetzt darüber, dass Hansen überhaupt auch nur der Gedanke daran gekommen war.

»Das weiß ich jetzt auch.«

»Hattest du mich wirklich im Verdacht?« Er konnte es immer noch nicht fassen.

»War blöd, sorry. Meine Tochter sprach von einem Typen im ‚feinen Anzug‘ und … und da hab ich dich … im Smoking … und dann …« Hansen unterbrach sich. Bilder schossen ihm in einer wilden Abfolge durch den Kopf. Es fühlte sich an wie ein fehlgeleitetes Feuerwerk. Er klatschte sich mit der flachen Hand an die Stirn. Reset. *Das ist es!*

»Los, gib Gas, Artzinger! Bei mir zu Hause ist gerade ein großes Happening im Gange … und ich weiß jetzt, wer mit von der Partie ist.«

40

Schlussredaktion 21.19 Uhr

Trockene Pasten, vor allem aber Babytücher sind eine Allzweckwaffe für jede Art von Fleck. Seien es Rotweinflecken auf Holz oder Opas Hose, Rostflecken am Kaminbesteck, klebriger Saft auf Autositzen, Haustierflegeleien im langhaarigen Flor. Ganz zu schweigen von Rote-Bete-Fingerchen oder der berühmten Spinatnase, für die sie ursprünglich konzipiert wurden. Holger erinnerte sich, ein Paket mit Babytüchern in seinem Schreibtisch aufbewahrt zu haben, für Fälle wie diesen, als es galt, Honigreste aus den Anschlussbuchsen von Patrizias Handy zu kratzen. Er hatte es gleich, hätte er jedem gesagt, der neben ihm gestanden wäre. Aber er war allein im seinem Kellerbüro zugange, wie so oft. Endlich hatte er den Anschluss für das USB-C-Kabel so weit freigelegt, dass er das Gerät an den PC anschließen konnte. Alsbald erschien ein Icon mit einem Logo-Schriftzug auf dem Monitor, das beim Vorlesen Ähnlichkeiten mit dem pfälzischen Ausruf für unbeabsichtigtes Rückwärtsauffahren hatte: Huawei. Holger klickte darauf. Die Bedienoberfläche des Handys wurde nun auf seinem Monitor gespiegelt. Er hatte von Jenny Instruktionen erhalten, nach aktuellen Daten wie Fotos, Videos oder Recorder-Sprachaufnahmen zu schauen. Sofern gefunden, sollte er diese so schnell wie möglich per E-Mail an den CvD-Eingangsordner senden. Holger fand entsprechendes Material. Es war zu viel, um es erst zu sichten. Also öffnete er eine E-Mail und legte die Dateien in den Anhang. Als er auf »Senden« klickte, hatte er zeitgleich Jenny am Festnetztelefon erreicht, um ihr die E-Mail anzukündigen. *Doppelt hält besser, Dein Holger.*

Jenny öffnete die Mail, scrollte sich durch sämtliche Anhänge, rund achtzig Fotografien und Videodateien. Sie war noch immer maßlos enttäuscht und am Boden zerstört wegen der Erkenntnisse aus dem Kalender des Ersten Bürgermeisters, als sie den Anruf ihres Chefredakteurs erhielt.

»Hallo, wo stehen wir?«

»Hallo, Herr Dr. Weiß.« Sie atmete schwer aus. »Es gibt faktisch nichts Neues zum Verkauf. Wir haben deshalb die Eskalation vom roten Teppich größer für die Eins vorgesehen. Einer unserer Fotografen hat ein paar gute Bilder geliefert. Und natürlich haben wir Fotos von der Veranstaltung selbst. Dazu liefen gute Agenturbilder rein. Für den Frühlingsanfang ist ein Störer entworfen und gesetzt. Damit verweisen wir auf die herausnehmbaren Serviceseiten im Innenteil.«

»Das klingt plausibel. Gut. Drucken wir etwa schon?«

»Nein.« Dieses eine Wort irritierte sie sofort, auch weil sie noch eine gute halbe Stunde Zeit gehabt hätte. »Warum ‚etwa‘, Herr Dr. Weiß?«

Er ging nicht darauf ein, sagte stattdessen: »Okay. Dann schießen sie los.«

»Machen wir.«

»Sofort.«

»Sofort, ja.«

»Danke.« Er legte auf.

Sie musste nicht lange in ihren gedanklichen Aufzeichnungen wühlen: Es war das erste Mal, dass sich der Chefredakteur bei ihr bedankt hatte. Jenny stellte sich auf Ihre Ballen und wandte sich der Belegschaft im Großraum zu. Unaufgeregt, aber bestimmend erklärte sie den weiteren Fahrplan: »Es bleibt dabei. Wir fahren die Ausschreitungen vom roten Teppich groß auf der Eins. Den Frühlingsanfang als Störer. Nur im äußersten Notfall gehen wir noch mal auf die Bürgermeistersache zurück. Zum jetzigen Zeitpunkt sehe ich da aber keine Relevanz. Nach Freigabe durchs Lektorat geht's direkt auf die Rolle.« Dann setzte sie sich wieder, verschränkte die Arme und starrte mit leerem Blick auf ihren Bildschirm. »Du kannst mich mal, Herr Hansen«, sagte sie mürrisch.

Daraufhin klingelte wieder das Festnetztelefon.

»Herr Dr. Weiß.«

»Wissen Sie, was das Dumme am Journalismus ist?«

Er hatte Langeweile, eindeutig.

»Was denn, Herr...?«

»Die wahren Schurken erzählen uns nicht, wann sie was im Schilde führen. Wir sind dazu verdonnert, diese Zusammenhänge zu recherchieren, sie gegen alle Widerstände selbst in Erfahrung zu bringen. Koste es, was es wolle. Und wir haben bei unserer Arbeit einen ungemein großen Nachteil: Wir dürfen uns nur legaler Mittel bedienen, sonst geht unsere Glaubwürdigkeit verloren.«

»Ja, das ist ...«

»Hat sich Hansen gemeldet?«

Jenny atmete hörbar ein und wieder aus. Was sollte sie jetzt sagen? Sollte sie ihn verteidigen? Oder ihm den Gnadenstoß versetzen, wie es Bernd Artzinger von ihr verlangt hatte? Gab es einen Mittelweg? Schließlich wogen die Erkenntnisse aus Lichers Kalender schwer. Jenny zauderte. »Ich bin mir nicht sicher, ob Hansen uns in dieser Sache überhaupt helfen will«, antwortete sie schließlich. Weiß schien es geflissentlich überhört zu haben. Also setzte sie nach: »Und von den anderen Kollegen, wie Feldkamp, habe ich noch kein Feedback vorliegen.«

Stille. Was Weiß auszeichnete, war seine unablässige Sachlichkeit. Er wusste, dass Rationalität die einzig verlässliche Beraterin eines guten Journalisten war, nicht Emotionalität. Das ließ ihn mitunter gefühlskälter erscheinen als er tatsächlich war, was ihm nicht gerecht wurde. Denn gerade er war der Mann der filigranen Zwischentöne. »Wo ist Hansen jetzt?«

Jenny war wieder irritiert. *Ist der Alte schwerhörig? Hansen ist RAUS!* »Er ist zusammen mit Artzinger auf dem Weg zu sich nach Hause. Hansen hatte einen Tipp bekommen, dass seine Tochter in Gefahr sein könnte.« Dass auch der Erste Bürgermeister dort vermutet wurde und deshalb hinter dieser Gefahr stecken könnte, hielt Jenny für das Beste, zu verschweigen, auch weil es nach ihrem Ermessen völliger Unsinn war. Wieder Stille. Weiß legte sich in Gedanken die Puzzlestücke zurecht. Doch sie wollten nicht so recht ineinandergreifen. Gerade, als er seine bisherige Konstruktion über den Jordan jagen wollte, sagte Jenny etwas, was Weiß zusammenzucken ließ:

»Übrigens, Herr Dr. Weiß. Es war Bankdirektor Mittelstedt von der Privatbank Mittelstedt, der Hansen in den Hinterhalt lockte.«

Sofort war Weiß da. Wie auf Kommando. »Quelle.«

»Hansen und ich.«

»Das sind zwei Quellen.«

»Richtig.«

Er sagte wieder nichts, dachte nach, ohne zu einem überzeugenden Entschluss zu kommen. »Jenny, ich denke fortwährend nach.«

»Das merke ich.«

Nach weiteren langen Augenblicken des Zauderns sagte er schließlich: »Drucken Sie noch nicht.«

Jenny schüttelte den Kopf. Ihr »Was? ... Warum jetzt nicht?« klang schon fast trotzig.

»Nennen Sie es Animus, Bauchgefühl, Vorahnung, von mir aus auch Berufserfahrung. Ich bin mir nicht sicher, ob zum jetzigen Zeitpunkt in dieser Verkaufssache schon alles Wissenswerte auf dem Tisch liegt. Die Zeichen sind andere. Da kommt noch was.«

»Aber Herr Dr. Weiß! Mit Blick auf die Uhr! Wollen wir dieses Thema nicht lieber morgen mitnehmen?« Tiefer hätte sie den Stachel ins Fleisch von Hansen nicht rammen können.

Das blieb auch Weiß nicht unbemerkt. Jenny hatte vergessen, dass der Alte und Hansen sich ziemlich ähnlich waren. Die Standpauke folgte auf dem Fuß und forderte ihre Konsequenzen: »Liebe Frau Filtz. Wissentlich etwas auszulassen von dem, das aber dringend gesagt werden muss – das in etwa entspricht der Todsünde unseres Standes. Und sie greift immer mehr um sich, weil Journalisten ihre hehre Aufgabe nicht mehr im Vordergrund ihres Schaffens sehen, sondern vielmehr einem Zeitgeist-Opportunismus verfallen sind, auf dem ihre sogenannte Karriere zunehmend beruht.« Der saß und er tat weh.

Jenny schluckte und fühlte sich genötigt, zu antworten: »Oh, das ist aber ...« Vielmehr brachte sie nicht heraus. Sie hatte Herrn Dr. Weiß am Telefon, von dem sie eben noch überzeugt war, dass sein Gehörgang nicht richtig funktionierte. Jetzt konnte sie sich seiner ganzen Aufmerksamkeit sicher sein.

»Wie ich hörte, orientieren Sie sich beruflich um«, bemerkte er nüchtern. Er ließ ihr ein paar Sekunden Zeit. Davon auszugehen, dass ihr im Geheimen geplanter Jobwechsel von diesem Mann unbemerkt bleiben sollte, gerade in den Medien, deren Business es war, Neues zu erfahren – *Wie naiv bin ich eigentlich, das zu glauben?*, dachte sie. »Was halten Sie davon, wenn ich Ihnen entgegenkomme?«, fragte Weiß, und es mutete gönnerhaft an.

»Wie meinen Sie das?«

»Wenn die heutige Ausgabe im Druck ist, gehen Sie rüber ins ‚Journal‘ und feiern mit den Kollegen ihren Ausstand. Morgen Mittag schauen Sie dann noch mal rein, um Ihre persönlichen Dinge abzuholen. Dann beginnt ihr Resturlaub. Den haben Sie sich redlich verdient. Das meine ich so, wie ich es sage. Und jetzt«, er pausierte, als würde er abwägen, was er am besten sagen sollte, »machen wir unseren Job, Frau Filtz.« Er legte auf.

Jenny war baff. Wurde sie gerade von einem Bulldozer überfahren, freundlich zur Tür geleitet und hatte währenddessen einen mächtigen Tritt in den Allerwertesten abbekommen? Sie musste an ihren Vater denken, der ihr einmal mitgab, dass das Kegeln mit älteren Herren dann keinen Spaß mehr bereiten würde, wenn sie aufhörten, in der Anwesenheit jüngerer Damen ihre Plauzen einzuziehen. Diesen Zeitpunkt hatte sie in der »Allgemeinen« überschritten, ganz eindeutig.

41

Schlussredaktion 21.24 Uhr

Taxifahrer haben generöse Fahrgäste äußerst gern. Feldkamp hielt seinem Kutscher schon einen Zwanziger entgegen, bevor dieser den Wagen endgültig zum Stehen gebracht hatte. Ohne auf Wechselgeld oder eine Quittung zu warten, rief er noch ein »Stimmt so« hinterher und warf die Tür zu. Kurz darauf rannte er die schmalen Treppenstufen am Portal des ehrwürdigen »Verlagshaus Von Brand« am Zirkusweg hinauf, winkte dem überrascht dreinblickenden Nachtportier zu, übersprang das Sicherheitsdrehkreuz, was den Portier seinen Tee verschütten ließ. Dann rannte er in Richtung Aufzüge.

Holger hatte inzwischen alles erledigt. Die anderen Handys, die nicht Patrizia zuzuordnen waren, hatte er für die Polizei in eine Plastikschale gelegt. Sie würden der Dienststelle am nächsten Tag zurückgegeben werden in der Hoffnung, dass sich ihre Besitzer auch ausfindig machen ließen. Holger war noch etwas Zeit geblieben, bevor seine Straßenbahn gefahren wäre. So rief er ein paar der Datenanhänge von Praktikantin Patrizia auf. Nicht, dass er neugierig gewesen wäre. Es interessierte ihn der Umstand, warum die Polizei eingeschaltet wurde, um dieses Handy sicherzustellen. Nach einem schnellen ersten Überblick über die Dateien konnte er den Grund darin nicht erkennen. Aber hey, was wusste er schon ... Ein gutes Auge für die

Fotografie hatte die junge Frau, das war selbst Holger aufgefallen. Er wollte, bevor es nun für ihn nach Hause ging, noch einmal schnell im Zwölften vorbeischauen, um dort ‚Auf Wiedersehen‘ zu sagen. Deshalb löschte er alle Lichter im Verschlag und begab sich zu den Aufzügen.

Feldkamp stürzte fast in das Großraumbüro. Er riss seine Tasche auf, griff nach einem Stapel Papiere, steuerte auf den großen Tisch zu, an dem Jenny gedankenverloren in seine Richtung blickte. Erst jetzt bemerkte sie ihn, sein wuchtiges Vorpreschen erschien ihr wie in Zeitlupe. Was er dann sagte, klang für sie so zeitentzerrt, als hätte sie gegen die Nachwirkungen eines Schwarzen Afghanen anzukämpfen. »Stopp!«, brüllte Feldkamp in den Raum. Alle Kollegen starrten in seine Richtung. »Stoppt die Maschinen«, setzte er nach. »Stoppt die Druckmaschinen!«

Dann kam er an dem Tisch vor Jenny zum Stehen, beugte sich zu ihr vor und ließ die Papiere auf die Platte knallen. Er war völlig außer Atem, schnappte nach Luft, während Jenny ihn mit einem Blick ansah, als würde sie darüber nachdenken, ob sie ihn kennt. Feldkamp atmete wie nach einem Marathon, schwitzte. »Es hat überhaupt keinen Verkauf gegeben«, brachte er noch heraus, bevor er sich völlig entkräftet in einen der Bürostühle fallen ließ.

Holger trudelte irgendwann hinter Feldkamp in das Großraumbüro, bemerkte die fast ausgelassene, losgelöste Stimmung dort. Was er als solches empfand, war viel mehr der hitzigen Debatte zwischen Jenny und den Ressortleitern geschuldet, ob man nun weiter an dem eben verkündeten Fahrplan festhalten wollte oder eben nicht. Martin Feldkamp, wieder zu Kräften gekommen, brachte sich ein. Seiner Meinung nach war die Story schon deshalb eine, weil sich Hansens ständiger Vorwurf in Richtung Longhato aufgrund der von ihm hergebrachten Unterlagen nicht länger aufrecht halten ließ. »Das war alles Blödsinn, was Hansen da geschrieben hat«, zischte er. Und es war ihm eine Genugtuung, seinem gönnerhaften Mentor eins mitzugeben.

Jenny schüttelte den Kopf. Was Feldkamp ihrer Meinung nach nicht sah: Ein Zurückrudern in der Berichterstattung, ausgerechtet *zugunsten* Longhatos, hätte auch bedeutet, dass die »Allgemeine« ihren Lesern irgendwie weismachen müsse, sie in den vergangenen Wochen in die Irre geführt zu haben. »Das hätte dann ja wirklich nichts mehr mit journalistischer Arbeit zu tun«, fasste sie ihre Gedanken zusammen.

»Tja«, sagte Feldkamp trocken triumphierend, »diesen Schuh muss Hansen sich eben anziehen.«

»Falsch«, entgegnete Jenny gereizt, »das betrifft uns alle. Da hätten wir alle geschlampt, inklusive des Alten. Und was für Namen sind das eigentlich dort in deinen Papieren?«

Jenny setzte sich wieder an den Tisch und blätterte durch die Unterlagen, die Feldkamp als Kopien aus dem Rathaus mitgebracht hatte. Dabei bemerkte sie, dass ganz andere Akteure auf dem Tableau standen.

»Und attraktive dazu«, bemerkte Holger aus dem Off. Er stellte sich näher an einem Teller mit Keksen, die von der letzten Redaktionskonferenz übriggeblieben waren. Nach einem kurzen prüfenden Blick griff er nach einem länglichen Keks in rundlich gebackener Form, steckte zunächst prüfend seine Zunge durch das kleine Loch, bevor er hineinbiss.

»Wie meinst du das, Holger?« Jenny verschränkte ihre Arme und sah erwartungsvoll in seine Richtung, während er gerade unbewusst seinen Standort mit einem Kranz aus feinen Kekskrümeln markierte.

»Na«, stammelte er, »die Bilder, die Patrizia vom Filmball gemacht hat. Schöne Aufnahmen. Bisschen verwackelt, aber gut.«

Jenny wusste noch immer nicht, was er meinte. Sie kannte Patrizias Aufnahmen, erinnerte sich nicht daran, darauf jemand »Attraktives« gesehen zu haben. »Kannst du konkreter werden, was du mit ‚attraktiv‘ meinst?«, fragte sie.

Holger blickte genervt. Schon bereute er seinen Einwurf. Er drehte mit der Hand in der Luft. »Da war doch diese eine Frau. Die hatte ich vorher noch nicht beim Licher gesehen. Deshalb sprach ich von einer attraktiven Akteurin. Das sollte nicht despektierlich klingen.«

Jenny drehte sich blitzartig an den Arbeitsplatz, widmete sich den E-Mail-Anhängen. Sie klickte sich noch mal durch die Bilder, die Holger ihr zuvor zugesendet hatte. Dann drückte sie auf einen Knopf an ihrem Rechner, den die Bildschirmoberfläche mit einem der Großbildmonitore über den Köpfen der Redakteure verband. Nun hatten auch die Kollegen einen Blick auf Jennys digitalen Arbeitsplatz.

Sie aktivierte eine Art Diashow und blätterte sich durch die Fotos, die Praktikantin Patrizia am Abend mit ihrem Handy aufgenommen hatte.

»Ich kann nichts erkennen«, sagte sie nach dem ersten halben Dutzend. »Wen meinst du, Holger?«

»Ach, vielleicht ist das auch gar nicht so wichtig«, kam es von ihm.

»Auf welchem Foto, Holger?«

Er sah hoch zum Monitor, auf dem gerade Bilder zu sehen waren, die die zerbrochene Glasscheibe des Café Amsterdam zeigten. »Es dauert noch ein Weilchen«, antwortete er. »Geht erst los, wenn der Erste Bürgermeister in Erscheinung tritt.«

Jenny klickte sich weiter durch die Bilder, hatte dann das erste mit Lichers Limousine aufgerufen. Bestätigendes Gemurmel und Fingerzeige aus dem Rondell der Redaktion. Licher stieg aus dem Auto, auf einem weiteren Bild schrieb er tatsächlich grinsend ein Autogramm. Solche Fotos hatte auch der junge Fotokollege mitgebracht. Daran war nichts Außergewöhnliches. Dann bewegte sich Licher in Richtung des Eingangs zum Filmball, war nur noch mit seinem Rücken zu sehen. Das nächste Bild zeigte eine verschwommene Luft-, Himmel-, oder Zeltdachaufnahme. Es musste in dem Augenblick ausgelöst worden sein, als Patrizia den Schubs bekam, der sie das Smartphone aus den Händen verlieren ließ. Von einer Frau, oder gar einer attraktiven, war auf den Bildern nichts zu sehen.

»Holger, wen willst du da gesehen haben? Das stimmt doch gar nicht!« Jenny ließ sich enttäuscht auf ihren Stuhl fallen.

Der Systemadministrator hatte in der Zwischenzeit zwei mit Schokolade überzogene Keks-Brezn gegriffen und sie sich zeitgleich in den Mund gesteckt. Seine Antwort fiel entsprechend hamstermäßig aus.

»War aber doch da! Geh noch mal eins zurück.« Er zeigte auf den Monitor und stammelte ein »Stopp« in dem Augenblick, in dem Licher mit dem Rücken im Bild zu sehen war. »Das ist es«, sagte Holger.

»Holger!«

»Ich finde sie attraktiv. Ist aber sicher auch Geschmackssache.«

»*Wen meinst du*?« Jenny stierte auf ihren Monitor und auf Lichers Rücken konnte nichts und niemanden auf dem Foto erk... Dann erschrak sie. Sie griff nach der Lesebrille in ihren Haaren, zog sie hinunter auf die Nase. Weiter hinten, dem Fluchtwinkel des Bildes folgend, tief in der Halle, in der der Filmball stattfand, dort stehend, unscheinbar im Dunkeln, fast unsichtbar, bemerkte Jenny blonde Haare, die nur ganz leicht aus der sie umgebenden Dunkelheit aufblitzten. Sie vergrößerte den Ausschnitt des Bildes, und ließ mit einem Mal eine Frau erkennen, die in einem umwerfenden Abendkleid, einer farblich passenden Clutch und einem überfreundlichen Lächeln im Gesicht auf die Ankunft des Ersten Bürgermeisters zu warten schien.

Jenny hielt die Luft an, und starrte ungläubig auf den Bildschirm. Wortlos und wie geschockt stand sie auf, blickte auf den Monitor über den Köpfen der Kollegen, so als würde sie sich vergewissern wollen, ob die anderen es auch sehen konnten.

»Das kann doch nicht wahr sein!«, wisperte sie mit Entsetzen in der Stimme. Sie tippte auf den Monitor: »Das ... das da ist Nicola Hansen!«, sagte sie und wandte sich an Holger. »N. Hansen aus dem Kalender des Bürgermeisters.«

Jenny griff zum Telefon und drückte auf die Kurzwahltaste für die Nummer von Chefredakteur Dr. Weiß. Es gab einiges, das sie ins rechte Licht rücken musste. Nicht nur in der Causa Hansen.

42

Erst parkte Artzinger seine E-Klasse halbschräg hinter den Autos, die auf Stellflächen seitlich des Reihenhauses der Hansens abgestellt waren. Er blockierte eines und stand zur Hälfte auf dem Bürgersteig. Dann wägte er ab und kam zu dem Entschluss, dass es niemanden interessieren dürfte. In so einer Babyrassel-Gegend, ging es ihm durch den Kopf, rechnete um diese Uhrzeit sowieso niemand mehr mit Verkehr. Dann musste er schmunzeln. *Weder auf der Straße noch in den Häusern.*

Hansen sprang aus dem Wagen. Er ging an einer Limousine vorbei, in der ein Fahrer zu warten schien. Als der Fahrer ihn bemerkte, kam er hastig hinter dem Lenkrad hervor.

»Kann ich Ihnen helfen?«, fragte er Hansen.

»Wie lange sind Sie schon hier?«, wollte Hansen wissen. Artzinger schloss zu ihnen auf.

»Das geht Sie gar nichts an«, meinte der Fahrer.

»Ach, nein?« *Falsche Antwort.* Hansen stürzte auf ihn zu. Artzinger hatte jede Mühe, ihn davon abzuhalten, eine Dummheit zu begehen. »Runter von meinem Grundstück!«, brüllte Hansen.

»Bitte?« Der Fahrer blieb gefasst und stehen.

»Beweg deine Scheißkarre von meinem Grund, bevor ich die Cops rufe und dich abschleppen lasse.«

»Haben Sie eine Ahnung, wen ich fahre?«

»Hm, warten Sie«, Hansen, emotional fest im Sattel, »das macht es für die Polizei nicht einfacher, wenn ihr

Dienstherr vor ihnen steht, richtig?« *Dieser halsbrecherische Familien-Zampano!*

Der Fahrer blickte konzentriert auf Hansen. Offensichtlich wusste der Mann, der ihm da gegenüberstand, wen er fuhr. Und außerdem hatte er schon den einen oder anderen gehörnten Ehemann erlebt und Mitleid mit ihnen. Er spürte, dass es besser war, hier klein bei zu geben. Deshalb nickte er nur kurz und setzte sich wieder hinter das Steuer. Kurz darauf ließ er den Motor an und bugsierte den Wagen zurück auf die Straße. Zunächst blieb er mitten auf der Straße stehen, sah sich dann nach einem geeigneten Stellplatz um – in einem Reihenhausviertel mit all den SUVs und Kombis kein leichtes Unterfangen. Artzinger ging noch mal zu seinem Auto zurück und parkte den Wagen um.

Hansen stürzte indes auf die Haustür zu, hatte sie im Nu geöffnet, und stand im Flur seines Hauses, direkt vor Nicola.

»Wo ist der Scheißkerl?«

»Hansen, beruhig dich. Es ist alles in Ordnung. Bitte lass mich erklären.« Sie versuchte, sein Gesicht in ihre Hände zu bringen.

Er schlug ihre Hände weg, vielleicht etwas zu harsch. »Nichts ist in Ordnung! Wo ist Tessa?« Nicola stellte sich ihm in den Weg zum Wohnzimmer.

»Sie ist oben, in ihrem Zimmer.«

Hansen versuchte, an ihr vorbei ins Wohnzimmer zu gelangen. Sie stellte sich ihm in den Weg, weswegen er sie beiseiteschob. Dabei verlor sie das Gleichgewicht, fing sich, stieß aber mit der Hüfte an die Kante eines Highboards und schrie kurz auf. Hansen wollte ihr helfen, sich irgendwie entschuldigen, als sie ihn mit aller Wucht ohrfeigte.

»Du beschissener Arsch!«, brüllte sie. Dann zog sie wutentbrannt an ihm vorbei ins Wohnzimmer.

Hansen war kurz irritiert, folgte ihr mit schnellen Schritten. »Nicola«, rief er, »nun warte doch!«

Wie vom Blitz getroffen blieb er im Türrahmen stehen. Er starrte abwechselnd in die Gesichter derer, die sich da in seinem Wohnzimmer befanden. Sein Handy begann zu brummen. Niemand wollte sprechen. Das Handy brummte weiter. Wie in Trance wischte er über den grünen Hörer, und hielt sich das Gerät ans Ohr.

»Hansen, danke dass du rangehst. Es tut mir so unsagbar leid, was ich eben zu dir gesagt habe.«

»Ist schon gut, Jenny.«

»Nein, wirklich. Ich meine es ernst. Holger und ich hatten uns in den Kalender von Licher eingehackt und sind über einen Eintrag ‚N. Hansen‘ gestolpert. Ich dachte, du hättest einen Termin mit ihm gehabt und hast uns die ganze Zeit an der Nase herumgeführt.«

»Nein, hatte ich nicht.«

»Das stimmt. Es war deine Frau, Hansen! Nicola! Wir haben ein Foto gefunden. Vom Filmball. Ich glaube, sie haben sich dort getroffen, Hansen. Sie sind wohl zusammen dort gewesen. So quasi als Paar.«

»Okay«, antwortete er knapp und hörte, dass Jenny schluchzte. »Ich muss jetzt auflegen, Jen.« Er verstaute das Handy und blickte in den Raum.

»Hallo, Hansen. Bitte setz dich«, sagte die ihm vertraute Stimme und wies auf einen freien Platz auf der Wohnzimmergarnitur.

43

Regelrecht benommen folgte er der Aufforderung und setzte sich. Denn er war am Ende. Dieser Tag und erst recht dieser Abend hatten alles an Kraft von ihm abverlangt, was er zu geben imstande war. Und in diesem Augenblick schienen auch die letzten Reserven aufgebraucht. Er verspürte den inneren Drang, den fremden Menschen in seinem Wohnzimmer den Weg zur Tür zu weisen, sie einfach hinauszuschieben, um alsbald nach oben ins Schlafzimmer zu verschwinden. Wie gerne hätte er sich nur hingelegt ... die Augen geschlossen ... nur kurz etwas gedöst ...

»Papa!« Die Kleine holte ihn zurück in die Wirklichkeit. Sie war so schnell im Raum und vor ihm gestanden, dass es ihm nicht gelang, sich aufzurichten. Tessa sprang ihrem Vater enthusiastisch auf den Schoß, drückte ihn innig. Ihr ging es augenscheinlich gut. *Doch noch rechtzeitig,* dachte Hansen. Er fühlte nichts anderes als tiefes Glück.

»Wie geht es dir, Kleines?« Er herzte sie, und drückte sie noch fester an sich. Die Dankbarkeit, dass seinem Schatz nichts zugestoßen war, durchdrang ihn wie pure Energie. Seine Akkus luden auf.

»Mir geht's super«, antwortete sie in dieser unermüdlichen, kindlichen Euphorie. Ihre mittellangen Locken hüpften freudig um ihr Gesicht. »Ganz schön was los hier, oder?«

»Ganz schön was los hier«, antwortete er, blickte dabei in die Gesichter der anderen und bemerkte, dass jetzt die Zeit gekommen war für klare Worte. »Magst du uns noch mal kurz allein lassen?«, fragte er Tessa.

»Papa! Jetzt, wo es spannend wird.«

»Ja. Genau jetzt.« Er erhob sich mit Tessa auf dem Arm aus dem Sofa heraus, einfach so. *Mister Hunderttausend Volt.* Dann stellte er sie neben sich auf die Füße, sagte: »Gerade, weil es jetzt spannend wird. Und auch ein bisschen eklig.« Er schob noch ein »Bitte« hinterher und dann: »Mach die Musik in deinem Zimmer so laut, als würdest du mit deiner Freundin ‚The Voice‘ nachspielen.«

»Ehrlich? Um diese Uhrzeit?«

»Ehrlich. Du hast alles recht, ne Party zu feiern.«

Sie verließ das Wohnzimmer und schloss die Tür hinter sich.

Wie auf Kommando begann Longhato zu husten. Er saß in einem Sessel, der dem ausgeschalteten Fernseher zugewandt war, Hansens Sessel. Sitzend stütze er sich auf einen Spazierstock, der wie ein Insigne der Macht anmutete. Der Husten war deutlich heftiger als bei ihrer ersten Begegnung vor einigen Stunden im Krankenhaus. Es stand wohl tatsächlich nicht gut um ihn. Aber so schlecht auch wieder nicht, sonst wäre er ja nicht dort gewesen. Wieder wies er Hansen mit einer ausladenden Handbewegung den Sitzplatz auf der Garnitur zu.

»Danke«, sagte Hansen hart, »ich stehe lieber.«

»Dann muss ich aber in einer Tour zu dir aufsehen«, entgegnete Longhato.

»Daran musst du dich gewöhnen.« Hansen, *letzter derer von Targaryen.*

»Du hast keinen blassen Schimmer, was ich hier in deinem Haus mache, richtig?« Longhato musste lächeln, denn in Hansens Augen konnte er erkennen, dass der Hausherr noch immer beim Puzzlespiel war.

»Wie sollen wir es denn deiner Meinung nach nicht nennen, Longhato? Hm? *Nicht* verhinderte Kindesentführung?«

»Stimmt.«

»Du warst also nur zufällig in der Gegend und wolltest alte Freunde besuchen.«

»Hansen, ob du es hören willst, oder nicht. Ob du es *glauben* willst, oder nicht. Ich bin hier zum Schutz *deiner* Familie, Du Kackbratze.« Longhato bohrte sich mit seinem Blick förmlich in Hansens Gehirn.

»Zum Schutz.«

»Richtig.«

»Wovor sollen die denn geschützt werden, wenn nicht vor dir?«, fragte Hansen.

»Vor ihm.« Jetzt zeigte Longhato mit seinem Spazierstock auf den Ersten Bürgermeister Jens Licher, der schweigend auf dem Ottomanen saß. Der riss erschrocken seine Augen auf, sagte aber nichts.

Longhatos Stock wanderte weiter zu Nicola, die auf der Lehne des Sofas nahe Licher Platz genommen hatte. »Dieser Trottel hat nämlich was mit deiner Frau.«

Es fühlte sich in etwa so an, als hätte Mike Tyson gerade an der Tür geklingelt und nicht etwa freundlich nach Salz gefragt, sondern ohne Vorwarnung den berühmten Körperhaken aus seinem Titelkampf gegen Larry Holmes demonstriert. Hansen musste sich setzen und meinte, jemand in weiter Ferne hätte begonnen, ihn anzuzählen.

»Schon lange, Hansen. Die anderen wussten es. Ich wusste es auch. Im Grunde wussten es alle, selbst deine Tochter. Nur einer wollte es nicht wahrhaben.« Da kam Artzinger zur Tür rein. »Der wusste es auch«, sagte Longhato, »wobei der sich besser raushält mit seiner Frauenkenntnis.«

»Ich wusste *was*?«, fragte Artzinger.

»Vergiss es«, harschten ihn Hansen und Longhato simultan an, woraufhin Longhato einen Hustenanfall bekam. Als er sich wieder beruhigte, nahm er wieder das Reden auf: »Als die anderen Geschäftsfreunde herausbekamen, dass deine Frau etwas mit diesem Klappspaten laufen hat, erpressten sie ihn damit. Sie drohten ihm, deine Tochter zu entführen, wenn er nicht endlich diesen bescheuerten zweiten Kaufvertrag unterzeichnen würde. Denn nach dem öffentlichen Druck, ausgelöst durch einen gewissen Herrn Hansen, hatte er sich plötzlich geweigert, der feine Herr. Und was macht er?« Longhato wandte sich an Licher. »Was macht ein Mann mit Nüssen, die jedes Eichhörnchen selbst im kältesten Winter übersehen würde, hm?« Dann wieder an Hansen. »Warnt deine Frau. Ausgerechnet.«

Hansen starrte sie ungläubig an.

»Und was macht die Gute?«, fragte Longhato, und die Tonlage ließ vermuten, dass er auch diese Antwort kannte. »Kommt damit zu mir. Und bevor du dich fragst, warum – weil sie dir nichts zutraut.«

Hansen schüttelte den Kopf, aber auch Licher, wie er bemerkte. »Wer sind *die*, Longhato, wenn es nicht du bist?«, wollte Hansen wissen. Er würde dem Italiener wohl selbst dann nicht über den Weg trauen, wenn sein Leben davon abhinge.

»Ich? Junge! Ich bin von einem anderen Schlag. Zufrieden mit dem, was ich habe.« Er hustete. »Denen ist aber die Welt nicht genug. Die wollen immer mehr.« Er hustete wieder, heftiger. »Ich hab nicht mehr viel zu verlieren. Das Leben ist endlich, wie ich feststellen muss. Aber ich bin dankbar für das, was ich erleben durfte. Deshalb erkläre ich den morgigen Frühlingsanfang zu einem verspäteten Weihnachten.« Er schnippte mit dem Finger und ließ sich von einem Mann, der bisher unscheinbar an der Seite stand, einen Briefumschlag reichen.

»Heute ist Geschenketag, Hansen. Auch wenn der Weihnachtsmann sagte, dass du im letzten Jahr ein ziemliches Arschloch warst.« Longhato warf den Umschlag zu Hansen herüber, der ihn auffing. »Ich konnte ihn davon überzeugen, dass selbst du etwas Menschliches an dir hast.«

Hansen überlegte kurz, den Umschlag wegzulegen, doch die journalistische Neugier überwog. Schließlich riss er ihn auf, holte Papiere hervor, durchblätterte sie hastig, gierig.

»Butter bei die Fische. Ganz sicher erzähle ich dir Profi-Schnüffler nichts Neues, wenn ich dir sage, dass die geldgierigen Typen im Hintergrund alle gleichberechtigte Partner der ‚Gecko Real Estate Holding International‘ sind, ein Unternehmen mit Sitz auf den Jungferninseln. Da hattest du mal echt den richtigen Riecher, Hansen.«

Der Reporter sah auf, starrte Longhato an und sein Gesicht bekam diesen Wusste-ichs-doch-Ausdruck.

»Ohne langes Rumfackeln schnappen die sich der Reihe nach öffentliche Unternehmen mit Pensionskassen, die so fett sind wie der Arsch von Adele«, sagte Longhato. »Und dann werden die Dinger leergelutscht, ausgesaugt, wie es die kleine ... «

»Ich hab's begriffen, Longato.«

»*Gecko*, was fürn Scheißname. Vermutlich sind die Vollhonks Fans von diesem Film aus den Achtzigern.«

»Wer sind die Geckos?«

»Das würdest du gerne wissen.« Longhato hustete. »Dahinter steckt dein geschätzter Chef.«

Hansen sah von den Papieren auf: »Weiß?«

»Nein, der andere, der sich für die Reinkarnation von Dean Martin hält. Und sein Schwager, dieser Furzpickel von der Bank.«

»Mittelstedt!«

»Digga! Hast du lichte Momente, oder was! Fünf, sechs Typen von der lieben Stadt-Elite, Hansen, Klappstühle wie der da«, abwertend zeigte Longhato auf Licher, »und eine Type mit unaussprechlichem Namen, irgendwas wie Gülle, hat auch was damit zu tun. Aber nur am Rand.«

»Güçlü!«

»Ja, könnte sein.«

»Das ist ja unfassbar«, erwiderte Hansen und sah zu Artzinger, »deshalb hat die ‚Blitz' auch nie darüber berichtet! Diese verlogene Sackratte!« Dann wandte er sich wieder an Longhato. »Und du? Du hast damit überhaupt nichts zu tun? Bist also keiner dieser Geckos, mit ihren kleinen klebrigen Saugnäpfen?«

»Damit wir uns nicht missverstehen, Hansen. Gegen ein gutes Geschäft habe ich nichts einzuwenden ... etwas Benetzen hier und dort ... aber es muss sauber sein, nichts, das zulasten irgendwelcher Rentner läuft oder sonst irgendwen in die Pfanne haut. Ich hatte auch mal Eltern, verstehst du.«

»Quatsch, in echt?«

»Ja, in echt. Ich war in dem Palast von diesem Brand, bei einer Konferenz mit dem Banker. Ich könnte jetzt stundenlang von dem geschmacklosen Kitsch reden, den er da in seinem Wohnzimmer rumstehen hat. Der hässliche Tresen, dieses grottige Gemälde von Winnetou und diesem Leder-Typen, wie aus einer Schwulenbar. Selbst in der schlimmsten Höhle auf'm Kiez würde man sich so was nicht an die Wand nageln!«

»Du schweifst ab, Longhato.«

»Die jedenfalls stecken hinter alledem. Am Anfang hatte ich hier und dort noch etwas Hilfe geleistet, wie man es unter Freunden so macht. Aber nicht mehr.«

»*Unter Freunden*.«

»Ja, und? Kannst du für deine Freunde die Hand ins Feuer legen, Hansen? Hast du überhaupt Freunde?« Longhato bekam keine Antwort. »Sie waren es auch, die dir unbedingt die freundlichen Jungs auf den Hals schicken wollten.«

»Ach ja, die Jungs. Hatte ich fast vergessen.« Hansen fuhr sich mit dem Finger entlang seines lädierten Auges. »Du weißt nicht zufällig, wo ich die finden kann?«, fragte er.

Longhato machte eine Kopfbewegung in Richtung des Vorgartens.

»Ui! Hoffentlich tief genug«, bemerkte Hansen, »wir haben hier nämlich ein Grundwasserproblem.«

»Blödmann«, zischte Longhato und deutete mit dem Spazierstock präziser in die gewollte Richtung. »Einer von denen wartet unter deiner Treppe auf eine Mitfahrgelegenheit.«

Hansen schaute Longhato ungläubig an. Er stand vom Sofa auf, ging an Artzinger, Licher und seiner Frau vorbei in den Flur zurück, öffnete vorsichtig die Tür zur Kammer unterhalb der Treppe ins Obergeschoss, machte Licht. Dort stand tatsächlich einer der beiden Schläger, die ihn überwältigt hatten, zwischen zwei Paar Skiern und dem Staubsauger, fachmännisch gefesselt, geknebelt und abholbereit. Es war der Beifahrer, der ihm die Packung mit Taschentüchern an den Kopf geworfen hatte. Hansen meinte, dass er sie noch immer bei sich haben musste. Er griff in seine Manteltasche. Tatsächlich brachte er sie zum Vorschein, steckte sie dem verdutzt dreinblickenden Typen in die Sakkotasche.

»Mit bestem Dank zurück«, sagte er, löschte das Licht und schloss unter dem Protest des Mannes wieder die Tür. Zurück im Wohnzimmer fragte Hansen: »Wo ist denn der andere?«

»Keine Ahnung«, antwortete Longhato knapp, »nie gesehen. Kannst du auch nicht weiterhelfen, Matteo, oder?« Er wandte sich an den Mann, der ihm zuvor den

Umschlag reichte. Erst jetzt bemerkte Hansen den Typen, starrte ihn an, bemerkte den fetten Klunker an seiner Hand. *Pax.*

»Nein, Boss. Keine Ahnung, von wem du sprichst«, antwortete Matteo teilnahmslos.

Bevor Hansen etwas sagen konnte, fuhr Longhato ihn an. »Schon blöd, wenn man nicht alles aufgeklärt kriegt. Habe ich nicht recht, Hansen?«

Hansen schwieg, dachte nach, wog ab. Er wusste seine Tochter in Sicherheit, das war das Wichtigste. Alles andere an diesem Abend waren Verletzungen unter Erwachsenen. Damit sollten sie zurechtkommen, so übel es auch aussah. Und ob er wollte oder nicht, aber er stand in Longhatos Schuld. Was auch immer ihn dazu bewogen haben musste, sich für ihn einzusetzen, gerade in dieser Situation, in der er sich befand. Er hatte es getan und Hansens Familie beschützt. Und, wenn er es sich recht überlegte: Die Prügel hatte Hansen schon deshalb verdient, weil er offensichtlich als Einziger nichts von der Affäre seiner Frau mit diesem Waschlappen von Bürgermeister mitbekommen hatte. Er sah noch einmal zu seinem Peiniger Matteo herüber, dann murrte er und nickte Longhato zu. »Kann schon sein«, hörte er seine Zunge sagen.

»Ich will dich nicht länger als nötig belästigen. Ihr habt sicher noch ne Menge zu bequatschen«, sagte Longhato und lächelte in Richtung Hansens Frau Nicola, die ungeniert die Nähe zu Licher suchte. Dann half ihm Matteo aus dem Sessel und die beiden begaben sich zur Tür.

»Eins noch, Hansen«, stoppte Longhato. »Du wärst ein Guter, wenn du dir nicht ständig selbst im Weg stehen würdest.«

»Mhm.«

»Lass es dir von jemandem gesagt sein, der so etwas beurteilen kann.«

»Zur Kenntnis genommen, Longhato.«

»Und lass meinen Namen aus der Zeitung.«

»Gib mir keinen Anlass, ihn reinzunehmen.«

»Habe ich das jemals?«, fragte Longhato und ein Lächeln huschte ihm über das Gesicht. Er stützte sich schwer auf seinen Stock, zog langsam aus dem Haus hinaus.

Hansen stand auf und begleitete ihn zur Tür. »Warum hast du uns geholfen, Longhato? Mir geholfen? Ausgerechnet mir?«, wollte er wissen.

Longhato blieb stehen, drehte sich, lächelte ihn an, hamburgisch schief, aber ehrlich. »Ich hab ein Herz für Kinder, Hansen. Dafür kann ich nichts. Als ich hörte, dass sie es auf deine Tochter abgesehen hatten, war für mich klar, dass ich eingreifen musste. So etwas dulde ich nicht. Als dann deine Frau um Hilfe fragte, wusste ich, wie ernst es ist.« Matteo half ihm beim Einsteigen in die Limousine. Dann setzte er sich hinters Steuer. Kurz darauf waren sie verschwunden.

Hansen ging ins Wohnzimmer zurück. Nun, da Longhato das Haus verlassen hatte, war Nicola aufgestanden und begab sich wortlos zur Hausbar hinüber, goss sich drei Finger breit Gin in ein Glas. Dann kippte sie den Schnaps in einem Zug pur herab und stellte das Glas krachend ab.

»Was ich nicht begreifen will, Nicola«, begann Hansen, »du vertraust Longhato das Leben unserer Tochter an«, dann zeigte er auf den Ersten Bürgermeister, »...und willst mit dem da durchbrennen. Mister maximale Langeweile. Ich will gar nicht wissen, was er hat, was ich nicht habe.«

»Das ist auch gut so«, antwortete sie so trocken wie der Gin es war. »Es gibt für alles einen Fachmann, Hansen. Das verstehst du nicht.«

»Herr Hansen, die Situation ist völlig aus dem Ruder gelaufen.« *Licher konnte ja reden! Hatte sogar eine nette Stimme.* »Aber ich liebe Ihre Frau. So etwas kann man nicht steuern. Das übermannt einen.« Er zuckte entschuldigend mit den Schultern. *Irgendwie lieb.*

Hansen starrte ihn mit leeren Augen an, sagte dann: »Halt einfach deine Fresse, Licher.« *Hansen, flammender Poetryslammer, im nächsten Leben ganz bestimmt.*

Dann kam Nicola auf Hansen zu: »Lass es uns wie Profis angehen.« Sie streckte ihm die Hand entgegen. »Du gehst jetzt. Nimm ein paar Sachen mit. Wichtige Dinge wie Wechselwäsche, Rasierer, so'n Kram eben, um über die ersten Tage zu kommen. Den Idioten im Besenschrank lass ich abholen. Tessa bleibt hier bei mir, bis sie sich entschieden hat, bei wem sie bleiben will. Ist das fair?«

Erst sagte er nichts, dachte nach, blickte abwechselnd in die Gesichter seiner Frau und in das verunsicherte von Licher. Dann musste er an Tessa denken, an Longhatos Engagement, um sie zu retten. Er wusste es nicht besser, also, erwiderte er ihren Handschlag zum Frieden und sagte knapp: »Okay, du bist die Mutter«.

Es fühlte sich an wie das Natürlichste der Welt, nach all den Jahren seine sieben Sachen zusammenzusuchen und das gemeinsame Haus zu verlassen. Als er mit dem rasch gepackten Seesack wenig später im Flur stand, in dem Nicola und Licher sich bereits eingefunden hatten, wollte ihm in diesem Augenblick nichts Besseres einfallen: Er nahm seine Frau in den Arm, beugte sie leicht nach hinten und küsste sie innig auf den Mund. *Hansen, Reinkarnation der von Amors Pfeilen durchbohrten Seele des Don Juan.* Licher wollte zuerst etwas erwidern, dann stockte er.

»Fein«, sagte sie, als sie sich wieder gelöst hatten.

»Fein«, sagte auch Hansen, wandte sich dann an Licher: »Ich habe dich übrigens nicht gewählt, nur damit du es weißt.«

Sie riefen beide nach ihrer Tochter, so wie an Weihnachten immer. Dieses Mal wartete aber kein frühverrenteter Fettsack mit weißem Klebebart im Hausflur. Hansen nahm Abschied von ihr.

Mit dem Seesack, einem Rasierer, ein paar Kosmetikartikel und zwei Playboy-Ausgaben unterm Arm kam Hansen zurück zum Wagen, in dem Artzinger mit laufendem Motor auf ihn wartete. Hansen wuchtete den Sack und seine Utensilien in den Kofferraum, setzte sich mit Longhatos Briefumschlag auf den Beifahrersitz.

»Und du hast das die ganze Zeit über gewusst?«

»Was?«, fragte Artzinger.

»Das mit Nicola und Licher. Hättest mir ruhig mal was sagen können! Immerhin waren wir beide einmal verwandt, irgendwie.«

»Bräutigam und Trauzeuge sind nicht miteinander verwandt, Hansen. Außerdem hat Nicola mich um absolute Verschwiegenheit gebeten.«

»Nobel, Herr Arschinger. Ich wusste gar nicht, dass man sich auf dich verlassen kann.«

»Das wird der Grund sein, warum ich Pate deiner Tochter bin, oder nicht?« *Aalglatt.* »Wie hat Tessa es aufgenommen?«

»Mit sehr viel Größe. ‚Ist nicht so schlimm‘ hat sie gesagt und mir über die Wange gestreichelt. Ich war kurz davor, loszuheulen.« Hansen lenkte sich ab, starrte auf seine Uhr. »Was machen wir jetzt mit dem angebrochenen Abend? Fährst du mich rüber ins ‚Journal‘?« Er schmunzelte.

»Das kannst du knicken!« *War klar.*

»Wieso nicht? Hab doch jetzt kein Zuhause mehr.«

»Richtig! Darauf einen Dujardin! Ich fahre dich in die Redaktion.«

»Um dort was genau zu tun?«

»Du schreibst die Top-Story für morgen, natürlich! Was denn sonst?«

Hansen tippte auf das Ziffernblatt seiner Armbanduhr. »Um diese Uhrzeit? Das kostet doch ein Vermögen, Geizsack.«

»Wenn es nach mir ginge, würdest du jetzt auch nichts mehr schreiben. Aber ich hatte in deiner Abwesenheit den Alten dran. Er hat die Ausgabe für morgen angehalten. Er will es so. Und du sollst dabei nicht zimperlich vorgehen.«

»Schon klar, dass das nicht deine Idee war.«

»Was willst du denn damit andeuten?«

»Lieber Herr Arzinger, nichts für Ungut. Dass du in deinem Elfenbeinturm mit Raumdüftchen das Handwerk verlernt hast, geschenkt. Aber dass du aus Kostengründen mit diesem bescheuerten Frühlingsanfang aufgemacht hättest ... «

»Es wäre ein Störer geworden.«

»Und wenn schon! Ich kann mich nicht daran erinnern, dass wir jemals auf die Wahrheit verzichtet hätten. Schon gar nicht aus Kostengründen!«

»Oha, Hansen, ganz pathetisch. Wie sich die Zeiten doch ändern. Rasend schnell!«

»Prinzipien nicht.«

»Sagt der Richtige.«

»Glaube es mir, Arschinger! Eher würde ich mein letztes Hemd wegegeben, als dass ich etwas unterschlage, was ich für berichtenswert halte.«

»Genau. Man nannte ihn auch Gottvater Hansen.«

»In etwa.«

Artzinger schwieg, dachte nach. Dann sagte er: »Aber du bist mit deiner Meinung nicht allein. Hast ja das Okay vom Alten. Die Mehrkosten scheren ihn nicht.«

»Ich hätte es gerne von dir gehabt.«

»Spiel dich nicht so auf, Hansen. Vor einer Sekunde wolltest du noch, dass ich dich zur Druckbetankung im ‚Journal‘ absetze.«

»Finte.«

»Natürich, klar. Liegt ja auch so fern bei dir.«

Hansen hielt den Briefumschlag in seinen Händen hoch, raschelte damit. »Wenn mich nicht alles täuscht, wird es auch Theodor von Brand heftig treffen, unseren lieben Verleger. Und zwar so mächtig, dass es ihn aus seinen handgenähten Schluppen holt. Bin mir offen gestanden nicht sicher, ob er danach noch unser Verleger sein wird.«

»Hab ich dem Alten auch gesagt.«

»Was hat er geantwortet?«

»Es gäbe keine zwei Wahrheiten, meinte er nur.«

Hansen grinste. Das war es, das unsichtbare Band zwischen dem alten Weiß und ihm.

»Er wird dir einen Kommentar ‚In eigener Sache' zusteuern, meinte er noch. Wegen von Brand.«

»Das federt es etwas ab. Aber, was denkst du? Sollten wir trotzdem nicht mal kurz bei von Brand vorbeifahren?«, fragte Hansen.

»Wozu denn das?«

»Man nennt es Recherche, Artzinger. Tief in deinem Innersten wirst du noch wissen, was das ist.«

»Um dreiviertel zehn am Abend! Du bist nicht ganz bei Trost! Willst dir doch nur die Bar ansehen, von der Longhato eben erzählt hatte.«

»Komm, Artzinger! Gib dir einen Ruck. Den Alten in allen Ehren, aber seine Schäfchen stehen trocken. Wir sollten ein wenig auf der Hut sein und wenigstens die Gegenseite anhören.«

»Wusste gar nicht, dass du so erpicht bist, guten Journalismus abzuliefern, Hansen!«

»Wenn es sich bei der Gegenseite um den eigenen Boss handelt, bin ich sogar obervorsichtig. Vielleicht sind Mittelstedt und *seine Frau* auch dort.«

Artzinger zuckte kurz, dachte nach, grummelte.

»Wäre sicher lustig. Wann bist du denn das letzte Mal deiner Ex gegenübergestanden, hm?«, schob Hansen stichelnd nach.

»Ich gehe nicht mit rein.«

»Wusste ich's doch! Artzinger – der einzige mit Flügelärmchen im Haifischbecken.«

Artzinger grummelte wieder, bewegte nun den Wagen in Richtung einer ersten Kreuzung, als ihnen eine Polizeistreife mit Blaulicht, aber ohne Martinshorn, entgegenkam. Der Wagen kam vor dem Haus der Hansens zum Stehen. Hansen drehte sich um und konnte beobachten, wie zwei Beamten ausstiegen, einer wie ein Baum und einer wie ein Brombeerstrauch. Sie waren im Begriff, an seine Tür zu klingen.

»Der Abholdienst«, kommentierte Hansen das Geschehen.

»Also gut«, sagte Artzinger.

»Also gut, *was*?«

»Ich komme mit. Wir klingeln von Brand raus und setzen ihm die Pistole auf die Brust.«

»Klingt es nicht gut, diese Entschlossenheit?«

»Aber mit Polizei!«

»Mit der Polizei? Wir sind Reporter, Artzinger, schon vergessen? Wir brauchen die nicht.«

»Immerhin planten sie eine Kindesentführung. Deine Tochter. Schon vergessen?«

»Damit wird sich nach unserer Veröffentlichung die Staatsanwaltschaft beschäftigen.«

Artzinger steuerte das Auto gemächlich entlang der verlassenen Straßen. Sie verbrachten die nächsten Minuten in Schweigen. Artzinger dachte an das bevorstehende Treffen mit Verlagsleiter von Brand. Womöglich würde ihm dabei auch seine Exfrau über den Weg laufen, immerhin war sie dessen Schwester. Er malte sich sämtliche mögliche Reaktionen der beiden aus. Hansen blätterte gedankenverloren in den Papieren, die Longhato ihm überlassen hatte. Es war schon allerhand, wer da alles Mitglied im Vorstand der »Gecko Real Estate Holding« gewesen sein soll. Im Grunde war es das Who-is-who der Hansestadt, da hatte Longhato nicht übertrieben. Und niemand von ihnen schien offenbar irgendwelche Skrupel zu haben, sich für eine solche Sache einspannen zu lassen. Alle hätten sie sich über Jahre, wenn nicht Jahrzehnte die Taschen vollgestopft mit Geldern aus den Pensionsfonds. Das war das Geschäftsmodell! Unternehmen schlucken, um sich ihrer randvoll gefüllten Altersrückstellungen zu bedienen. *Unfassbar!* Hansen betrachtete kopfschüttelnd die Namensliste. Sie waren alle dabei, inklusive dem größten örtlichen Bestatter und auch dem Betreiber eines gigantischen Möbelhauses. Alle außer Longhato! Und ausgerechnet ihn hatte Hansen am meisten aufs Korn genommen. Den Namen Güçlü hatte er allerdings auch nicht auf Anhieb in den Aufzeichnungen finden können, vermutlich fungierte er »nur« als eine Art Dienstleister der zweiten Reihe. Ansonsten waren sie alle dabei – Theodor von Brand, Jeanette von Brand, Björn H. Mittelstedt, Jens Licher …

»Licher!«, brüllte Hansen plötzlich. Artzinger legte eine Vollbremsung hin.

»Spinnst du jetzt vollkommen? Was ist denn nun schon wieder?«

»Der Licher! Er gehört dazu!«

»Wozu?«

»Zu den Geckos! Er ist einer von ihnen!« Hansen hielt ihm die Papiere unter die Nase. »Fahr auf der Stelle zurück zu mir nach Hause!«

Artzinger starrte in das ungesund rote Gesicht von Hansen. »Das ist keine gute Idee«, erwiderte er, »was willst du denn da? Du kannst dich in dieser Stimmung nur ins Unglück stürzen.«

»Artzinger, tu dir selbst einen Gefallen und wende auf der Stelle dieses Auto!«

Er tat wie ihm befohlen und raste zurück in die Reihenhaussiedlung.

Kurze Zeit später bogen sie um die Ecke jener Straße, in der Hansens Haus stand. Der Einsatzwagen der Polizei war noch vor Ort. Artzinger drosselte unmittelbar das Tempo.

»Ein Glück, dass wir sie noch abfangen. Dann können die Polizisten direkt mal ...«

Hansen unterbrach sich. Seine Haustür öffnete sich und die Polizisten traten heraus. Sie schoben Licher in Handschellen vor sich her und hatten den Schläger aus der Treppenkammer, *Billy* – noch immer an Händen und Füßen gefesselt – humpelnd im Schlepptau. Artzinger stellte den Wagen in zweiter Reihe ab, ließ den Motor laufen. Aus ihrer Position heraus konnten sie das Geschehen an Hansens Haustür unentdeckt beobachten.

»Das gibt's doch gar nicht!«, entfuhr es Artzinger. »Woher wissen die das mit Licher?«

Hansen dachte nach. Dann kam ihm eine Idee. »Feldkamp war im Rathaus auf Spurensuche. Vermutlich war er dort auf ähnliche Unterlagen gestoßen, wie sie Longhato mir übergegeben hatte. So, wie ich Jenny kenne, hat die nicht lange gefackelt und die Cops angerufen. Deshalb wollte der Alte auch, dass ich noch schreibe.« Hansen lächelte. »Zwei Quellen.«

»Erster Bürgermeister Licher in Handschellen!« Artzinger griff fassungslos nach seinem Handy, aktivierte die Kamera und machte ein paar Fotos von der Festnahme. Hansen musterte ihn mit überraschtem Blick. Darauf wäre er im Leben nicht gekommen. Das blieb Artzinger nicht verborgen. »Früher nannte man es ‚heimlich knipsen‘, heute ‚mobile reporting‘«, entgegnete er mit einem Augenzwinkern. Während er das Handy wegpackte, musste er für einen Augenblick an Hansens Frau und die Kleine denken, sagte: »Ich hätte nichts dagegen, wenn du kurz reingehen willst.«

Hansen beobachtete, wie der eine vorne, der andere in den Fond des Polizeiwagens gesetzt wurde. In der Zwischenzeit war Nicola an der Tür erschienen. Ihr Gesichtsausdruck sprach Bände. Mit leeren Augen blickte sie dem Einsatzwagen nach, schüttelte den Kopf, drehte sich um und verschloss die Tür.

»Nein, nicht heute Abend, Artzinger. Heute will noch eine Story geschrieben werden. Lass uns zur Redaktion fahren.«

Artzinger zuckte mit den Schultern. »Wie du meinst, Hansen.« Er wendete den Wagen. Sie verließen die Siedlung und waren schnell zurück auf der Bundesstraße.

44

Nachdem sie den halben Weg sie hinter sich gebracht hatten, kamen sie vor einer roten Ampel an einer Kreuzung zum Stehen. Ein Mann in einem roten Overall befüllte gerade die Zeitungsbox der »Blitz« mit druckfrischen Ausgaben des folgenden Tages, schob danach ein Papier mit einer fetten Schlagzeile in den dafür vorgesehenen Schober am stummen Verkäufer.

»Und? Was sagt ihr Ausrufer?«, fragte Artzinger, womit er den Hauptaufmacher auf dem Papier in der Box meinte. »Wie will uns dieser Idiot Güçlü querkommen?«

Hansen reckte sich, stierte in Richtung des Posters, das noch immer halb von dem Mann verdeckt war. »Ich kann es nicht erkennen«, fluchte er.

Die Ampel schaltete auf grün. Artzinger fuhr ganz sachte an. Nur langsam änderte sich ihr Blickwinkel. Hansen verdrehte seinen Hals, um irgendetwas lesen zu können. Dann bekamen sie mehr zu lesen, als ihnen lieb gewesen wäre:

#undhansensteht

Reporter-Legende
stürzt Verlagshaus
ins Chaos

Während Artzinger wieder bremste, war Hansen schon auf der Straße und hatte dem ahnungslosen Kerl binnen Sekunden zwei Zeitungen entrissen und einen Fünfer zugesteckt. Dann war er wieder zu Artzinger ins Auto gesprungen.

Dort gaben die beiden ein merkwürdiges Bild ab. Der Benz, mit laufendem Motor an der Fahrbahn abgestellt, die Warnblinker an, darin zwei wie Besessene, jeweils in ihre Zeitung vertieft. Sie lasen den Artikel:

Ist das Verlagshaus von Brand __BANKROTT__?

Wegen fehlerhafter Recherche stürzt Reporter-Legende seinen Arbeitgeber in den Ruin

Von Tom Pilgram

__Wenn Verlagserbe Theodor von Brand, 47, heute seine eigene Zeitung aufschlägt, wird garantiert die Milch in seinem Earl Grey flockig!__

Denn der Erbe der Verleger-Dynastie und Herausgeber von sechs Zeitungen und Zeitschriftentitel (darunter »Allgemeine«) wird heute seinen wirtschaftlichen Bankrott erklären müssten. Er steht nämlich im Verdacht, den Ersten Bürgermeister Licher über Monate hinweg erpresst zu haben.

__So steht es heute in SEINER EIGENEN ZEITUNG!__

Es geht um Geld, um viel Geld. Es geht um Immobilien, um schwarze Kassen, um prall gefüllte Pensionsfonds ...

Um darauf Zugriff zu erhalten, soll von Brand sogar geplant haben, das Kind der Geliebten Lichers zu entführen, um ihn gefügig zu machen, endlich zu kooperieren.

Das Verlagshaus von Brand hat in dieser Stadt einiges miterlebt, große und größte Krisen. Es lag am Ende des 2. Weltkriegs wortwörtlich am Boden – britische Fliegerbombe. Und nun soll der stinkreiche Verlegersohn eine Kindsentführung geplant haben, um seinen ohnehin schon märchenhaften Reichtum zu mehren? Klingt das nicht absurd?

Absurd wird es erst, wenn man weiß, dass es sich bei Kind und Liebhaberin um die Tochter und Ehefrau von »Allgemeine«-Reporter Hansen handelt, von Brands BESTEM MANN!

Ausgerechnet Hansens heutige Reportage bringt das ehrwürdige Verlagshaus von Brand (gegründet 1901) mächtig ins Wanken! Denn er geht darin gegen seinen eigenen Verleger vor.

In der heutigen Ausgabe der »Allgemeinen« formuliert Hansen diese und andere schwere Vorwürfe gegen seinen eigenen Chef, gegen Theodor von Brand! In seinem Artikel beschuldigt er den Verlagserben und weitere hochrangige Vertreter der Gemeinde der Erpressung, der Veruntreuung von Staatsgeldern, der geplanten Kindesentführung ...

Von Brand und auch Hansen waren bis zum Zeitpunkt unseres Redaktionsschlusses für eine Stellung-
nahme nicht zu erreichen.

<u>Fakt ist, dass die Staatsanwaltschaft bisher nicht tä-
tig wurde.</u>

»Blitz« hält Sie auf dem Laufenden!

Dann ging es in einem dazugehörenden Kommentar
auf der zweiten Seite weiter:

In eigener Sache

Hansen – setzen!

<u>Ein Kommentar von Chefredakteur Cem Güçlü</u>

Kennen Sie Hansen? Die einen sehen in ihm das
investigative Trüffelschwein der »Allgemeinen«, geben
ihm Auszeichnungen, Trophäen für den Wandschrank.
Staubfänger.

Für andere ist er eine Kultfigur, jemand, der sogar
twitter-Hashtags bekommt (#undhansensteht). Doch im
Grunde ist Hansen nur eines: unberechenbar wie eine
tickende Zeitbombe.

<u>**Gestern hatte dieses 41-jährige Sicherheitsrisiko
eine Fehlzündung!**</u>

Erst bezog er Prügel. Für seinen Job, für sein ganzes
Leben. Das war nicht fair. Aber was ist schon fair?

Die Täter hatten ihn im Müll einer Buchhandlung zurückgelassen. Ihn weggeworfen.

Dann teilte ihm seine Frau mit, dass sie künftig auf ihr Herz hören und die Scheidung will. Weil sie jemanden anderes liebt: Jens Licher!

<u>*Ja, unseren Jensi aus dem Rathaus!*</u>

Das war wohl zu viel für Herrn Hansen, der seit Jahren ein Geheimnis um seinen Vornamen macht. Warum eigentlich?

Auf dem Weg ins Krankenhaus, das er wegen der bezogenen Prügel aufsuchte, muss in ihm ein Racheplan gewachsen sein. Denn nur einen Tag später steht sein Arbeitgeber vor dem wirtschaftlichen Aus! Suchte Hansen bloß nach einem Sündenbock, um von seinen eigenen Problemen abzulenken? Dass es sich bei der angeblichen Entführung um sein eigenes Kind handelte, Hansens Tochter T. (11), und die Situation sogar im Beisein der Mutter »vereitelt« werden konnte, das verschweigt Hansen seinen Lesern.

Wie tief muss man sinken, wenn man seine gute Stellung bei einer angesehenen Zeitung dazu nutzt, um seinen privaten Rachefeldzug gegen die Allgemeinheit zu führen?

Herr Hansen, Sie können einem nur leidtun!

Wie Polizei und Staatsanwaltschaft auf Ihre Vorwürfe reagieren, wissen wir noch nicht.

Aber klar ist: So etwas macht man nicht!

Herzlichst, Ihr

- Cem Güçlü -

Der Foto-Aufmacher zur Story war eine Collage, die Verlagsinhaber Theodor von Brand und den Ersten Bürgermeister Jens Licher, jeweils in ihren Smokings auf dem Filmball am Abend zeigte, und daneben Hansen, kurz nachdem er von *Pax* den Schlag in die Rippen kassiert hatte. Mit schmerzverzerrtem Gesicht stand er an eine Wand angelehnt. Die Bildunterschrift lautete: »(v.l., im Smoking) Theodor von Brand, Hamburgs Erster Bürgermeister Jens Licher und ‚Allgemeine‘-Reporter Hansen, hier stehend«. Als Quelle für Hansens Foto war »facebook« angegeben.

Im Auto herrschte nachdenkliche Stille, während beide ihre Zeitungen beiseitelegten. Was Güçlü ihnen zuvor angedroht hatte, war eingetreten. Sie wurden von ihm rücksichtslos überfahren und platt gemacht. Mehr noch: Er hatte ihnen den wirtschaftlichen Niedergang des Verlagshauses von Brand in den Block diktiert. Wie sollten sie jetzt darauf reagieren? Güçlü wusste darum, dass die »Allgemeine« um halb zehn auf die Rolle gehen würde. Ihm waren auch die finanziellen Schwierigkeiten des Verlags bekannt, weshalb er davon ausgehen konnte, dass der CvD die Produktionszeit penibel einhalten würde. Weil klar war, dass Hansen bis zum Drucktermin nicht hinter die Drahtzieher kommen konnte, war es Güçlü also ein Leichtes, gegen Hansen und das Verlagshaus von Brand zu keilen.

»Was ich nicht verstehe: Güçlü führt doch seine eigene Geschichte *ad absurdum*, wenn in der ‚Allgemeinen‘ nichts von dem steht, was er voraussagt.«

»Nein, warum denn?«, entgegnete Artzinger. »Wenn in unserer Zeitung nichts davon steht, dann denken sich die Leser, dass wir es in letzter Sekunde nicht gebracht haben, weil es uns selbst schadet.«

Hansen sah ihn nachdenklich an.

»Das ist schon verdammt clever von Güçlü, muss ich sagen«, schloss Artzinger.

Wer austeilen kann, muss auch einstecken können, war der erste Gedanke, der Hansen durchs Hirn zog.

»Cooler Hashtag«, unterbrach Artzinger schließlich die Stille, »passt zum Foto.«

»Mhm.«

»Wird deinen Kult-Status bestärken, das ist man sicher.« Sein Stimmungsaufheller verfing nicht.

»Artzinger, was machen wir jetzt bloß?«, fragte Hansen gedankenversunken. » Güçlü hat uns im Grunde an den Eiern. Er diktiert uns, was wir zu schreiben haben. Das passt mir gar nicht in den Kram, wirklich nicht!«

Artzinger starrte mit leerem Blick durch die Windschutzscheibe. »Wie kann er vorausgesehen haben, was du schreiben würdest, ohne es zu wissen? Der ist doch für so was zu blöd.«

»Wir müssen Güçlü nachweisen, dass er mit den Drahtziehern gemeinsame Sache macht. Das ist unsere einzige Chance einer Revanche. Ich weiß aber nicht, wie.« Hansen sah einer älteren Dame nach, die einen noch älteren Dackel an einer Leine hinter sich herzog.

Dann knallte Artzinger mit der flachen Hand aufs Lenkrad, was Hansen merklich zusammenzucken ließ. »Und wenn schon! Du bist Hansen, Hansen! Du bist das ‚investigative Trüffelschwein der Allgemeinen‘, habe ich neulich irgendwo gelesen. Deshalb schreibst du jetzt die Story auf, wie sie sich *wirklich* ereignet hat. Und du lässt nichts aus, hörst du!«

»Das ist doch Wahnsinn, Artzinger! Wir gehen ihm voll auf den Leim, wenn wir Tommys Text und diesen bescheuerten Kommentar bestätigen.«

»Tun wir nicht! Du bleibst ganz bei der Wahrheit, Hansen, orientierst dich an sonst nichts, blendest alles andere aus, so wie der Alte es wollte. Alle Namen, alle Verbindungen, Lichers mieser Trick mit der Querfinanzierung der Pensionskassen, die Jungs aus der Sportsbar, die Kontoauszüge. Du schreibst von deiner Bekanntschaft mit Longhato, wie es um ihn steht, was für ein großes Herz er hat, wenn es um Kinder geht. Und du schreibst über die merkwürdige Rolle von Güçlü in diesem Spiel, der die krummen Geschäfte aus dem Hintergrund deckt, weil er nie darüber berichtete.« Artzinger stierte Hansen mit einem Blick an, der Wolken hätte sprengen können. »So kriegen wir sie«, schob er nach und zog dabei die Finger so zusammen, als würde er Walnüsse knacken.

»Junge, Artzinger! Du hast ja richtig Biss! Ich will dich nicht bremsen, aber dir ist schon klar, dass wir ab übermorgen arbeitslos sind. Von Brand wird ordentlich einen mitbekommen«, antwortete Hansen.

Jetzt drehte Artzinger den Kopf in Hansens Richtung, lächelte dabei wie ein Haifisch, während er mit einem Druck auf den Zündknopf den Motor startete: »Leute wie wir, lieber Hansen, werden niemals ohne Arbeit sein. Hau einfach richtig auf die Kacke, selbst wenn es den gesamten Laden wegsprengen sollte.«

Mit quietschenden Reifen rasten sie in die Nacht.

Ende.

Danksagung

Mein herzlicher Dank gilt den Testlesern, die sich bereit erklärten, das Manuskript vor Drucklegung auf Herz und Nieren zu prüfen: Bertram, Celina, Claudia (aus Bayern), Gerd, Marc, Martin (Vetti), Malte (Stecki), Stephanie und Ulf. Besonderen Dank für die Hilfestellung an Connie. Meiner Frau Claudia möchte ich dafür danken, dass sie es mit mir auch dann aushält, wenn ich durchs Schreiben wieder in einem meiner anderen Ichs gefangen bin. Größter Dank gebührt Marcus Schick aus Gräfelfing (schick-kommunikation.de) für sein ebenso pingeliges wie hilfreiches Lektorat und Korrektorat. Als seine Rücksendung ins Haus stand, hatte ich wackelige Knie. *»Nochmal gut gegangen«, zischte Hansen, während er ohne weiteres Komma nach dem Flachmann in seinem Mantel griff.*

Für Freunde der tiefgründigen Recherche habe ich in diese Druckhausgabe ein »Easter Egg« versteckt. Finden Sie es und schreiben Sie mir gerne via facebook.

Sidney Pfannstiel wurde 1972 in Köln geboren. Mit seinen Beiträgen in unterschiedlichen Wochenzeitungen, Stadtmagazinen und Tageszeitungen erreichte er bis zu einer Viertelmillion Leser am Tag. Seine Biografie führte ihn von Erftstadt über Ravensburg und Köln nach Berlin. Dort arbeitete er zunächst als Pressesprecher im Politischen, bevor er sich mit einer Kreativ- und Textagentur selbstständig machte. Zeitgleich wurde er Gesellschafter des »Gaffel Haus Berlin«, dem er heute als Teilhaber verbunden ist, wie auch der Politik. Am Romaneschreiben fasziniert ihn der Mix aus Konstruktion und Storytelling. Seine große Leidenschaft gilt zudem dem Golfspiel. Pfannstiel lebt mit Familie in Brandenburg.